KB119771

고양이가 보았어

The Cat Saw Murder

고양이가 보았어

The Cat Saw Murder

돌로레스 히친스
고양이 미스터리

허선영 옮김

위즈덤하우스

일러두기

1. 인명, 지명 등 고유명사의 외래어 표기는 국립국어원 외래어 표기법에 따랐다.

2. 이 책의 각주는 모두 옮긴이의 것이다.

3. 원서에 이탤릭체로 표기된 부분 중 강조의 의미를 가진 경우, 이 책에서는 볼
   드체로 처리했다. 단, 원서에 이탤릭체로 되어 있으나 우리말로 옮기는 데 어
   색하거나 불필요하다고 판단될 경우, 따로 구분하지 않았다.

차례

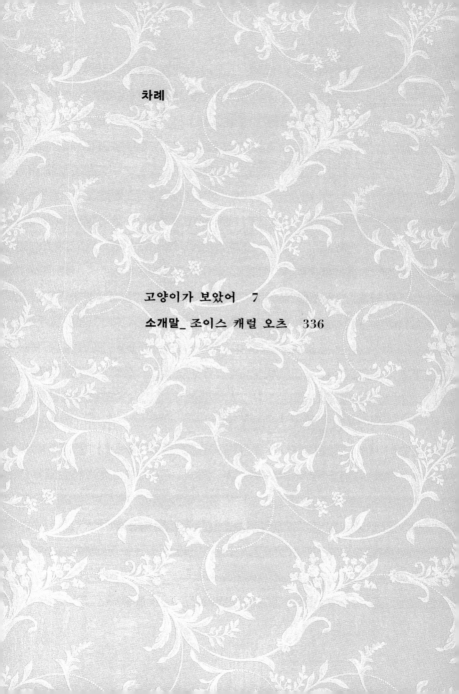

1장

겁먹은 릴리

 형사 스티븐 메이휴 경위는 스티클먼 부인 살인 사건이 자기가 만난 사건들 중 가장 고약했고, 그 사건의 수사 과정이 마치 지그소^{jigsaw} 퍼즐을 위아래로, 앞뒤로 거꾸로 놓고 맞추는 것과 비슷했다고 불평한다. 수사가 진행되면서 사건이 점점 더 미궁에 빠지는 바람에 결국 레이철의 고양이에게서 털을 뽑는다거나, 어떤 소심하고 뚱뚱한 여자를 비명 지르게 하는 정신 나간 짓까지 해야 했다고 투덜댄다. 좀 과장을 보태자면 그는 처음부터 끝까지 그 사건이 싫었다고 말한다.

 하지만 일흔이라는 연륜이 있는 레이철의 생각은 다르다. 메이휴의 허세가 심한 것은 인정하지만, 그게 모두 만족감을 가리려는 위장이었다고 생각한다. 말과는 달리 그의 눈이 반짝였고, 발걸음은 경쾌했었다고 말한다. 사건을 해결하는 동안 그는 잘 먹고, 푹 잤을 것이다. 그녀가 손수 창가에 꽂았던 핀을 또렷이 기억하는 것처럼 메이휴가 창가에서 그 핀을 발견하고는 함박웃음을 지었으리라고 레이철은 확신한다. 그것은 작고 평범한 핀에 불과했지만, 살인자가 처음에 계획한 신중한 음모는 그 핀 때문에 뒤틀리고 말았고 핀을 본 순간 경위는 틀림없이 기뻤을 것이다.

레이철 자신으로 말할 것 같으면, 그 사건으로 충격받았고 비통했으며, 죽음의 차가운 손아귀에 거의 사로잡힐 뻔했다. 대수학 문제를 풀며 수학적 사고에 빠져들었던 때처럼, 범죄라는 퍼즐에 흠뻑 빠졌다. 사건을 해결하던 중 정말로 몹시 두려웠던 적이 딱 한 번 있었다. 레이철이 다락방에 숨어 있을 때, 아래층에서 살인자가 그녀의 방을 뒤지는 소리를 들었던 밤이었다. 다락방은 외풍이 심해 한기가 들었으며, 너무 깜깜한 어둠 속이라 마치 제 몸이 없는 것처럼 느껴졌다. 그러다 재채기가 나왔다. 그제야 몸이 존재한다는 것을 실감한 그녀는 숨소리를 죽이며 아래층의 범인이 재채기 소리를 듣고 쫓아오지는 않을지 온 신경을 곤두세웠다. 퀴퀴한 냄새가 나는 다락방으로 바람이 훅 끼쳤다. 검은 어둠이 엄습해 눈앞이 깜깜했지만 소리가 날까 봐 미동조차 하지 않았다.

1분이 지났다. 어쩌면 2분이었을지도 모른다. 아래층에서 그녀의 소지품을 뒤지는 바스락거리는 소리가 속삭이듯 이어졌다. 레이철은 다시 숨을 내쉬었다.

그때 고양이가 어둠 속에서 입을 벌리고 작게 그르렁거리는 소리를 내자, 레이철은 다시 덜컥 겁이 났다. 고양이가 울 준비를 하려던 걸까, 아니면 그냥 하품하려던 걸까? 레이철은 잠자코 기다렸다.

하지만 메이휴 경위는 이야기가 거기서 시작하는 것은 적절치 않다고 항의한다. 이야기는 자기가 등장하기도 전인 맨 처음부터 시작해야 한다고 말이다.

그래서 장면이 뒤로 쭉 거슬러 올라가서는…….

머독 가문의 두 여인이 아침 식사를 하고 있었다.

음산하고 널찍하면서 온통 하얀 거실에 놓인 작은 식탁은 그곳에 몹시 어울리지 않아 보였다. 마치 그 식탁은 어딘가 작은 주방이 있는 아파트에서 나와 길을 헤매다가 거기까지 왔지만, 돌아갈 방법을 모르는 모양새였다. 머독 자매도 그 집과 약간 어울리지 않았다. 그들은 몸집이 작고 머리가 희었으며 매우 나이가 많은 사람들이었다. 깅엄 파자마를 입고 난방하지 않은 큰 집의 냉기를 버티려고 울로 된 숄을 걸친 기묘한 두 자매는 식탁 의자에 걸터앉아 토스트를 오물오물 먹으면서 우유를 홀짝이고 있었다.

제니퍼는 평소처럼 우뚝 솟은 흰 벽을 살짝 원망하듯 빤히 바라보다가, 문 너머로 보이는 넓은 주방으로 눈길을 돌리더니 몸을 떨었다. 그 몸서리도 다음에 이어지는 말처럼 평소와 같았다.

"언니, 우린 이 집을 포기해야 해. 대가족에게 세를 주거나 다른 사람에게 임대하자. 마흔 명이 살아도 충분할 만큼 넓잖아. 우리 둘만 살기에는 너무 커." 그녀는 숄을 끌어당겨 푸른 정맥이 투명하게 드러나 보이는 귀를 가렸다. "아침에도 너무 춥고. 집이 더 작으면 난방할 여유가 생길 거야."

맞은편에 앉은 레이철은 동생의 불평에 놀라지도, 걱정스러워 보이지도 않았다. 검고 초롱초롱한 눈 위로 흰 눈썹을 치켜올릴 뿐 대답은 하지 않았다. 일흔의 나이에도 레이철에게는 한때 눈부시게 아름다웠던 흔적이 여전히 남아 있었다. 흰머리에 숱이 적긴 했지만, 헤어라인은 완벽한 V자를 이루어 작은 얼굴이 하트 모양에 딱 들어맞았다. 그녀의 검은 눈은 웅덩이에 고인 물이 흘러들어오는 시냇물의 잔물결에 찰랑거리듯 활기를 띤 채 제니퍼를 바라보았다. 그녀는 우아함이 묻어나는 손짓으로 토스트를 쪼갰다.

제니퍼는 언니를 별로 닮지 않았다. 어릴 적에 평범한 소녀였듯이, 평범하게 나이를 먹었다. 얼굴에 화장품 따위는 바르지 않아 관리에 소홀해 보이는 외모였다.

레이철은 잠시 생각에 잠겼다가 상기시키려는 듯 한마디를 내뱉었다. "제니퍼, 이 집은 아버지가 지으셨어."

제니퍼는 짜증스러운 표정으로 우유를 응시했다. "나도 알

아. 그래서 지금 우리가 이 집에 살고 있잖아. 얼어 죽는 한이 있어도, 여기 살아야만 하지. 머독 가문의 전통을 지켜야 하니까. 전통을 부러뜨려서 난로에 넣고 그걸로 온기를 얻을 수 있다면, 정말 행복할 텐데."

레이철은 감정이 상한 듯 보였다. "제니퍼, 여긴 40년 넘게 우리 집이었어. 그렇게 오랜 시간을 보냈으니, 다른 어떤 곳도 우리에게 어울리지 않을 거야. 막상 이사할 때가 되면, 너도 망설일걸? 넌 틀림없이 그럴 거야."

마지못해 누그러졌지만, 제니퍼는 여전히 볼멘소리를 했다. "나도 그렇게 생각해. 그러고 보니, 우리가 다른 곳에 사는 건 상상이 안 돼. 우린 이 낡은 집에 익숙해진 거야. 많은 전자제품이 있는 현대식 집을 보면 아마 깜짝 놀라서 까무러치고 말걸? 하지만 요즘엔 너무 춥다고. 여기 있는 건 헛간에 있는 거나 마찬가지야. 발에 동상 걸릴 지경이라니까."

바로 그때 전화벨이 울렸다. 귀에 거슬리는 따르릉 소리가 널찍한 방들에 메아리치면서 종탑에서 울리는 종소리처럼 머독 자매들의 귓전을 때렸다. 전화벨 소리에 놀란 제니퍼는 우유를 마시다가 사레들리고 말았다.

둘은 잠시 아무 말 없이 미심쩍게 바라보기만 했다. 그러다 레이철이 작고 파란 리넨 냅킨으로 입술을 닦고는 자리에서 일어나며 말했다. "내가 갈게." 그녀는 아침 8시도 되기 전에 전화벨이 울리는 게 세상에서 가장 평범한 일이라는 듯 침착하게 말했다.

제니퍼는 생각할수록 점점 더 놀라는 것 같았다. "이 시간에 누굴까? 식료품 가게는 틀림없이 아닐 텐데."

"곧 알게 되겠지." 레이철은 조용히 말하면서 거실을 나갔다.

제니퍼는 허리를 곧추세운 채 언니가 돌아올 때까지 가만히 앉아 있었다. 먹지도 않고 걱정과 짜증이 섞인 표정으로 벽을 빤히 보다가 손가락 끝으로 토스트 부스러기를 치웠다.

레이철은 갈 때와 마찬가지로 느긋하게 돌아왔다. "릴리였어." 제니퍼가 눈으로 하는 질문에 그렇게 대답했다. "릴리가 자기 집으로 와달라고 부탁하네. 오늘."

제니퍼는 입으로는 토스트를 씹고, 머리로는 전화 메시지를 곱씹으며 서서히 둘 다 소화시키고 있었다. "왜?"

"이유는 말하지 않았어."

제니퍼의 얼굴에는 새록새록 솟아나는 놀라운 감정이 확연히 드러났다. "릴리가 언니더러 브레이커스비치Breakers Beach까지 자기를 만나러 와달라고 부탁하면서, 이유도 말하지 않았다고? 언니가 그러리라고 기대하다니 그 아인 생각보다 훨씬 멍청하네. 그 먼 길을 갔다가 또 오려면……."

"거기서 며칠 있다 가달라고 부탁했어." 레이철이 창밖 풍경을 보면서 생각에 잠겼다.

"그럼 더 이상하네! 며칠 있다 가라고? 전엔 그런 부탁 한 적 없었잖아." 골똘히 생각에 잠긴 레이철의 눈이 제니퍼의 관심을 끌었다. "설마 갈 생각은 아니지?"

레이철은 가파른 언덕 기슭에 자리 잡은 저택에서 활력이 넘치는 도시를 내려다보고 있는 것 같았다. 거실에 잠시 정적이 흘렀다. 그러다 시인했다. "나, 가고 싶어졌어."

제니퍼는 거의 발작하듯 말했다. "언니! 브레이커스비치에서 며칠 있다 오겠다고? 바닷가의 습한 공기는 언니한테 좋지 않을 거야! 폐렴이나 천식, 아무튼 해변에서 걸릴 수 있는 병은 뭐든지 걸릴지 몰라. 절대 안 돼!"

레이철은 차분하게 답했다. "터무니없는 소리! 나는 외출이 필요해. 여기서 당분간 나가야겠다고. 너도 조금 전에 변화가 필요하다고 말했잖아. 이젠 아니라는 거야?"

제니퍼는 하얗게 센 머리를 흔들었다. "그런 변화는 아니지. 내가 말한 건 잠깐 이사하는 거였지, 그 멀리까지 가라는 말은 아니었다고."

언니가 다시 말을 잘랐다. "바보같이 굴지 마. 브레이커스비치는 로스앤젤레스에서 전차로 한 시간밖에 안 걸리는 거리야. 릴리가 저 멀리 아프리카나 나폴리에 사는 것도 아닌데 뭘. 솔직히 그랬으면 좋겠다는 생각은 있지만. 그런 곳은 이름만 들어도⋯⋯. 아무튼 해변에도 가고 그러면 재미있을 것 같아. 너랑 나는 이제 아무 데도 안 가잖니. 너 그거 알고 있었어?"

제니퍼는 입술을 꼭 다물고 언니를 나무라듯 바라보며 말했다. "우리 나이에는 그러면 안 되는 거야. 언니, 우린 **늙었잖**

아. 조용한 휴식이 필요해. 난 온 나라를 싸돌아다니지 않아도 되니까 만족해. 뭐가 최선인지를 안다는 말이지."

"그게 최선이야?" 레이철의 흰 눈썹이 아이처럼 올라갔다. "그건 죽어가는 거지. 가만히 앉아서 끝을 기다리는 것 같지 않니?"

제니퍼는 '흠' 하는 콧소리를 길게 냈다. "난 언니가 말한 대로 끝을 기다리는 게 아니야. 편안한 상태라고. 아니, 이 집이 더 따뜻하면 편안하겠다, 이 말이지. 게다가 집에 머무는 게 현명하다는 것 정도는 알고 있다고. 잠시도 가만히 있지 못하는 삶을 다시 원한다면 해변으로 여행을 가셔야지. 이 말만은 해둘게. 아무럼 올겨울 내내 언니가 주문에라도 걸린 듯 빠져버린 그 영화들만큼 해롭겠어? 살인 미스터리물이 다 뭐야!"

레이철은 얼굴을 살짝 붉히며 작은 소리로 항변했다. "그 영화들은 다 재밌었어."

"물론 재밌었겠지! 세 번째 영화를 본 후에는, 가만있자, 그게 뭐였더라? 〈보랏빛 공포〉? 아무튼 그걸 본 다음에는 고양이처럼 신경질적이었잖아. 그러니 해변에 가서 릴리가 원하는 게 뭔지 한번 알아봐. 당연히 돈이겠지. 내기해도 좋아. 항상 그렇지 않나?"

이 순간 주방에서 높은음의 '야옹' 소리가 들리더니 새틴처럼 윤이 나는 검은 고양이가 문으로 들어왔다. 고양이는 나무라는 듯한 황금빛 눈으로 머독 자매를 보더니 페르시아계 아버지에게서 물려받은 풍성한 꼬리를 살짝 짜증스럽게 흔들었다.

레이철은 즐거운 눈빛으로 고양이를 보았다. "고양이는 신경질적이지 않아. 나도 마찬가지고. 앤 배가 고파서 약간 화난 것뿐이야."

"언니는 신경질적이었어." 제니퍼는 일어나서 고양이용 접시에 우유를 따라주면서 주장했다. "여기, 서맨사. 아침 먹어라."

서맨사는 분홍색 혀로 우유를 홀짝거렸다. 여전히 고양이를 보고 있던 레이철은 애써 태연한 어조로 이렇게 말했다. "있잖아, 서맨사도 당연히 데려갈 거야."

제니퍼는 한 손에 우유병을 든 채로 몸을 돌렸다. "고양이를 데려간다고? **고양이를!** 언니, 제정신이야?"

레이철은 완전히 제정신이라는 걸 보여주려고 자신의 우아한 얼굴을 매만졌다. "이제 짜증 좀 그만 내. 기억도 되살려보고. 서맨사가 나랑 있어야 한다는 걸 너도 알잖니. 잘 생각해보면, 작년에 내가 병원에 입원했을 때, 서맨사가 아무것도 안 먹으려 했던 게 기억날 거야. 퇴원하고 집에 오니 뼈밖에 안 남았던데. 지독하게 나랑 붙어 있으려고 하니, 당연히 해변에 데려가야지."

"언니가 고양이를 데려간다고?"

"그래, 정말이야."

제니퍼는 한숨을 내쉬었다. "언닌 정말 고집불통이야. 대체 어디에 담아서 가려고?"

"낡은 소풍 바구니 있잖니. 복도 벽장에 있을 거야, 그렇지? 바닥에 천을 좀 깔면 되겠네. 예를 들면 네 낡고 흰 속치마 같은 거 말이야. 그거 좀 갖다줘, 제니퍼."

제니퍼는 뿌루퉁한 입을 처량하게 벌리고는 한탄했다. "난 여전히 좋은 생각 같지 않은데……."

"짐을 몇 가지 챙길 거야. 많지는 않아. 며칠만 머물 테니까." 레이철이 의자에서 다시 일어나자, 깅엄 파자마를 입은 자태가 드러났다. 날씬하지만 뼈가 앙상하지는 않았다. 정수리에 단정하게 올린 머리에서 흘러내린 흰 머리카락을 매만지며 동생을 위로했다. "겨우 며칠인데 뭘." 그때는 핀과 외풍이 심한 다락방, 심지어 메이휴 경위에 관해 전혀 알지 못했다. 하지만 그 모든 것을 향해 길을 떠날 예정이었다.

위층에 있는 자기 침실로 올라가 옷장 구석에서 낡은 여행 가방을 꺼냈다. 그 안에 등 부분이 은색인 빗과 브러시, 화장 크림 한 통, 작은 파우더 상자를 넣었다. 은은하게 라벤더 향기가 풍기는 나이트가운도 구석에 놓인 서랍장에서 꺼냈다. 해변에서 가장 좋은 셋방이라 해도 있을 수 있는 결점을 곰곰이 생각한 후에, 마찬가지로 라벤더 향기가 나는 침대보 두 장과 베갯잇 한 장도 챙겼다. 실내복 한 벌, 침실 슬리퍼 한 켤레, 추가의 옷과 필요하다고 여겨지는 기타 물품까지 챙겨 넣었다.

옷장 안 옷걸이에 한 줄로 걸린 드레스들을 살펴본 후, 재킷과 어울리는 회색 태퍼터* 드레스를 선택했다. 그러나 옷에 관해 골똘히 생각하고 있지는 않았다. 머릿속에서는 전화로 전해 들은 릴리의 다소 놀라운 메시지를 곱씹고 있었다.

"이리로 와주세요, 고모. 부탁이에요." 릴리가 쉰 목소리로 간청했다. "제 상황이 지금 엉망이라서, 조언이 절실히 필요해요." 그것이 통화의 주된 내용이었다.

레이철이 오기를 기다리던 것은 릴리만이 아니었다. 핀과 다락방과 살인 사건도 정해진 장소와 시간에서 그녀를 기다리고 있었다. 덩치 큰 갈색 얼굴의 남자 메이휴 경위도 마찬가지였다. 그는 그날 아침 어떤 소매치기에게서 정보를 캐내고 있었는데, 누군가 그에게 기분이 어떠냐고 물었다면 꽤 좋았다고 답했을 것이다. 그러나 나중에 스티클먼 사건의 수사가 시작되었을 때는 완전히 미칠 지경이었다고 털어놓았다.

하지만 지금 레이철은 그가 수사를 즐겼다고 생각한다.

나이가 거의 마흔이 되어가는 릴리 스티클먼은 나이 들어 보이지 않으려고 필사적으로 애썼다. 방식이 그다지 영리하지는 못했지만 말이다. 큰 몸집에 피부가 매우 희고, 이가 돌출되었으며, 헤어스타일은 숱 많은 머리칼을 힘없이 늘어뜨린 긴 단발머리였다. 그것이 젊은 여자들에게 잘 어울리는 헤어스타

* 광택이 있는 얇은 견직물.

일인 것을 그녀는 알고 있었다. 하지만 릴리에게는 어울리지 않았다. 오히려 그녀의 처진 얼굴선이 도드라져 보이고, 연푸른 눈은 더 작아 보였다. 게다가 몸매는 날씬하지 않았다. 좋은 코르셋을 입었는데도 허리 부근에서 세로로 뻗은 금속 틀 사이로 살이 삐져나와 밭고랑처럼 보였다. 하지만 릴리는 걱정하지 않았다.

브레이커스비치의 도시 간 전철역에서 조바심을 내며 서 있느라 덩치가 크다거나 중년의 나이로 보인다는 것을 다행히도 의식하지 못했다. 그녀는 한 해군 중사의 시선이 자기 쪽으로 움직이는 것을 느꼈다. 그에게 윙크할까 잠시 고민하다가, 하지 않는 쪽으로 생각을 바꾸고는 그냥 미소만 지었다. 해군 중사는 급히 눈길을 돌렸다.

의기양양한 표정이 살짝 비쳤지만, 그녀의 얼굴에서 걱정과 불안, 흔들리는 결심을 지우지는 못했다. 해군 중사의 냉담함을 보면서도 여전히 마음이 끌렸던 릴리는 미소 뒤에서 무엇인가를 결심하고 있었다. 그 순간 레이철 머독이 릴리를 보았다면, 그 차분한 노부인은 그녀의 속셈을 알아차렸을 것이다.

좀처럼 화를 내지 않는 레이철이 분개하는 사실이 있다면, 그건 릴리가 너무 분명하고 꾸준하게 어리석다는 점이었다. 릴리는 교활한 척하면서 하찮은 비밀을 간직하기 좋아하고, 자기 얘기를 잘 하지 않으면서 우둔하기까지 한 복잡한 어리석음을 보였다. 머독 자매 중 어느 쪽도 조카가 저지른 바보 같은 짓에 놀라지 않아서, 오히려 릴리가 깜짝 놀랐다. 자매는 집에 둘만 있을 때 조카 릴리의 이러한 면모를 터놓고 이야기하곤 했다.

그들은 그런 이야기를 하면서 양심의 가책을 느끼며 괴로워하지 않았다. 릴리는 혈육으로 맺어진 조카가 아니라, 고인이 된 오빠 필립이 재혼으로 얻은 의붓딸이었다. 레이철과 제니퍼는 어릴 적에는 필립을 진심으로 사랑했지만, 그의 타락한 인성 때문에 여자로서는 오빠를 부끄럽게 여겼다.

레이철은 도시 간 전철에서 내려 역에 서 있는 릴리를 보고속으로 한숨을 쉬었다. 길고, 단정치 못한 단발은 새로운 헤어스타일이었는데, 레이철은 릴리를 보자마자 소년처럼 뒷머리를 치켜 깎았던 이전 스타일이 훨씬 더 나았다고 생각했다. 헝클어진 머리카락은 릴리의 헝클어진 인생, 예를 들어 역부족인 로맨스와 변덕, 변화하는 방식을 상징하는 것 같았다.

레이철은, 릴리를 볼 때마다 그러했듯, 10년 전 릴리의 결혼이 떠올랐다. 교활하고 장난기 많고 비밀이 많은 릴리가 그들을 방문했었다. 당시 그녀는 30대였는데, 이미 몸에 살집이 붙고 있었지만 못생긴 외모는 아니었다. 릴리 뒤로 그녀가 수줍은 듯이 남편이라고 소개한 남자가 따라왔다. 호리호리하고 뚱한 표정의 남자는 머리카락이 불그스름했고, 걸음걸이는 어딘지 어색했다. 얼빠진 표정의 스티클먼은 나이 든 독신 자매들에게 친근한 인상을 주지 못했다. 자매에게 답례로 놀러 오라고 초대한 쪽도 릴리였다.

레이철과 제니퍼는 기대에 부응해 일주일 후에 부부를 방문했는데, 오빠 필립과의 추억을 떠올리며, 그에 보답해야 한다고 느꼈기 때문이었다.

어느 쇠락한 전자제품 수리점에는 잡동사니들이 어지럽게 놓여 있었다. 그 뒤에 자리한 작은 아파트에서 그들은 릴리를 만났다. 전자제품 수리점은 스티클먼과 그 여동생의 소유였다. 릴리는 그 가게를 위해 재대출을 받아 이전 대출을 갚았다고 수줍게 말했다. 스티클먼이 레이철을 보며 '끙' 하고 앓는 소리를 냈다. 대화가 일순간 조용해졌다. 방문이 끝나갈 무렵, 앞쪽의 가게 방향에서 어떤 얼굴 하나가 잠깐 보이는 듯했다. 형편없는 검은 보닛*을 쓴 각이 지고 어두운 얼굴이었다. 미소를 띠지 않은 얼굴은 매섭고 악의적인 눈빛으로 그들을 노려보다가 사라져버렸다. "우리 시누이 앤이에요." 릴리가 서둘러 말했다. "외출했었나 봐요. 어, 우리가 필요한 게…… 너무 많아서요. 그래서……." 손수건을 만지작거리는 통통하고 하얀 손만큼이나 웃음소리에도 긴장감이 묻어났다. "앤은 쇼핑을 좋아해요." 그녀는 고모들을 보지 않은 채 말을 끝냈다.

레이철은 그 순간, 어떻게 스티클먼과 그의 여동생 앤이 릴리의 돈을 집어삼켰는지 알아차렸다. 그런 생각을 하니 머릿

*여자나 어린아이가 주로 쓰는 모자. 턱 밑에서 끈을 묶는다.

속에서 욕지기가 치밀어 오르는 것 같았다.

릴리는 어리석게도 몇 달간 그 결혼을 매우 자랑스러워했다. 그러다 돈 문제로 앤과 싸웠다며 파국의 조짐을 보였고, 결국 스티클먼과 그와 항상 붙어 다니는 여동생이 집을 나갔다고 시인했다. 릴리와 결혼했던 스티클먼의 권리에 관해서는 정말로 의문이 들 법했지만, 그녀는 관계가 끝날 때까지 그것을 깨닫지 못했다. 그러다 나중에야 스티클먼과 합법적인 법률혼이 아니었다는 사실을 알았고 그가 그 사실을 이용했다는 것까지 알고 나자, 부도덕한 여자라는 평판이 두려웠던 릴리는 남매가 달라는 대로 돈을 줄 수밖에 없었다.

스티클먼은 정확히 1년 후에 숨을 거뒀다. 레이철은 활기를 찾은 릴리의 모습을 보고, 밑 빠진 독처럼 끊임없이 지갑에서 돈이 새던 상황이 끝났음을 감지했다.

그때부터 릴리는 깜짝 놀랄 만큼 다양한 연인들을 줄지어 만났다. 뚱뚱한 남자, 마른 남자, 가난한 남자, 부유한 남자 할 것 없이 족히 수십 명의 남자를 만났다. 최근에서야 이상하게도 새로운 연인을 만났다는 소식이 들리지 않았다.

레이철은 바구니를 팔에 안은 채, 전철역의 문밖으로 발을 내디뎠다.

릴리는 스스로 자기 매력이라고 믿는 것을 발동시켰다. 그녀는 밝았고, 열정이 넘쳤다. 꼼지락거리며 움직이는 몸집이 작은 고모를 붙잡고는 다른 사람들 앞에서 뺨에 키스했다. "고모들은 잘 지내셨어요? 이 조카를 보러 여기까지 오시다니 정말 친절하셔요! 너무 건강해 보이시네요. 정말 귀엽고 작은 재킷이군요! 어, 바구니가 있네요, 점심인가요? 아니라고요? 잠깐 들여다봐도 될까요? 오! **고양이군요!** 오래도 사네요, 여전히 잘 지내고 있겠죠?"

"아주 잘 지내지." 한숨을 쉬면서 릴리에게 확실히 말했다. 레이철은 사람들 앞에서 호들갑 떠는 걸 정말 싫어했다.

릴리는 레이철을 다시 토닥이고는 짐꾼을 찾으러 가면서 진한 향수 냄새와 뒤섞인 퀴퀴한 터키산 담배 냄새를 풍겼다. 레이철은 주름진 회색 태피터 드레스의 어깨를 매만지며 릴리의 뒷모습을 바라봤다. 통화가 보여주었듯, 릴리에게는 분명히 뭔가 고민거리가 있어 보였다. 하지만 통화할 때 내비쳤던 만큼 걱정스러워 보이지는 않았으므로, 레이철의 도움을 받아 문제를 해결할지 아니면 혼자서 해결할지 마음을 정하고 있는 듯했다. 만약 후자라면, 많은 시간을 낭비하고 어리석은 가식을 떨면서 되는대로 해결하는 방식일 것이다. 레이철은 도대체 무슨 일일지 궁금했다.

그녀는 무심코 바구니의 걸쇠를 만졌다. 걸쇠는 단단히 잠겨 있었고, 강한 만족감을 표현하는 가르랑거리는 소리의 진동이 손끝에 전해졌다.

메이휴 경위는 이 시점에서 자기에게 예지력이 있었다면 좋았겠다고 한탄한다. 그랬더라면, 레이철과 고양이와 짐까지 모두 집으로 돌려보냈을 것이라고 주장한다. 그랬더라면, 지금쯤 매우 마음에 들지 않는 두 사람을 교도소로 보내서 기뻐했을 거라고, 그들은 그보다 훨씬 더 나쁜 짓을 당해도 싼 잔인하고 무자비한 사람들이라고 덧붙였다.

레이철은 메이휴에게 그만 그들을 놓아버리라고 말했다.

2장
독이 든 고기

    살인 사건이라고는 꿈에도 생각지 못한 채 대기실에 자리 잡은 레이철은 사람들의 눈길을 사로잡는 진기하고 매력적인 존재였다. 새하얀 V자형 헤어라인 아래 하트 모양의 얼굴은 고요했으나, 눈은 빠르게 움직였고 총기가 있었으며 자세는 꼿꼿했다. 그녀는 대부분의 나이 든 여자들이 치장으로 쓰는 필박스 모자*와 포크 보닛**, 숱 없는 머리 위에 너무 높게 감은 터번을 혐오했다. 그래서 확연히 다른 모자를 썼다. 그녀의 모자는 딱히 스타일이랄 게 없었다. 모자는 귀를 충분히 가

---

  * 정수리가 납작하고 옆면이 직선이며, 챙이 없는 작은 여성용 모자.
  ** 앞부분이 넓고 길게 나온 여성용 모자.

렸고, 머리에 꼭 맞았으며, 챙은 헤어라인 바로 위에서 폭이 좁게 퍼져 있어서 얼굴 분위기와 어울렸다. 그녀는 태피터를 아주 좋아했는데, 노부인들이 입기에 적당해서가 아니라 다채롭게 바스락거리는 소리가 좋았기 때문이다. 신발은 발볼이 좁고 격조가 있었다. 그녀는 많은 할머니가 그러하듯 그윽하고 차분한 눈빛을 지녔기 때문에 누군가의 할머니로 느껴졌다. 심지어 역에 있는 몇몇 사람은 그녀가 자기 할머니였으면 하고 바라는 듯 보였다.

릴리가 담배를 피우며 돌아왔다. 사색에 잠긴 표정에 미소가 희미해졌다. 짐꾼 하나가 그녀를 따라오고 있었다. 짐꾼은 수화물 취급소에서 레이철의 작은 여행 가방을 발견하고는 그들에게 택시를 불러주었다.

택시 운전사는 기분 좋게 콧노래를 불렀고, 굉음을 내며 차를 출발시켰다. 속도가 붙자 차창 밖으로 사물이 휙휙 지나갔다. 택시는 모퉁이에서 졸고 있는 오토바이 경찰관을 지나쳤다. 레이철은 그가 택시를 보고 한쪽 눈을 뜨는 모습을 본 것 같았다. 매우 더운 날이었다.

시클리프Seacliff 대로는 해변 위 절벽까지 쭉 뻗어 있었다. 대로의 바다 쪽에는 좁은 공원이 있었고, 그다음으로는 스트랜드가(街)까지 이어진 가파른 내리막길 옆에 상점과 화려한 놀이시설이 있었으며, 다음으로 태평양이 보였다. 레이철은 자기도 모르게 눈이 시릴 만큼 빛나는 잔잔한 푸른 바다를 응시하고 있었다.

절벽 아래에는 해변을 바라보며 줄지어 놓인 셋집과 상점, 영화관과 작은 레스토랑들이 있었고, 각 건물에서부터 아래 해변까지 시멘트 산책로가 이어졌다. 그러나 레이철은 릴리가 몸을 앞으로 기울여 운전사에게 다음 모퉁이에서 해변 쪽으로 차를 돌리라고 말할 때까지 이런 장소를 자신이나 조카와 연관 짓지 못했다.

기사는 뒤를 돌아보지도 않은 채 경멸하듯 고개를 끄덕이고는 '끼익' 하는 날카로운 바퀴 소리를 내며 차를 돌려 다이빙하듯 돌진했고, 해변이 끝나는 지점의 시멘트 산책로 가장자리에서 머리칼이 쭈뼛해질 정도로 급정거했다. 레이철은 심장이 튀어나올 것 같았다. 그녀는 지금도 시험 비행을 하는 기분이 어떨지 알 것 같다고 말한다.

"올여름은 여기 스트랜드가에서 지내고 있어요. 너무 신나요!" 릴리가 레이철의 귀에 대고 떠들어대며 작은 눈을 휘둥그레 떴다. "여긴 모든 것들의 한복판이에요. 밤새 지나가는 사람들 소리하며, 해변에 부딪치는 파도 소리를 들을 수 있어요! 진짜 파도 소리 말이에요, 고모!"

"조금 시끄럽지 않니?" 레이철은 놀란 가슴을 진정시키며 북을 두드리는 작은 소년에게 눈을 고정한 채로 물었다. 소년의 동생으로 보이는 여자아이가 파이프처럼 생긴 악기를 불고 있었다. 그들은 군인처럼 정확하게 발을 구르며 앞뒤로 행진했다. 사람들과 이리저리 부딪치는 남매의 모습은 마치 〈1776년의 정신The Spirit of '76〉* 속 한 장면 같았다.

릴리는 "어, 약간 그런 것 같아요" 하더니 곧바로 반박했다. "하지만 모든 걸 다 가질 순 없잖아요. 게다가 여기까지 오신 이유는 해변 때문이니까요. 지금 바로 해변으로 가시는 게 어때요? 사람들이 재미있고, 또 얼마나 많은지 몰라요. 파도 소리 들리세요? 저기 사람들 보여요?" 릴리는 담배에서 입을 떼고 낄낄 웃더니 레이철이 택시에서 내리는 걸 도왔다. 그녀는 운전사에게 택시비로 은화 몇 닢을 떨궈주며 말했다. "가방은 신경 쓰지 마세요. 제가 들 수 있어요. 조금만 걸어가면 돼요."

그들은 외출복을 입고 산책 나온 사람들과 수영하러 해변으로 오고 가는 활기찬 사람들을 지나쳐 조심조심 걸었다. 서맨사는 어떤 뚱뚱한 남자가 바구니를 거칠게 밀자 한 번 야옹거렸다.

"죄송합니다, 부인." 뚱뚱한 남자가 고개를 숙이며 사과했다.

레이철은 속으로 고양이가 갇혀 있어서 다행이라고 생각했다. 서맨사는 할 수만 있다면, 남자를 할퀴어버렸을 것이다.

"여기예요, 고모! 고급스러운 곳은 아니지만, 편하실 거예요. 이쪽으로 오세요."

레이철이 걸음을 멈추고 꼼짝도 하지 않고 서 있자, 계단에

---

* 미국의 독립선언 100주년을 기념하려고 처음 전시된 그림으로 북을 치고 피리를 불며 행군하는 군인들의 모습이 담겼다.

있던 릴리가 몸을 돌려 무슨 일인지 살폈다. 담배를 물고 있던 입이 긴장한 듯하다가 곧바로 미소를 띠었다. "놀라셨죠? 그렇게 고급스러운 곳은 아니라고 말씀드렸잖아요."

레이철이 작은 발을 내밀어 천천히 계단을 올랐다. "너무 다르구나, 릴리. 왜 그런지 네가 저번에 살던 집이 생각나는걸."

"아, 그 집! 그 촌구석 집요?"

"하지만 좋은 집이었잖니. 릴리, 너 무슨 돈 문제라도 생긴 거니? 필립 오빠가 신탁으로 네게 남겨둔 유산 말이다. 아직도 거기서 생활비를 받는 거지?"

"그 쥐꼬리만 한 유산이요? 네, 받고 있어요. 하지만 겉모습만으로 이곳을 판단하지 마세요. 여기 해변 쪽이 집세가 더 비싸요. 지금까지 살았던 집들만큼이나 세가 비싸다고요. 들어오세요. 집이 물지는 않을 거예요."

'물지는 않겠지'라고 생각하며 레이철은 뒤틀린 계단을 올랐지만, 계단은 세입자들을 추락시킬 준비가 단단히 되어 있는 듯 보였다. 수년간 페인트칠이 되지 않은 목재는 바닷바람과 안개 때문에 색이 바랬다. 지붕의 골조는 이상하게 부서진 모습이었고, 금속제 방충망은 바깥으로 축 늘어진 채 빨갛게 녹슬었다.

건물은 단층집이었는데, 집 한가운데 복도가 길게 뻗어 있었다.

그들은 밝은 햇빛으로 환한 해변에서 퀴퀴한 냄새가 나는 어두운 집으로 들어갔다. 레이철이 손을 뻗어 앞을 더듬었다.

"여긴 어두워요." 릴리가 인정했다. "이런 덴 하루 종일 불을 켜둬야 하는데 말이에요. 여기 발밑 조심하세요! 카펫에 구멍이 나서 조심하지 않으면 걸려 넘어질 수 있어요. 지난주엔 여기서 목이 부러질 뻔했지 뭐예요. 그래도 많이 아프진 않았어요." 그녀는 서둘러 덧붙여 말했다.

어스름한 복도에서 더 어두워 보이는 직사각형 문을 몇 개 지나쳐 걸었다. 그중 하나가 살짝 열려 있었다. 레이철은 칙칙한 목재에 대비되는 유령처럼 창백한 손가락 네 개를 똑똑히 보았다. 누군가가 그들이 지나갈 때까지 문 뒤에서 숨죽이며 가만히 서 있었다. 정확히 말하자면 숨어 있는 건 아니었다. 눈에 보이는 손이 자신의 존재가 알려지든 말든 신경 쓰지 않는다는 사실을 말해주고 있었다. 손가락의 주인은 복도가 텅 비기를 기다렸다.

레이철은 조금 더 빨리 걸었다. 코르셋 때문에 툭 불거진 릴리의 몸이 앞에서 멈추더니 자물쇠에 열쇠를 꿰맞추는 달가닥거리는 소리가 들렸다. 문틈으로 새어 나오는 빛이 점점 넓어져 복도까지 퍼졌다. 릴리는 레이철에게 먼저 들어가라고 손짓했다.

"여기가 고모를 위해 빌린 방이에요. 이 집의 다른 방들과 마찬가지로 화려하지도, 고급스럽지도 않아요. 하지만 편안하게 느끼실 거예요. 제 방은 같은 라인의 바로 뒷방이에요. 고모

앞방에는 렌스터 씨가 살아요. 젊지만 아주 조용한 분이죠. 저쪽 복도 건너편 사람들은 잘 몰라요. 어제 막 도착했거든요. 젊은 여자애가 엄마처럼 보이는 여자랑 같이 왔는데, 그 사람들도 조용해요. 뭐 어제 하룻밤이긴 했지만요. 그러니 고모가 밤에 듣게 될 소리는 아마 파도 소리랑 스트랜드가 맞은편 끝 회전목마에서 나오는 희미한 음악 소리가 전부일 거예요."

"그래, 여긴 괜찮을 거야, 릴리. 여기서 지내는 동안 틀림없이 즐거울 거야. 그런데 네가 아침에 전화했을 때는……." 그녀는 조카가 전화 통화에서 표현했던 불안이 표정에 드러나는지 보려고 릴리의 얼굴을 살폈다. 불안한 표정은 없었다. 릴리는 꽤 태연하게 담배를 꺼내 또 불을 붙였다. "네가 전화해서 내려와달라고 부탁했을 때, 정말 오고 싶었어. 제니퍼는 나더러 가면 안 된다고 했지만……."

"우리 제니퍼 고모!" 그 세 단어에는 훨씬 많은 감정이 담겨 있었다.

"하지만 잠시 떨어져 지낼 좋은 기회 같았어. 우린 요즘 너무 집에 붙어 있었으니 말이다. 그래서 내려왔지. 게다가 네게 문제가 좀 있다고 말했잖니."

"제가요?" 릴리는 파란 눈을 최대한 크게 떴다. "전화로요? 음…… 어디 보자. 아, 맞아. 그거네요! 방금 기억났어요." 그녀는 목구멍 깊은 곳에서 작게 낄낄거리는 소리를 냈다. "제가 너무 호들갑을 떨었나요? 저는 그냥, 음, **걱정스러웠어요**. 가끔 하찮은 일들 때문에 불안해지기도 하잖아요. 사소한 일을 크게 과장하는 거 말이에요. 전 그냥 고모가 놀러 오시면 좋겠다고 생각했어요. 별일 아니었어요. 고모를 놀라게 했거나, 무슨 심각한 일이 생겼다고 오해하게 했다면 죄송해요, 고모. 어쨌든 오고 싶으셨죠? 그냥 저를 보러요."

"아, 그럼, 그럼." 레이철은 가방에서 짐을 꺼내 정리하기 시작했다. 릴리는 아무 말도 하지 않았다. 숨기고 있는 엉망인 상황이 무엇이든 계속 숨길 생각이었다. 그녀는 사소한 비밀이 폭발할 때까지 숨기기를 좋아했는데, 비밀은 대체로 폭탄이 되어 드러났다. 그때의 초대는 "늑대다! 늑대다!"라며 도움을 청하는 중요한 외침이었다. 릴리는 도와주러 온 사람들의 인내심을 바닥나게 하는 양치기 소년의 이야기를 들어본 적이 없었던가 보다.

레이철은 세면도구에 켜켜이 쌓인 먼지를 못 본 척하면서 화장대에 직접 가져온 은색 세면도구 세트를 놓았다. 고개를 들었을 때는 깨진 거울에 비친 일그러진 자기 모습에 소스라치게 놀라 펄쩍 뛰었다.

릴리는 담배 연기를 유난히도 골똘히 보고 있었다. 그러곤 갑자기 해변에서 열리는 관현악 연주회에 관해 이야기하기 시작했다. "월요일만 빼고 매일 밤 열려요. 게다가 정말 멋진 곡을 연주한다니까요. 멀로이 씨는, 아, 그분도 여기 사셔요. 멋진 신사분이시죠! 연주회 즐기는 법을 제게 가르쳐주셨어요.

고모도 제가 그런 데 별로 관심이 없는 걸 아실 거예요. 좋은 재즈 음악을 들으면 늘 감탄하지만요. 하지만 멀로이 씨가 제게 음악을 알려주신 후로 우린 함께 들었어요. 아마 월광 소나타였을 거예요." 그녀가 기묘하게 소녀 같은 소리로 웃자 레이철은 곧바로 흥미를 느끼며 돌아보았다. 릴리의 뺨이 발그레해지면서 입에는 수줍음이 묻어났다. 레이철은 예전의 그 불길한 징후를 알아차린 채로 계속해서 짐을 풀었다.

"멀로이 씨는 달빛을 좋아해요. 달빛을 낭만적으로 보이게도 하시죠. 시 같은 걸 모두 알고 계시거든요. 많이 배운 분이라 고모도 좋아하실 거예요."

"그 남자를 내가 만나는 거니? 오늘 밤에?"

일종의 불안감이 소녀처럼 붉어진 뺨에 번졌다. "어, 만나실 거예요. 저도 정말 고모에게 소개해드리고 싶어요. 제가 고모와 제니퍼 고모에게 소개해드렸던 몇몇 사람들 같지 않게 정말 좋은 분이에요. 그 사람들 중 몇몇은 지금 생각해보니 별로 멋지지 않았어요. 멀로이 씨가 다시는 과거를 곱씹지 말라고 말했지만요!"

"지금 그 사람은 직장에 있니?"

"아니요. 어딜 잠깐 가셨어요. 저는 잘……." 그러더니 살짝 인상을 찌푸리고는 연기를 더 많이 내뿜었다. "하지만 돌아오실 거예요. 돌아오시리라 믿어요. 그때 만날 수 있을 거예요."

레이철은 살짝 관심을 보이며 호의를 나타냈다. "아주 멋진 사람이라며? 음, 그 남자는 무슨 일을 하니?"

"직업이요? 아, 그분은, 그분은 일을 하시죠. 그냥 원래 하던 일과 다른 일을 하세요. 요즘 경기가 어떤지 아시잖아요. 스트랜드가에 있는 가게 몇 군데에서 일하고 계세요. 예전에는 배우였는데, 그래서 그런지 독특한 분위기가 있어요."

"너보다 나이가 많니?"

"조금요. 쉰셋쯤? 머리털은 희끗희끗하고 키가 커요. 그 나이로는 안 보일 거예요. 엄청나게 잘생겼어요. 아직도 프로필 사진을 갖고 있더라고요. 제 방에 그분 사진이 있어요. 짐을 잠시 놔두고 저랑 가시면 보여드릴게요."

그들은 바로 옆방인 릴리의 방으로 갔다. 방은 정신없이 어질러져 있었다. 청소 서비스를 받지 않는 릴리의 방은 꿈에나 나올 법한 광경이었다.

여기저기에 널려 있는 옷가지는 대부분 축 처졌고 때가 묻어 있었다. 레이철의 침대와 달리 릴리의 침대는 낮 동안 벽에 있는 칸막이 안으로 접어 넣을 수 있어서 거실 같은 분위기를 줄 수도 있었다. 하지만 침대는 여전히 펼쳐져 있었고 침대보가 가운데에 돌돌 말려 있었다. 침대 옆에는 의자가 하나 있었다. 의자 위에는 오래된 케이크 상자가 빵 부스러기가 안에 들어 있는 채로 놓였고, 옆에 놓인 유리잔 안쪽에는 우유가 링 모양으로 굳어 있었다.

레이철이 가장 못마땅한 것은 창가에 드리운 커튼이었다.

커튼은 애초부터 싸구려였는데, 이제는 때가 묻고 낡았을 뿐만 아니라 그중 하나는 커다란 삼각형 모양으로 찢겨 창틀 아래쪽의 빛바랜 벽지가 드러나 보였다. 레이철은 재빨리 조카를 바라봤다. 릴리는 산더미 같은 서랍 안의 물건들을 샅샅이 뒤지며 멀로이의 사진을 찾고 있었다. 레이철은 태피터 재킷의 옷깃 뒤에서 핀을 뽑아 커튼을 고정하려 창가로 다가갔다.

먼지가 구름처럼 퍼지면서 톡 쏘는 냄새가 코를 찔렀다. 커튼의 천은 세월과 함께 삭아서 핀이 잘 꽂히지 않았다. 레이철은 릴리가 짜증을 내지 않도록 나무로 된 창틀에 핀을 재빨리 꽂아 넣었다. 핀이 나무에 박히자, 커튼은 다시 온전해 보였다.

그녀는 유리창 너머를 바라봤다. 창문은 닫혀 있었다. 너무 오랫동안 닫혀 있었는지 더러운 유리에 희미한 거미줄 자국이 그대로 남아 있었다.

릴리는 멀로이의 사진을 내밀었다. 레이철은 사진 속에서 거의 쉰은 되어 보이는 한 남자의 머리와 어깨, 흰 머리칼, 큰 코와 턱, 그리고 거만한 눈빛을 보았다.

"잘생겼죠, 그렇지 않아요 고모?"

레이철은 더 격식 있는 단어를 선택했다. "그래, 미남이네."

"그분을 고모가 만날 수 있다면 좋을 텐데요. 만나면 얼마나 매력적인지 아실 거예요."

"그러게, 안타깝구나. 아마 내가 떠나기 전에 돌아오겠지. 너도 그렇게 생각하지?"

릴리는 다시 한번 이마를 살짝 찌푸렸다. "저도 그걸 알면 좋겠어요. 제게 말도 없이 이렇게 떠나버린 게 좀 이상하긴 해요. 틀림없이 타당한 이유가 있겠지만요. 그나저나 이런 얘기 한다고 점심이 나오지는 않죠."

그녀는 방의 반대쪽 끝에서 작은 주방으로 이어지는 문을 열었다. "샌드위치를 만들 재료가 좀 있어요. 이리 오세요."

레이철은 그녀를 따라 작고 음울한 방으로 들어갔다. "여긴 조금 답답해 보이죠? 그러면, 음, 창문을 열까요?"

릴리는 싱크대 위에 놓인 더럽고 작은 유리창을 힐끗 보며 밝게 웃었다. "저 창문은 제구실을 못 하는 고장 난 화재경보기 같아요. 절대로 열리지 않는다니까요. 보이세요?" 그녀는 뚱뚱하고 하얀 팔로 힘을 줘 열려 했지만, 창문은 꿈쩍도 하지 않았다. "아마 근육 단련용으로 여기다 창문을 달아놨나 봐요."

릴리는 빵에 버터를 묻히고는 간소시지로 버터를 펴 바르며 콧노래를 흥얼거렸다. 그녀가 길고 노란 머리카락 한 올을 샌드위치에서 빼내 싱크대에 떨어뜨리자, 머리카락은 더러운 접시 위에 힘없이 내려앉았다. 레이철은 촉을 발동해보았다. "릴리, 뭐든 네가 걱정하는 게 있다면, 알고 싶구나. 전화 통화에서 너는……."

릴리는 아무것도 모른다는 듯 어리둥절한 표정을 지었다. "그게 무슨 말이에요, 고모? 전화 통화요? 아, 그 문제를 계속 고민하시면 안 돼요! 아직도 걱정되세요?"

"약간." 레이철이 인정했다. "네 목소리가 두려워하는 것 같았거든."

릴리는 콧노래를 멈췄다. 레이철은 그녀가 집중하면서 단어를 조심스럽게 고르고 있다는 것을 눈치챘다. "음, 사소한 문제가 하나 있어요. 하지만 정말 중요한 문제는 아니라서, 그냥 혼자 처리하기로 했어요." 레이철은 좀 전에 이미 그 결심을 알아차렸었다. "그냥, 사소한 돈 문제예요. 그게 다예요."

상황이 익숙하게 들리기 시작했다. 레이철은 방 안을 천천히 거닐었다. "남에게 돈을 빌렸니? 그런 거야?"

릴리는 샌드위치 접시를 식탁 위에 아무렇게나 놓고는 앉으라는 듯 의자를 가리켰다. 그녀의 얼굴은 무표정했다. "네, 돈을 좀 빌렸어요."

레이철은 식빵 사이로 기름진 회색 속이 불거져 나온 샌드위치를 뚫어지게 쳐다보다가 물었다. "액수가 꽤 많아?"

릴리는 샌드위치를 우적우적 먹으면서 진실을 말할지 거짓을 말할지 고민하는 기색이 역력했다. 그러다가 "한 1000달러쯤이요"라고 시인했다.

침묵의 시간이 이어졌다. "그 정도면 네가 1년에 받는 돈이지 않니?"

"대략 그 정도죠."

"릴리야, 넌 내가 도와줬으면 좋겠니?"

"오늘 아침에는 그런 터무니없는 생각을 했어요. 전화했을 때는요. 제 기억이 제게 장난을 치고 있나 봐요. 나중에야 고모의 유산도 저처럼 신탁으로 맡겨졌다는 게 기억났어요."

레이철은 진실과 거짓을 구분하면서 이 마지막 말은 진실이 아닐 것으로 판단했다. 릴리의 기억력은 그렇게 나쁘지 않았다. 과거에 같은 문제를 떠올리게 하는 많은 사례가 있었다. "맞아, 신탁 재산으로 맡겨졌지." 레이철은 마치 그 주제가 새롭다는 듯 조심스럽게 대답했다. "몇 년 전에 내가 직접 신탁으로 은행에 맡겼어. 알다시피, 제니퍼와 나는 아버지가 우리에게 남겨주신 유산으로 투자했다가 크게 실패했잖니. 필립오빠는 자기 몫을 사업에 투자했고, 그래서 릴리 네가 그 덕을보고 있고 말이야. 하지만 유산을 진짜 재산으로 불린 사람은우리 중에 애거사 언니가 유일했지. 언니는 그쪽으로 매우 영리했어."

릴리는 거칠고 씁쓸하게 웃었다. "그래서 서맨사가 그 덕을보고 있고요!"

레이철이 손을 조심스레 내밀었다. "분하게 생각하지 마라, 릴리. 그건 애거사 언니의 돈이란 걸 명심해. 언니는 말년으로갈수록 점점 더 이상해졌지. 아무도 믿지 않았어. 하루에도 여러 번 우리에게 고양이가 자기의 유일한 친구라고 말하면서, 그 불쌍한 영혼에서 우러나오는 애정을 고양이에게 아낌없이쏟아부었지. 돈이 필요한 너로서는 고양이에게 돈을 상속한 언니가 매정해 보이겠지. 하지만 기다리는 것 말고는 우리가 할 수 있는 게 없단다. 제니퍼나 내게는 이제 그 문제가 중요치 않아. 우린 필요한 만큼 쓸 돈이 있으니까."

"그렇겠죠! 애거사 고모의 유산으로 잘 먹고 잘 사시니까요!"

"아니, 전부는 아니야. 딱 서맨사를 돌보는 데 필요한 만큼이야. 좀 진정해라, 릴리!"

릴리는 코로 숨을 거칠게 몰아쉬면서 고모를 한참 동안 노려보았다. 그 눈길에서 피곤한 불안과 확고해지는 결심이 엿보였다. "상관없어요. 저도 그럭저럭 먹고살 순 있어요."

레이철이 잠자리를 준비하기 전에 그녀는 아주 잠시 서맨사를 뒷마당으로 내놓았다.

달이 보이지 않는 밤이었다. 절벽 그늘이 있는 좁은 뒷마당에는 어둠이 벨벳처럼 내려앉았다. 희미한 소음이 스트랜드가 쪽에서 울려 퍼졌다. 사격 연습장에서 들리는 딱딱거리는 총소리, 상점의 티켓 판매원들이 시들하게 소리치는 소리, 회전목마의 증기 오르간 소리가 들렸다. 철썩거리는 파도 소리가 그 모든 소리를 덮어버렸다. 레이철은 시원한 바다 공기를 맡으며 기분이 좋았다.

가벼운 산들바람이 불어왔다. 바람이 방향을 바꾸자, 릴리와 저녁을 먹었던 바로 옆 레스토랑에서 생선튀김 냄새가 풍겼다. 바로 그때, 레이철은 이상한 냄새를 감지했다! 그녀는 뒤쪽 작은 베란다에서 몸이 뻣뻣하게 굳었다. 고개를 돌리고는, 폐 속으로 있는 힘껏 공기를 들이마셨다. 섬뜩한 표정이 그녀의 얼굴에 드리웠다. 두근거리는 심장이 목구멍 밖으로 튀어나올 것 같아 가슴을 움켜쥐었다.

목소리가 제대로 나오지 않아 애를 먹었다. "이리 와, 나비야, 나비야!" 그녀는 몸을 굽히고 손을 내밀었다.

고양이는 곧바로 오지 않았다. 한동안 레이철은 그곳에 어색한 자세로 서 있었는데, 갑작스러운 한기라도 느꼈는지 팔다리를 덜덜 떨었다.

그때 서맨사가 어둠 속에서 나타났다. 계단을 오르는 고양이는 황금빛 눈만 둥둥 떠다니는 것 같았다. 그러다 뒤쪽에서 나오는 빛으로 레이철은 반짝이는 고양이 털을 알아보았다. 고양이는 레이철의 손목에 대고 다부진 작은 귀를 문질렀다. 레이철은 복도로 가서 고양이를 들어 올렸다. 입에 꽤 신선하고 빨간 생고기 한 조각을 물고 있었는데, 고기 안에 칼로 예리하게 벤 자국이 있었다.

레이철은 고양이의 앙다문 턱을 억지로 벌려 고기를 빼냈다. 그녀는 고양이를 내려놓고 고기 조각을 불에 비춰보았다. 칼로 벤 자국이 벌어져 있었는데, 안쪽 깊숙한 곳에서 녹지 않은 수정 같은 것이 빛에 반사되어 반짝거렸다.

레이철이 자기 방으로 가자, 고양이는 습관대로 주인의 발뒤꿈치를 따랐다. 레이철은 서맨사를 바구니에 넣었다. 고깃덩어리는 아리송한 퍼즐이었다. 마침내 그녀는 화장 크림통의 내용물을 세면기 하수구에 쏟아버린 후 용기를 비웠다. 그러고는 고기를 용기에 담아 어떤 배고픈 짐승도 열지 못하게 뚜껑을 돌려 잠근 후 창밖 모래로 떨어뜨렸다.

메이휴 경위는 이 단계에서 자기가 등장했어야 한다고 불평한다. 상황이 이미 꽤 불길하게 전개되면서 조짐이 곳곳에 드러나고 있다고 말이다. 그는 자기가 무엇인가를 했을지도 모른다고 생각한다. 그게 뭔지는 잘 모르지만, 형사의 후각으로 쥐의 냄새를 맡았으리라고 확신한다.

레이철은 거의 독살당할 뻔했던 쥐냄새는 아무나 맡는 게 아니라고, 어쨌든 그건 쥐가 아니라 고양이였다고 반박한다. 또한 완전히 혼란스러운 상황 속에서도, 왜 고양이가 독이 든 고기를 물고 있었는지 처음부터 알고 있었다고 지적했다.

그들은 이 가벼운 범죄의 동기를 내내 알고 있었지만, 사건의 나머지 부분을 푸는 데에는 전혀 도움이 되지 않았다.

3장

편지를 받은 레이철

레이철은 눈을 뜨자마자 몇 가지를 알아차렸다. 유리창으로 쏟아지는 하얀 손 같은 달빛, 음산하게 째깍거리는 작은 시계, 요란하게 철썩대는 파도, 빠르고 세게 요동치는 자기 심장이었다. 게다가 **다른 것도** 있었다. 그녀는 어둑한 좁은 방을 둘러보았다. 자신을 제외하고는 아무도 없었다.

그것은 문밖에서 나는, 긁고 할퀴는 소리였다. 복도에서 방문 아래쪽을 손톱으로 할퀴는 소리라는 것을 직감으로 알아챘다.

"거기 누구세요?" 레이철은 어둠 속에서 소리쳤다. 대답 대신, 긁는 소리가 갑자기 뚝 끊겼다. 작은 시계가 째깍거렸고,

파도는 천둥같이 우르릉거렸다. 달빛만 보이는 가운데 1분이 흘렀다.

레이철이 일어나 앉자 온몸에 한기가 들었다. 귀를 기울이며 한쪽 발을 디뎠다. 곧 용기를 내 문까지 다가갔고, 그런 다음 문을 열고는 좁은 틈으로 밖을 훔쳐보았다.

릴리가 얼굴을 복도 바닥에 대고 누워 있었다. 우중충한 실내복 안에 살이 흐물거리는 걸로 보아 코르셋을 벗은 것이 분명했고, 헝클어진 머리카락은 이목구비를 가리고 있었다.

그러나 릴리는 죽지 않았다. 레이철이 몸을 숙여 만지자 릴리는 신음하며 약간 꿈틀댔다. 레이철의 목소리가 어두침침한 빈 복도에 작게 울려 퍼졌다. 건조한 목구멍에서 나오는 긴장한 듯한 쉰 소리가 가늘게 떨렸다. "릴리! 릴리! 일어나라!" 레이철이 실내복을 잡았지만, 릴리가 갑자기 몸을 돌렸고 레이철은 움켜쥔 옷을 잡아당겼다. "릴리, 대답해! 다친 거니?"

갑자기 복도에 사람들이 몰려들었다. 외풍을 맞아 나이트가운을 펄럭이며 그들은 양쪽에서 유령처럼 다가왔다. 제일 먼저 레이철과 릴리에게 다가온 사람은 키가 큰 중년의 여자였는데, 복도 끝에서 나오는 희미한 노란 불빛을 받은 얼굴이 눈에 띄게 수척했다. 그녀는 릴리 가까이서 몸을 구부리고는 지긋이 릴리를 노려봤다. 패닉에 빠진 짧은 순간, 레이철은 이 여자의 이름을 알고 있는데 떠오르지 않는다는 착각에 빠졌고, '알면 말할 텐데' 하며 아쉬워했다. 물론 릴리를 보고 소스라치게 놀란 건 분명했다. 수척한 여자가 눈을 위로 치켜떴을 때, 레이철은 그 눈에 담긴 분노와 경멸을 봤고 그런 착각은 이내 사그라들었다.

"이게 다 무슨 소란이에요? 바닥에 누워 있는 스티클먼 부인은 어떻게 된 거죠?"

릴리는 신음하며 알아들을 수 없는 소리로 대꾸했다.

"저는 여기 주인이에요. 이런 일이 일어나게 내버려둘 수 없어요. 여긴 품위 있는 집이라고요." 그녀가 다시 시선을 내리깔자 또다시 레이철은 그녀를 거의 잊힌 어떤 이름으로 부르고 싶은 이상한 충동을 느꼈다. 하지만 레이철은 이 여자의 이름을 분명 알고 있었고, 익숙한 이름은 아니었다. 릴리에게서 들은 집주인 여자의 이름은 터너 부인이었다.

그 순간 꽤 젊은 누군가가 레이철 옆으로 몸을 숙였다. 작은 계란형 얼굴에 노란 비단 타래 같은 긴 머리칼을 지닌 아가씨였다. 아주 깨끗하고 빛이 났으며, 몸에서는 이슬을 머금은 꽃향기가 희미하게 풍겨서 레이철은 놀랍고 당혹스러운 가운데서도 그녀에게 눈길이 갔다. 그녀 옆에 있는 다른 여자는 레이철의 맞은편 방문에서 복도로 막 들어섰다. 그 여자는 더 나이가 들었고, 눈은 동그랗지만 매서웠으며, 머리카락은 하얬다. 아가씨는 레이철이 릴리의 몸을 뒤집는 것을 돕다가 릴리의 얼굴을 봤다. 그녀는 벌떡 일어나 더 나이 든 여자에게 낮은 목소리로 수군거렸다.

그들은 둘 다 물러났는데, 아가씨는 만지면 안 되는 것을 만진 듯한 표정이었다. 하지만 레이철이 노쇠한 팔로 릴리의 육중하고 푹 퍼진 몸을 일으켜 세우려고 안간힘을 쓰는 모습을 보고서, 다시 몸을 숙여 릴리를 일으킬 수 있도록 도왔다.

건물의 앞쪽에서 나온 남녀는 멀찌감치 떨어져서 돕지 않았다. 터너 부인이 마지못해 거들면서 매몰차게 경고했다. "만약 이게 발작이라면 물리지 않게 조심하세요. 발작하면 물기도 한답니다."

그들은 릴리를 침대에 눕힌 후 레이철만 남겨두고 방을 떠났다. 릴리는 완전히 의식을 잃지는 않아서, 들어가면서 불을 켠 방 안을 이리저리 두리번거렸다. 그녀는 정신을 놓은 바보처럼 보였다. 턱에는 단단한 주먹을 빗맞은 듯 빨간 찰과상이 또렷이 남아 있었다. 목의 살집에는 연달아 멍이 들어서 마치 지문이 찍힌 것 같았다. 릴리의 숨소리만이 방을 가득 채웠다.

오랫동안 아무도 말을 꺼내지 않았다. 레이철이 창밖을 바라보는 동안 달빛이 희미해지면서 사그라들더니 바깥의 사물들이 회색빛 여명 속에서 살며시 모습을 드러내기 시작했다. 살짝 피어오른 안개가 아침 산들바람에 실려 갔다. 옆집 레스토랑의 뒤쪽 유리창에 불이 켜졌고, 달그락거리는 냄비 소리가 작지만 선명하게 들렸다. 레스토랑에서 내리고 있는 커피 향도 풍겼다.

레이철은 방 안이 꽤 밝아지자 릴리를 보았고, 덩치 큰 조카와 눈이 마주쳤다. 의자에서 몸을 기울여 부드럽게 담요를 만지며 말했다. "좀 나아졌니?"

릴리의 눈빛은 돌처럼 차가웠다. "전 괜찮아요."

"무슨 일인지 말해줄 수 없겠니? 알고 싶구나."

"말할 수 없어요."

거절당한 레이철은 뒤로 물러앉았다. "캐려고 하는 건 아니다, 릴리. 다만 내가 도울 수 있다면 돕고 싶어서 그래."

"고모는 도울 수 없어요. 아무도 못 도와요. 너무 깊이 휘말려버렸어요."

레이철은 다시 약간 앞으로 몸을 기울였다. "그건 모르는 일이지. 내가 할 수 있는 일이 있을지도 모르잖니. 돕게 해주렴."
릴리는 천장을 보면서 대답하지 않았다. "내가 네 일에 개입하고 싶어 한다고 생각하면 안 된다. 정말 그런 의도가 아니니까. 네가 혼자 감당할 수 있는 일이라면, 어쩔 수 없지. 하지만 아니라면……. 있잖아, 릴리야. 난 네가 필립 오빠의 귀여운 딸이었다는 걸 잊을 수가 없구나. 남은 형제 중에는 자식이 없으니까……. 예전에 네가 우리 집 계단에서 넘어진 적이 있잖니. 내가 널 일으켜 세워서 무릎에 붕대를 감아줬지. 기억나니?"

여전히 답이 없었다. 릴리는 멀리 눈을 돌려 유리창을 바라보았고, 레이철은 그녀의 눈에 고인 눈물이 햇빛에 반사되어 반짝이는 모습을 놓치지 않았다.

"그냥 얘기라도 하면 도움이 될지 몰라. 누군가가 너를 공격한 것 같은데. 네가 진 빚하고 관계가 있는 거니? 아까 말했던 빚 말이다."

릴리는 고개를 홱 틀며 무언의 동의를 표현했다.

레이철은 매우 조심스럽게 이어 말했다. "게다가 이 이상한 집에 사는 것 말인데. 네가 살았던 다른 집들과는 너무 달라. 네가 더 나은 집을 찾을 때까지 여기 임시로 지내는 거라면 이해할 수 있겠어. 그냥 임시변통으로 지내는 거라면 말이다. 빚을 갚으려고 돈을 절약하는 거지?"

레이철은 신중했지만, 릴리의 표정에서 자기가 실수했음을 깨달았다. 릴리는 대번에 몸을 뒤집으며 방어적인 자세를 취했고 눈에는 노여움이 가득했다. 그러고는 내뱉듯이 말했다. "저는 여기가 좋아요. 그래서 여기 사는 거라고요. 이곳을 좋아하니까요. 그건 제가 진 빚하고는 아무 상관이 없어요. 전혀요. 그러니 잊어버리세요."

레이철은 사과했다. 존중했어야 했던 보이지 않는 경계를 넘어버렸다고 느꼈다. 그녀는 중얼거리듯 말했다. "난 그냥 궁금했을 뿐이야. 제발 화내지 마라."

릴리는 마음이 누그러졌는지 손을 뻗어 레이철의 부서질 것 같은 손을 만졌다. "화나지 않았어요, 고모. 짜증 낸 것처럼 들렸다면 죄송해요. 가끔 고모를 보면 아버지가 생각나서 그래요. 그러니까 고모가 상황을 보는 방식 말이에요. 아버지는 항상 좋은 취향과 탁월함, 그런 것들을 얘기하셨죠. 아버지도 이 집이 마음에 들지 않았을 거예요. 아버지가 그럴 거란 걸 고모도 아시겠지만요. 하지만 저는 언제 제가 가장 행복한지를 알아요. 저는 여기서 행복했고, 지금도 행복해요. 그래서 여기서 지낼 거예요. 지금은 제가 돈을 빌린 사람들도 여기 살기 때문에 좀 어색할 뿐이에요. 하지만 갚을 거예요, 이사도 안 갈 거고요."

레이철은 불안해서 이미 꼭 쥔 손에 더 힘을 주었다. "하지만 여기 있으면 위험해. 여기 있으면 안 된다고! 여기 사는 게 즐겁다고 해도, 그러면 안 돼. **위험하다고.** 난 그런 예감이 들어! 우리 이사 나가자꾸나."

하지만 릴리는 고개를 저었다. "안 돼요, 고모. 못 가요. 여기 머물러야 할 특별한 이유가 있어요. 설명할 수는 없지만, 떠날 수도 없어요."

"그렇다면 돈을 모을 준비를 해야겠구나. 내가 오늘 시내로 돌아갈게. 난 몰랐다. 그 사람들이 이렇게나 열성으로……." 릴리에게 돈을 빌려준 자들의 감정을 묘사하기에 부적절한 단어 같았지만, 레이철은 너무 피곤해서 다른 생각을 할 여유가 없었다.

릴리가 다시 고개를 흔들자, 축 늘어진 그녀의 머리카락이 베개 위에서 단조롭게 움직였다. "아니에요. 아무것도 하지 마세요. 고모가 도울 수 있는 건 없어요."

"내가 1000달러쯤은 가져올 수 있을 거야."

릴리는 단호한 표정으로 올려다봤다. "빚이 1000달러가 아니에요, 고모. 그 사람들이 이제는 2000달러를 원해요."

레이철은 그 말에 대답하려고도 하지 않았다. 할 수 있는 말이 많지 않아 보였다. 머리가 아플 정도로 생각이 많아졌다. 이번에는 릴리의 문제가 이제껏 보아온 그녀의 다른 사건들보다 훨씬 더 심각하고 사악한 것 같았다. 릴리는 자기 방 아니면 복도에서 공격당했을 뿐만 아니라, 거의 의식을 잃을 지경까지 목이 졸렸다. 릴리의 빚은 레이철이 자는 동안 저절로 두 배가 되었다. 매우 혼란스럽고 무서운 일이었다.

레이철이 릴리의 침대 옆에 앉아 있는 동안 한기가 등줄기를 훑고 내려갔다. 갑자기 집이 그리워지면서 오늘이 청소부 아주머니가 집에 오는 날이라는 것과 잠시 후면 모자를 쓰고 앞치마를 두른 제니퍼가 그들의 저택 문간에서 브래니건 부인을 맞이하리라는 사실이 떠올랐다. 울면서 천장을 노려보는 릴리와 함께 이 답답하고 으스스한 방에 있는 것이 아니라 거기, 그 자리에 있었더라면 좋았겠다고 생각했다.

집에 가고 싶은 충동이 일었다. 하지만 릴리는 레이철이 젊었던 그 지나간 세월 내내 오빠의 어린 딸이었고, 어떻게 그렇게 살이 쪘는지는 모르겠으나 비대한 여인으로 변한 그 어린 딸은 이제 도움을 필요로 했다. 그녀는 릴리의 눈을 뚫어져라 보면서 릴리가 사실을 말해주기를 속으로 애원했다. 레이철은 예전의 일들을 회상하며 몽상에 잠겼다.

편안하게 딴 세상에 빠져 있는 레이철을 깨운 것은 릴리였다. 레이철의 손을 만지는 릴리의 손이 너무 차가워서 그녀는 깜짝 놀랐다. "침대로 돌아가세요, 고모. 그리고 마저 주무세요. 다 잘될 거예요. 어서 주무세요."

레이철은 뼈마디마다 퍼지는 뻣뻣함과 피곤함을 느끼며 자리에서 일어났다. 릴리는 고모가 가는 모습을 보려고 고개를 돌리지도 않았다.

레이철은 축 처진 큰 침대에서 침대 커버를 돌돌 감은 채 잠을 청했지만, 잠이 오지 않았다.

마침내 희미하게 야옹거리는 소리가 그녀에게 일어날 구실을 주었다. 서맨사를 바구니에서 꺼내놓았다. 검은 고양이는 귀엽게 몸을 아치형으로 구부리고는 눈을 감으며 하품했다. 그런 다음 여주인의 미안해하는 표정을 본 후 작은 발로 소리 없이 방을 돌아다녔고, 여기저기 냄새를 맡으며 코를 킁킁거렸다. 레이철은 옷을 갈아입었다.

고양이를 겨드랑이에 끼고 복도로 나왔는데 밤에 복도에서 봤던 젊은 아가씨랑 그녀의 엄마와 마주쳤다. 아가씨는 소박하고 말쑥한 흰옷을 입었고, 황금빛 머리카락을 목 위로 틀어올린 채였다. 그녀의 매우 곧은 자세를 보고 레이철은 인디언처럼 곧다고 생각했다. 인디언을 실제로 본 적은 없지만 말이다. 아가씨 옆에 있는 어머니는 차분하고 피곤해 보였다. 그녀의 꽉 다문 입은 억눌린 감정을 보여주는 것 같았다. 여자는 아가씨와 키가 비슷했지만, 젊은 아가씨와 같은 꼿꼿함은 없었고 구부러진 나무처럼 허리가 구부정했다.

레이철은 그들이 릴리의 안부를 물으리라 기대하며 머뭇거렸다. 그러나 그들은 짧은 인사를 중얼거리더니 그녀를 지나쳐 문으로 향했다.

어둠 속에서 릴리의 방을 찾아 노크했다. 곧 조카가 문을 열어주었다. 릴리는 거친 면직물로 띠를 만들어 붕대처럼 목에 감은 채로 목에 든 멍을 가리려는 듯했지만 레이철은 그 의도를 바로 알아차렸고, 릴리의 얼굴에 눈물 자국 또한 선명했다. "들어오세요, 레이철 고모. 여기 의자가 있어요. 배고프시죠? 벌써 9시가 넘었네요. 아침거리로 몇 가지가 있어요. 지금 당장 준비할게요."

레이철은 식욕이 없다고 말했다. 그녀는 릴리의 두꺼운 손가락에 묻은 잉크 자국과 화장대 위에 세워진 편지봉투를 알아보았다. 봉투에는 레이철의 이름이 크게 휘갈겨 쓰여 있었다. 그녀는 봉투 쪽으로 소심하게 다가가 물었다. "내 거니?"

릴리는 주저하듯 봉투를 힐긋 보더니 대답했다. "네, 고모 거예요. 아침 식사 후에 드리려고 했는데, 지금 드리는 게 낫겠네요." 그녀는 봉투를 집어 이상하게 바라보더니 그것을 레이철에게 주었다. 아직도 머릿속에서는 그 봉투에 관해 뭔가 생각하고 있는 것이 분명했다. "여기 있어요, 고모. 이걸 어딘가에 안전하게 보관해주세요. 제게 무슨 일이 생기기 전까지는 열어보시면 안 돼요." 릴리는 고모의 눈을 똑바로 바라봤는데, 이번만큼은 그녀의 얼굴에서 어떤 위선도 찾을 수 없었다. "그러니까 제가 죽는다면요. 그땐 이걸 열어서 읽어보셔야 해요."

레이철은 봉투를 꼭 움켜쥐었다. "누군가가 두려운 거니? 여기 있으면 위험하다는 걸 너도 아는 거지?"

릴리는 유쾌한 결심이라도 한 듯 고개를 저었다. "전 그렇게 생각 안 해요. 진짜 위험은 없어요. 하지만 그 사람들이 좀 거칠어지긴 했죠. 고모도 아시겠지만요."

"릴리……." 하지만 릴리는 침착하고 확고부동한 태도로 레이철의 애원을 물리쳤다. 레이철은 쇠귀에 경 읽는 기분이 들었다. 하지만 계속 애원해야만 했다. 릴리에게 그 집에서 나오라고 다시 간청했다.

릴리는 아침을 먹겠다고 했다. 가식적으로 웃으면서 고모를 몰고 작은 주방으로 향했다. 그들은 토스트와 소금에 절인 돼지고기볶음과 스크램블드에그를 먹었다. 릴리는 음식을 게걸스럽게 먹었지만, 레이철은 식욕이 돋지 않았다.

릴리가 걱정하는 게 있다면, 그건 오로지 찰스 멀로이인 것 같았다. 그녀는 그 주제에만 몹시 흥분하며 열변을 토했다. 멀로이가 돌아오지 않은 지 거의 3주가 되었다고 했다. "그분이 돌아오시면 바로 알 수 있어요. 그분 방이 제 방 맞은편이니까요, 오시는 소리가 들릴 거예요. 하지만 이렇게 오래 안 계시니까, 너무 보고 싶네요."

레이철이 눈을 반짝이며 이해하겠다는 듯 그녀를 바라보았다. "멀로이 씨를 정말 좋아하는구나. 그 사람이랑 약혼했니?"

릴리는 포크를 내려놓고 엉겁결에 혀끝으로 아랫입술에 묻은 달걀을 핥았다. 고모를 바라보는 그녀의 눈에서 단순한 놀라움이 아닌 더 많은 감정이 엿보였다. 불안, 두려움, 놀람이 뒤섞인 눈빛으로 빤히 바라보기만 했다. "무슨 그런 말씀을 하세요!" 마침내 간신히 대답하며 자기도 모르게 입술을 다시 핥았다. 그녀는 정신을 수습하고 이어 말했다. "아이, 고모! 놀리지 마세요! 우린 아주 좋은 친구 사이예요, 친구라고요."

레이철은 단정한 눈썹을 살짝 치켜올리기만 했다. 그 모습에 릴리는 다시 놀란 것 같았다. 그녀는 초조한 듯 빵을 찢었다. "그분한테도 시간을 줘야죠! 우린 이제 겨우 서로 아는 정도니까요! 어쨌든……."

릴리는 그 문제를 내버려둘 수도, 고모에게서 시선을 뗄 수도 없었다. "왜 그렇게 생각하세요, 고모? 재밌네요, 엄청 재밌어요! 멀로이 씨는 제게 잘해주셔요. 우린 같이 영화도 보고, 춤도 추고, 관현악 연주회에도 다녀요. 정말 착한 분이세요." 그녀가 거칠게 낄낄거리며 웃는 바람에, 접시에 있던 빵 부스러기가 날숨과 함께 흩어졌다. "약혼이라뇨! 아, 고모! 그 말이 얼마나 웃기게 들리는지 모르겠어요. 우린 **그냥 친구**예요."

레이철은 주방 창문 너머로 옆 건물의 얼룩진 치장 벽토를 바라봤다. 그녀의 눈썹은 아래로 처져 있었다. 릴리의 수다 속에서 생각에 잠겼다. 속으로는 릴리가 수다를 그만 떨기를 바랐다. 릴리는 거짓말을 하고 있었고, 레이철은 그걸 알았다.

바닷바람이 따뜻한 정오에 레이철은 편지를 쓰러 일광욕실*로 갔다.

문 위에 놓인 판자에 자랑스럽게 '서프 하우스'라고 새겨져 있었는데, 서프 하우스에는 세입자들을 위한 로비가 없었다. 하지만 입구 오른쪽, 예전에는 셋방이었을 방의 해변이 바라다보이는 면을 유리로 만들어 값싼 고리버들 소파와 책상 하나, 버려진 합판 흔들의자 몇 개, 양치식물이 놓인 스탠드를 갖춰놓았다. 경치가 장관이었다. 계단 옆에는 넓은 시멘트 산책로가 있었고, 모래 해변에는 쨍한 색감의 파라솔들이 우후죽순으로 펼쳐져 있었으며, 하늘과 맞닿은 바다가 푸르게 반짝거렸다.

다섯 살쯤 돼 보이는 어떤 여자아이가 책상에 앉아 종이를 가지고 놀고 있었다. 밝은색 머리카락과 병색이 완연한 누런 얼굴을 한 작고 여윈 아이였는데, 말라서인지 무릎과 팔꿈치가 살집에 비해 커 보였다. 아이는 약간 반감이 묻어나는 표정으로 레이철을 보았다.

"전 클라라예요." 아이는 책상에 앉은 채 말을 걸었다.

레이철은 유쾌한 미소로 소개에 답했다. 그러면서 잠시 그

---

*큰 유리창과 유리 지붕을 달아 햇빛이 많이 들어오게 만든 방.

책상을 써도 되겠느냐고 물었다.

클라라는 새가 고갯짓하듯 고개를 옆으로 돌려 곁눈질하고는 약삭빠르게 대답했다. "책상을 쓰게 해드릴 수도 있죠. 1페니만 주시면요."

레이철은 핸드백을 뒤졌다. "내가 1페니를 주면 그걸로 뭘 할 거니?"

누런 얼굴에 냉소가 묻어났다. "할머니가 무슨 생각 하는지 알아요. 그걸로 내가 사탕을 살 거라고 생각하죠?"

"오, 아니야. 사탕은 전혀 생각지도 않았단다. 그냥 1페니를 받으면 그걸로 뭘 할 건지 궁금했을 뿐이야."

"음, 사탕은 안 살 거예요. 절대로요!" 클라라는 막대기처럼 마른 허리를 꼿꼿이 세우고 앉았다. "사탕은 먹으면 배탈이 나고, 이도 빠져요. 저도 그쯤은 알아요. 하지만 할머니한테 비밀 하나 알려드릴게요. 엄마한테 뭘 사다 드리려고 1페니가 필요한 거예요." 이를 환하게 드러내고 웃는 미소에 시무룩한 표정이 사라졌다가 이내 돌아오면서 아이의 눈빛이 차가워졌다. "말 안 하실 거죠? 하지 않는 게 좋을 거예요! 제가 돈을 충분히 모으면, 깜짝 놀랄 일이 생길 거니까요."

"말 안 할게. 1페니 여기 있다."

아이는 동전을 받고 의자에서 미끄러지듯 내려와서는 레이철을 솔직한 표현으로 칭찬했다. "할머니는 못생긴 노부인이 아니에요. 머리카락이 하얗지만요."

"고맙구나." 레이철은 의자에 앉으며 근엄하게 물었다. "넌 노부인들이 싫구나?"

"대부분은 싫어해요. 근데 할머니는 좋아할 수 있을 것 같아요. 화나 있거나 짜증 내는 것 같지 않아서요. 할머니는 어린 여자아이를 좋아하세요?"

레이철은 작은 얼굴을 들여다보며 대답했다. "아주 많이 좋아하지. 나도 예쁜 손주가 있으면 좋겠다고 생각한단다."

"손주가 없으세요?"

"응, 없어."

경계하는 눈빛이 잠시 누그러졌다. "안됐네요. 우리 엄마가 그러는데 사람은 다 가질 수가 없대요." 클라라는 어색한 듯 문을 향해 갔다. "안녕히 계세요." 문밖으로 나갔다가 다시 안으로 고개를 내밀고는 당부했다. "진짜 말 안 할 거죠?"

레이철이 재차 대답하자, 안심한 아이는 돌아갔다.

레이철은 편지를 두 통 썼는데, 그중 한 통은 제니퍼에게 보내는 편지였다. 그녀는 편지들을 봉투에 담아 주소를 썼다. 그녀는 지갑 안을 더듬거려서, 봉투 중 하나에 무엇인가를 넣었다. 그런 다음 자리에서 일어났다.

복도 건너편 셋방에서 문이 열리더니 한 여자가 나왔다. 가슴이 풍만하고 키가 큰 여자는 좋은 옷을 입었고, 모피 위로 보이는 얼굴은 당당하게 앞을 노려보고 있었다. 걸음걸이에서 거만함이 느껴졌다. 그녀는 몇 걸음 걸으며 레이철을 뚫어지게 보았다. 그녀의 눈은 레이철의 작은 모자, 재킷, 핸드백과 손에 든 편지까지 훑어 내려갔다. "안녕하세요!" 그녀가 낮고 부드럽게 인사했다. "외출하시나 봐요?"

시선을 마주친 레이철은 그 안에 숨은 적개심을 발견했고 "아, 네. 맞아요"라고 더듬거리며 대답했다.

"저도 나가는 중이에요." 덩치 큰 여자는 부드럽게 말했다. "저는 스컬록 부인입니다. 얘기할 사람을 만나서 반갑네요. 같이 나갈까요?"

레이철은 편지를 움켜쥔 손아귀에 힘을 주었다. 그 상황에서 벗어날 방법이 있기를 간절히 바랐다. 노골적으로 무례하게 굴지 않고는 방법이 없었으나 레이철은 그런 행동에 익숙하지 않았다. "제가, 아니, 부인이 기다리셔야 할 거예요. 뭘 가지러 방에 돌아가야 하거든요."

어두운 표정의 여자는 침착했다. "저야 기꺼이 기다리죠. 돌아오실 때까지 이 자리에 있겠습니다."

나중에 스컬록 부인을 알게 된 메이휴 경위는 레이철에게 왜 그때 돌아가서 침대 밑에 숨지 않았느냐고 물었다. 하지만 레이철은 그러고 싶지 않았다고 말한다. 그녀는 그냥 방으로 돌아가서 고양이를 바구니에 담아서는 정문에서 기다리는 덩치 큰 여자와 합류했다.

낡은 집 안은 따뜻했지만, 바깥 공기는 차가웠다. 그들은 함께 놀이공원이 있는 구역을 지나갔다. 하루 중 그맘때에는 매우 조용했다. 레스토랑에서 점심을 먹는 사람들도 있었고, 해변에 누워 있는 사람들도 있었지만, 상점에는 사람이 없었다. 두 여인은 아무 말이 없었다. 스컬록 부인은 침착하면서도 결의에 차 있었고 단호해 보였다. 레이철은 새로운 종류의 덫을 어떻게 빠져나갈까 골똘히 생각하는 쥐처럼 보였다.

그들은 우체통까지 함께 갔고 레이철이 편지들을 안에 밀어 넣었다. 그러고는 키가 크고 턱이 사각 진 스컬록 부인을 향해 말했다. "이것 때문에 밖에 나온 거라서요. 저는 다시 돌아가려고요."

스컬록 부인은 매우 흔쾌히 받아들였다. "저도 바람이나 쐬러 나온 것뿐이라서요. 이제 돌아가야겠네요."

4장
살인

스컬록 부인은 크고 단단한 손을 레이철의 팔꿈치 아래로 쑤셔 넣고 그녀가 방향을 바꿀 수 있게 도왔다. 레이철은 전에 도움을 받아본 적이 있었다. 길모퉁이에서 그녀의 총기를 몰라본 정중한 신사들에게 여러 번 도움을 받았고, 통행량이 많은 도로 한복판에서는 집에 그녀 또래의 할머니가 있는 다정한 아일랜드계 경찰관들에게도 도움을 받았다. 하지만 이렇게 매우 정중하거나 매우 강압적으로 부축을 받은 적은 없었다. 스컬록 부인이 차분하게 성큼성큼 걷는 사이, 바로 옆 레이철의 작은 발은 순종적으로 종종걸음을 쳤다. 그녀는 두려움에 굴복하는 사람이 아니었지만, 심장만큼은 요란하고 빠르게 고동쳤다.

불길한 침묵을 견디며 집까지 에스코트를 받았다. 계단에서 키가 크고 피부가 창백한 남자와 마주쳤다. 남자의 옷은 매우 짧게 재단되었고, 긴 얼굴에 눈은 너무 가까이 몰려 있었다. 그는 둘을 보자마자 억지웃음을 지었다.

"자! 새로 사귄 이 친구분은 누구신가, 도나? 내게 소개해주지 않을 거요?" 그는 노란 장갑을 문지르며 고개 숙여 인사했다.

레이철을 휘어잡은 스컬록 부인은 그녀를 첫 번째 계단으로 끌어 올렸다. "이분은 스티클먼 부인의 고모님이세요. 미스 머독, 이 사람은 저희 남편 스컬록이랍니다."

잘 준비된 듯한 대사였다. 노란 장갑에 손을 뺏긴 레이철의 눈에는 함박웃음을 짓는 많은 이가 보였다. "만나서 영광입니다, 미스 머독. 우린 조카분과 꽤 친한 사이죠. 릴리에게 고모님에 관해 좋은 얘기를 너무 많이 들어서 만나 뵙고 싶었답니다! 이렇게 말해도 될지 모르겠지만, 정말 사진같이 예쁘시네요. 할아버지 앨범에서 보던 사진처럼요. 하하! 제 칭찬이 불쾌하진 않으시지요?"

레이철은 남자가 너무나도 싫어 자기 입에서 무슨 말이 튀어나올지 모르겠다는 생각이 들었다. 그래서 남자를 향해 아무 의미 없는 말을 중얼거렸다. 이유는 모르겠으나 부부는 그녀를 둘러싸는 듯 보였고, 그녀는 떠밀리듯 복도까지 도착했다. "안으로 들어오셔서 잠시 저희랑 얘기를 나누실까요?" 스컬록 부인은 유명한 거미와 파리의 이야기*에서 거미가 파리를 유혹할 때 사용했을 법한 어조로 레이철의 귀에 대고 애교를 부리듯 말했다. "저희는 친분을 쌓는 걸 좋아하지요. 그렇지 않나요, 허버트?"

레이철은 망설이며 몸을 꼼지락거렸다. 스컬록 부인의 손아귀 힘은 강철 같았다. 스컬록은 "그럼요, 그렇고말고요"라고 대답하며 열쇠를 꺼냈다.

레이철은 서맨사가 든 바구니를 꽉 움켜쥐었다. 염소 소리처럼 힘없는 목소리로 도움을 요청하면서 재빨리 달아날 마음의 준비를 했다. 하지만 바로 그 순간 릴리가 그들 무리와 마주쳤다. 릴리는 실내화를 신고서 소리도 없이 다가왔다. 목에 맨거친 면직물 밴드 위로 보이는 얼굴이 분노로 이글거렸다. 그녀는 손을 뻗어 자그마한 고모를 스컬록 부인의 손아귀에서 구해냈다.

"우리 고모를 내버려둬요. 고모는 이 일과 관계없잖아요." 릴리가 매몰차게 말했다.

스컬록 부부는 각자 다른 방식으로 그녀를 살폈다. 스컬록 부인은 대담하게 분노를 드러냈고, 스컬록은 불편한 듯 비웃음을 흘렸다. 그가 열쇠를 자물쇠에 밀어 넣으며 말했다. "잊지는 않았겠지요?"

---

* 영국의 여류 시인 메리 호위트가 쓴 시 〈거미와 파리〉를 말한다. 아첨을 조심하라는 교훈을 담고 있다.

릴리는 잊지 않았다는 의미로 고개를 흔들었다. 그녀가 침을 삼키자 면직물로 만든 밴드가 움직였다. "네. 잊지 않았어요. 하지만 저희 고모는 이 일에서 빼줘요. 전혀 관계없는 분이라고요. 아시겠어요?"

스컬록 부인의 끔찍한 눈이 레이철의 얼굴에 머물렀다. "처음에는 우리 사이가 이렇지 않았답니다." 스컬록 부인은 중얼거렸다. "우린 그냥 협력하는 사이였어요. 친구처럼요."

릴리는 그녀를 노려보았고, 레이철을 데리고 멀어지면서 거칠게 말했다. "저 사람들 말 듣지 마세요. 아예 관심조차 보이지 마세요."

그들은 고요한 레이철의 방으로 들어갔다. "저 사람들 누구니, 릴리? 정말로 저런 사람들하고 친한 거야?"

"친하다는 말로는 부족해요. 저 부부에게 빚을 졌으니까요. 돈을 빌리다니, 친한 것보다 더 어리석었어요."

레이철은 릴리의 쓸쓸한 표정을 읽었다. "그게 같은 돈이니? 우리가 전에 말했던 그 빚이야?"

경계하는 눈빛이 릴리의 얼굴에 교차했다. 그녀는 아무 말도 하지 않은 채 잠시 거칠게 숨을 몰아쉬었다. "레이철 고모, 묻지 마세요. 설명할 수가 없어요. 제가 바라는 건 고모가 이 일을 잊는 거예요. 그리고 그 사람들을 멀리하세요. 제발요!"

레이철은 방 안을 처음 보는 것처럼 별안간 허름한 방을 둘러보았다. "우린 여기 왜 있어야 하는 거야?" 그녀가 속삭였다.

릴리는 방금 뭐라고 말했느냐고 날카롭게 되물었다. 레이철은 거짓말로 둘러댔다. "저 사람들 말이야. 스컬록 부부가 맘에 들지 않는다고 생각하고 있었어. 너무 알랑거리고, 유들유들한 데다가 힘도 세고, 사악하잖니. 게다가 위험해, 릴리야."

릴리는 얼굴을 돌렸다. 그녀는 담배를 말아 필 겉잎을 찾아 주머니를 뒤지다 살짝 노여운 눈빛으로 고모를 보았다. "저 사람들은 자기네가 꽤 멋지다고 생각해요." 비웃으며 말했다. "나를 궁지에 몰아넣었다고 생각하죠. 하지만 지금부터는 제가 이길 거예요. 제가 이기는지 못 이기는지 두고 보세요."

"나라면 저들을 우습게 보지 않을 거다. 저 부부에게 빚을 졌다면, 돈을 갚고 상종하지 않는 게 상책이야."

릴리는 담배 연기를 불어 큰 버섯을 만든 후 타버린 성냥을 구석을 향해 톡 던졌다. "우리 식사해요." 그녀는 딱 잘라 말했다. "델리카트슨delicatessen에 전화했더니 먹거리를 좀 보내줬어요. 질이 좋아 보여요."

레이철이 이 불길한 집에 도착한 이후로 한 것이라곤 식사뿐인 것 같았다. 브레이커스비치에서 만끽할 즐길 거리가 있다고 하더라도, 희한하게 거의 누리지 못했다. 둘은 대부분의 시간을 릴리의 방에서 보냈다. 릴리는 거의 입도 벙긋하고 싶지 않은 듯 보였다. 미동도 하지 않은 채 앉아 있거나, 멍한 눈으로 침대 위에 큰대자로 누워 있었다. 그 눈빛에서는 기다림과 알 수 없는 기대감이 엿보였다. 그녀는 식사 시간에만 활기를 띠었는데, 식욕만큼은 절대로 수그러들지 않았다.

레이철은 옷장 안에 고양이를 넣어놓고 릴리의 방으로 갔다.

다시 한번 레이철은 복도에서 아가씨와 그녀의 어머니를
만났다. 이렇게 잦은 우연의 일치가 있을 수 있는지 의아했다.
나이 든 여자는 릴리를 보더니 뒤로 물러났고, 아가씨는 고개
를 치켜든 채 가만히 서 있었다. 릴리가 지나쳐 갈 때까지 그들
은 조용하고 어색하게 기다렸다. 릴리는 잠깐 보는 것 외에는
그들에게 주의를 기울이지 않았다. 복도에는 불이 켜 있지 않
아, 열린 정문을 통해 들어온 해변의 밝은 빛이 벽에 반사되어
전체적으로 희미하게만 보였다. 하지만 레이철은 나이 든 여
자가 릴리의 담배 연기를 피하려고 역겨운 표정을 지으며 고
개를 돌리는 모습과 아가씨가 측은한 눈으로 어머니를 바라보
는 모습을 눈여겨보았다.

릴리의 어질러진 방으로 들어간 뒤 레이철이 물었다. "너,
저 사람들 아니?"

릴리는 노란 머리 뭉치를 흔들었다. "아니요. 새로 온 사람
들이에요. 그제 처음 왔다고 제가 말하지 않았나요? 저 사람들
이름도 몰라요."

"아가씨가 아주 예쁘지 않니?"

"그런 것 같네요. 마른 여자가 조금 예뻐 보여요."

"얼굴이 왠지 낯이 익단 말이야. 우리가 아는 사람 누구 생
각나지 않니, 릴리? 그 아가씨가 누굴 닮았는지 생각이 나질

않아. 분명히 누굴 닮았는데…….” 레이철은 생각에 잠겨 눈썹을 찡그렸다.

“전 모르겠던데요. 주방으로 오셔서 식사하세요.”

점심을 먹었다. 릴리는 배를 채우고 흡족해했다. 레이철은 열에 들뜬 암탉처럼 음식을 조금씩 먹었다.

레이철은 서맨사가 운동할 수 있게 풀어놓으려고 밤까지 기다리지는 않았다. 그래서 대략 오후 5시쯤 마당에 고양이를 내려놓았다.

약 30분 정도 앉아서 고양이가 노는 모습을 보다가, 계단에서 일어나 서맨사를 불렀다. 그때 갑자기 돌멩이가 떨어지기 시작했다.

처음에는 자갈 몇 개가 절벽 꼭대기에서 떨어졌는데, 자갈이 경사면을 따라 부채꼴로 퍼지면서 돌무더기 숫자가 많아지고 가속도가 붙었다. 고양이는 그 소리에 호기심이 났는지 뒤를 돌아보았다. 레이철이 다시 고양이를 불렀다. 누군가에게 떠밀린 큰 돌덩이 몇 개가 절벽 꼭대기에서 ‘쿵’ 하고 떨어졌다. 고양이는 몸을 둥글게 말고는 침을 뱉었다. 돌 하나가 꼬리를 툭 하고 치자, 노여워서 울부짖으며 곧장 레이철에게 달려갔다.

보통은 차분한 레이철의 얼굴에 차가운 분노의 표정이 드리웠다. 그녀는 가만히 서서 절벽 꼭대기를 보았다. 1~2분쯤 지나자 관목 숲에 우거진 초록색 나뭇잎 사이로 어떤 형체가 모습을 보였다. 밝은 색깔의 무엇인가가 반짝였다. 형체가 일어나자 그것이 사람 머리 위를 가로지르는 한 올의 머리카락이라는 걸 알 수 있었다. 금발이었지만, 눈은 보이지 않았다. 눈은 나뭇잎 사이에 숨어 유심히 주변을 살피다가 다음 순간 사라져버렸다.

어둠이 쓸쓸히 내려앉았고, 바다에서부터 서서히 안개가 깔렸다. 해변의 낡은 집은 안개에 가려 보이지 않았다. 육지에서 1000킬로미터쯤 떨어진 배에서 날아온 증기일지도 몰랐다. 안개는 유리창에 붙은 이불솜처럼 레이철의 유리창을 축축하게 적셨다. 유리창 너머로 아무것도 보이지 않았고, 소리마저 희미해졌다. 공기는 호흡하기에 탁하고 습했으며 바다 냄새가 강하게 실려 있었다. 허름한 사방의 벽 안에서도 레이철의 귀에는 점점 더 거세지는 우레와 같은 파도 소리가 들렸다. 안개 속에서 파도는 높아지고 있었다. 헐거운 유리가 거센 바람에 흔들리며 유령처럼 달가닥거리는 소리를 내자, 고양이는 귀를 쫑긋하며 못마땅해했다. 황금빛 눈으로 이 음산한 환경을 비난하듯 주인을 바라보다가, 처량하게 한 번 '야옹' 하고 울었다.

저녁 8시 반, 레이철은 어젯밤 소동 때문에 깜빡했던 강장제를 먹으려고 책을 내려놓았다. 약병 라벨에는 분명히 '**취침 시 복용, 찻숟가락으로 두 스푼**'이라고 쓰여 있었다. 양심의 가책을 달래려고 레이철은 네 스푼을 먹었다. 쓴 약이지만 해는 없었다. 1회 복용량의 두 배를 먹었더니 병에 남은 약이 거의 없었다.

"전보다 더 쓰네!" 그녀는 반쯤 큰 소리로 혼잣말했다. "거의 다 먹어서 다행이야!"

숄을 걸치고 문밖으로 나가 문을 잠그고는 거의 릴리의 방문 앞에 도착하고 나서야 고양이가 복도까지 그녀를 쫓아오고 있다는 걸 알았다. 호박색 눈 두 개가 발밑에서 반짝거렸다.

레이철은 서맨사를 들어 올리며 항상 그랬듯 고양이가 제법 무거워서 놀랐고, 털은 또 어찌 그리 매끄러운지 감탄했다.

첫 번째 용무는 터너 부인에게 있었다. 그녀는 복도 끝에 있는 집주인의 문 앞에 멈춰 섰다. 방 안에서는 전자 재봉틀이 매끄럽게 윙윙거리며 작동하는 소리가 들렸다. 레이철이 노크하자 재봉틀 소리가 멈췄고, 터너 부인이 문을 열었다. "네?" 그녀가 날카롭게 대답했다.

터너 부인 너머로 눈에 들어오는 방은 따뜻하고 편안해 보였다. 방 한가운데에 재봉틀이 놓여 있고, 작업대 위에는 몇 미터쯤 되는 커튼 재료가 널브러져 있었다. "무슨 일이죠?" 집주인이 다시 물었다.

"수건이 좀 필요해요." 레이철이 요청했다.

여자는 뒤로 휙 돌아서더니 문 뒤로 사라졌다. 돌아올 때는 팔에 수건을 한 장 걸치고 있었다. 그것을 레이철을 향해 내밀며 퉁명스럽게 말했다. "세탁물이 내일 올 예정이라 이것뿐이에요."

수건을 받은 후 레이철은 잘 자라는 인사를 하려고 릴리의 방으로 돌아갔다. 그녀 뒤로 재봉틀 소리가 전보다 더 격렬하게 들렸다. 커튼을 만들다 방해받은 터너 부인이 화가 난 것 같았다.

릴리는 머리가 아팠다. 그녀는 이마에 젖은 수건을 올린 채 변함없이 어수선한 침대 위에 누워 있었다. 그녀는 초조하고 피곤해 보였지만, 레이철이 다시 자기 방으로 돌아가려 하자 옆에 있어달라고 간청했다. "외로워요." 릴리가 솔직하게 인정했다. "저도 얘기하고 싶어요. 그 모든 걸 혼자서만 간직하다니 바보였던 것 같아요. 줄곧 생각했죠. 고모 생각을 듣는 건 해가 되지 않을 거라고요. 정말 듣고 싶으세요?"

레이철은 크고 더러운 가죽 의자에 깊숙이 앉으며 고양이를 무릎 위에 올렸다. "물론이지. 듣고 싶구나. 말하고 싶은 건 뭐든지 말하렴."

릴리는 귀에 거슬리는 소리로 하품했다. 젖은 수건을 쿡 찌르고는 입술을 핥았다. "먼저 대부분 제 잘못이었다는 걸 인정할게요. 이제야 제가 너무 바보였다는 걸 알겠어요. 제 얘기가 끝나기도 전에 고모는 아실 거예요. 하지만 어쩌면 제가 생각해내지 못한 해결책을 찾아내실 수도 있잖아요. 아이고, 머리야!" 그녀는 약간 신음하며 부탁했다. "저기 아스피린 상자하고 물 한 잔만 갖다주시겠어요, 고모?"

레이철은 아스피린과 물을 건네며 릴리가 계속 말하기를 기다렸다.

"빌어먹을 이놈의 두통! 비명이라도 지르고 싶어요! 게다가 제가 처한 엉망진창인 상황까지, 너무 힘들어요!"

"내가 도움이 될지도 몰라."

"그랬으면 좋겠어요. 어쨌든, 전 빚이 있어요. 빚에 대해서는 많이 말씀드렸죠. 그게 도박 빚이라는 건 말씀 안 드렸네요. 맞아요, 도박 빚이에요. 아직도 왜 제가 이기지 못했는지, 아니, 왜 계속 돈을 따지 못했는지 이해가 안 돼요. 처음엔 제 운이 굉장히 좋았거든요."

"너의…… 운이라고?"

릴리는 고개를 홱 돌려 고모를 바라보면서 따졌다. "왜 그렇게 말씀하세요, 그런 식으로요?"

레이철은 매우 천진난만해 보였다. "모르겠구나, 정말. 아마네가 한 말 때문이겠지. 돈을 따지 못한 것에 대해, 마치 네가 돈을 따는 게 당연하다고 생각하는 것처럼 들려서 말이야."

릴리는 씁쓸하게 웃었지만, 수치심과 같은 감정이 얼굴에 드러났다. "찰스가, 아 참, 멀로이 씨 이름이에요. 아무튼 그분이 브리지*에서 이기는 방법을 알고 있었어요. 제가 고모라면, 그걸 속임수라고 부르겠지요. 당시에는 그걸 속임수라고 생각하지 않았어요. 이 사람들은 저녁마다 자기네 방에서 카드놀이를 하면서 제게서 거의 50달러를 땄거든요. 저는 화가 났고,

* 카드 게임의 일종.

돈을 돌려받고 싶었어요. 찰스가 갖고 있던 카드를 사용한다고 해로울 건 없어 보였고요. 그분은 패를 돌릴 때 카드 뒷면을 읽는 법을 설명해줬죠." 다시 한번 그녀가 고모의 얼굴을 힐끗거리며 살폈다. "절 형편없는 사람으로 생각하시겠죠. 맞아요, 그땐 정말 형편없었어요."

하지만 레이철은 릴리가 형편없는 사람이라고 생각하지 않았다. 다만 그게 대단히 어리석은 속임수라고 생각했다. 릴리와 카드놀이를 한 사람들이 스컬록 부부였다면, 그들이 릴리의 방법에 얼마나 속았을지는 짐작이 가고도 남았다.

릴리는 더 진지한 어조로 이어 말했다. "음, 처음엔 괜찮았어요. 찰스와 저는 파트너로 그들과 몇 날 밤을 상대했어요. 우린 판돈을 높게 걸었고 이겼죠. 그때 찰스가 스트랜드가에 있는 선물 가게에 임시직으로 취직했어요. 저녁 근무라서 우린 이 사람들과 더는 게임을 할 수 없었죠. 저는 돈을 따는 게 좋았어요. 그 방식으로 게임을 하면 너무 쉬워 보였거든요. 그래서 렌스터 씨에게 얘기했죠. 고모 옆방에 사시는 젊은 남자분인데, 정말 다정하시죠. 아무튼 그분이 제 파트너가 돼주겠다고 하셨어요. 차마 그분한테는 카드에 관해 설명할 수 없었어요. 정직한 분 같아 보였거든요. 그래서 혼자 해낼 수 있다고 생각했던 것 같아요. 하지만 우린 이기지 못했어요. **지고 말았죠.** 우린 계속 졌어요. 그러자 렌스터 씨는 걱정하면서 그렇게 돈을 잃을 여유가 없다고 말했죠. 고모, 전 우리가 언젠가는 이

길 때가 올 줄 알았어요! 모든 카드를 다 알고 있고, 누가 들고 있는지도 아니까요! 우리가 브리지를 할 때, 제 머리가 더 빨리 돌았더라면 좋았을 텐데요. 어쨌든 렌스터 씨께 저에 대한 호의로 게임에 남아달라고 부탁하면서, 둘이 잃은 돈은 모두 제가 책임지겠다고 했죠. 그분은 그러고 싶지 않다고 했지만, 제가 애원했어요. 그래서 우린 매일 저녁 도박을 하러 갔는데, 여전히 이기지를 못했어요. 전 뭐랄까, 필사적이었어요, 정말 악몽 같았죠! 그리고 많은 돈을 그들에게 빚지게 된 거예요. 아, 고모. 판돈은 계속 올라가서 결국 그 사람들은 소름 끼치게 변했어요! 전 신중하게 모든 확률을 생각하려고 애를 썼죠. 하지만 그 사람들처럼 빨리 브리지를 하면 누구나 휘말릴 수 있어요. 그런데 고모, 듣고 계세요?"

레이철이 몹시 졸려 보였던 건 사실이었다. 그녀는 릴리가 얘기할 때 어깨를 으쓱하며, 정신이 말짱한 듯 보이려고 갖은 애를 썼다. 릴리가 누구랑 도박을 했는지 너무나 간절히 알고 싶었다. 덩치 큰 조카가 일관되게 비밀로 했던 사실이 바로 그 것이었으니 말이다.

릴리의 낡은 시계에서 몇 분이 흘렀다. 그녀가 다시 이야기를 꺼낼 때는 다른 어조로 다른 주제에 관해 말했다. "고모, 제가 매우 미안하게 생각하는 게 하나 있어요. 아실지도 모르겠는데⋯⋯. 물론 정말로 고모가 보고 싶었지만, 여기로 와달라고 부탁드린 다른 이유가 있었어요. 지금은 부끄럽게 생각해요. 아시겠지만, 전 고모가 늙은 고양이를 데려올 줄 알았어요. 그게 저라고는…… 고모는 꿈에도 생각하지 못했겠지만……."

흐느끼듯 목멘 소리를 냈다. 그녀의 목소리는 방 안을 떠다니다 잠잠해졌고, 한층 잦아든 파도 소리에 묻혀서 들리지 않았다.

레이철은 고개를 들고 싶었지만, 눈이 잠의 바다에서 헤엄치고 있었다. 입술을 떼고서 릴리에게 알고 있다고, 이해하고 용서한다고 말하고 싶었다. 하지만 말이 나오지 않았다. 머리가 무겁고 바보가 된 기분이었으며, 눈에 보이는 방 풍경이 초점을 잃고 천천히 흔들리면서 방의 윤곽이 이상한 각도로 뒤틀려 보였다.

몸이 솜털처럼 공중에 붕 뜨는 듯한 유쾌한 기분이 들면서, 사지가 무언가에 눌린 듯 무기력해졌다. 고양이가 무릎 위에서 약간 움직이는 것을 느끼며 고개를 들어 올렸다. 문 쪽에서 뭔가 긁히는 소리가 들렸던가?

규칙적으로 째깍거리는 시계 소리가 점점 귀에서 멀어졌다.

일그러진 거울을 들여다볼 때와 똑같이 방 안이 일그러져 보였다. 릴리 이마에 있던 젖은 수건이 그녀의 눈 위로 내려와 있었는데, 기묘하게도 레이철은 이 장면이 또렷이 기억났다. 릴리는 수건을 그대로 내버려두었다. 수건 덕분에 릴리에게는 매우 드문 눈물을 들키지 않았다.

레이철은 릴리가 그녀의 대답을 기다리고 있는 걸 알았지만 무겁게 짓누른 피곤함에 압도되어 입이 떨어지지 않았으며, 자신을 엄습한 이상한 기분을 말로 표현할 수 없었다.

고양이가 다시 고개를 듦과 동시에 레이철은 목으로 차가운 외풍이 들이닥치는 것을 느꼈다. 문이 열리면서 복도에서 바람이 들어오고 있었다. 이것도 그날 벌어진 불가사의한 일 중 하나였다. 문이 아주 조용히 열리면서 누군가가 들어왔다. 그건 **누구였을까?**

몸의 무력감은 줄어들지 않았지만, 그녀의 감각은 잠깐 살아나, 시력과 청력이 고통스럽게도 선명해졌다. 고개가 앞으로 떨어지고 있었는데 그녀는 여전히 눈을 가린 채 누워 있는 릴리를 보았고 정확히 저녁 9시를 가리키고 있는 작은 시계의 두 바늘을 똑똑히 보았다. 복도에서는 찬바람과 함께 소리도 들어왔다. 복도 건너편 방에서 누군가가 헐거워진 마룻바닥 위에 놓인 흔들의자에 앉아 있는지 주기적으로 끼익하는 소리가 들렸다. 그리고 복도 끝에서는 길 잃은 호박벌 소리 같은 터너 부인의 재봉틀 소리도 들렸다.

기계가 잠시 멈췄고, 흔들의자도 멈췄다.

그러더니 두 소리가 다시 들리기 시작하면서 재봉틀은 윙윙거렸고 의자는 삐거덕거렸다.

외풍이 천천히 사그라졌다. 누군가가 방 안으로 들어와 문을 닫고 있었다.

'릴리에게 경고해야 해.' 레이철은 내면 깊숙한 어딘가에서 생각했다. '무슨 말이든 해야 한다고.'

그러나 말할 수 없었다. 졸음이 몰려오면서 무념무상의 푸른 안개 속으로 빠져들었다.

　푸른 안개가 그녀를 삼키면서 그녀는 잠들었다.

　살인은 레이철이 거기, 릴리의 침대 옆에서 잠든 사이에 일어났다.

　형사 스티븐 메이휴 경위는 특별히 행복한 일이라고는 하나도 없어 보이는 표정의 몸집이 아주 큰 남자였다. 키가 족히 180센티미터는 넘었고, 몸무게도 90킬로그램은 거뜬히 넘어 보였으며, 전체적으로 우울한 분위기를 풍겼다. 머리카락은 짙은 남색이었고, 검은 눈썹은 숱이 많았다. 잘 깎아놓은 나뭇조각 같은 네모난 갈색 얼굴은 감정에 따라 풍부한 표정을 지었다. 그에게는 딱 한 가지 버릇이 있다고 레이철은 자신 있게 말한다. 가끔 몸을 앞으로 구부리는 것이었는데, 앞에 있는 대상이 무엇이든, 누구든, 튕기듯 덮칠 준비가 되어 있음을 암시하는 자세였다. 게다가 인상 쓰기를 좋아해서, 검은 눈썹을 찡그리기 일쑤였다. 렌스터는 검은 곰 그림을 완성하려면 메이휴 경위가 험악하게 으르렁거리기만 하면 된다면서 그의 인상을 무례하게 표현하기도 했다.

　레이철은 그 표현이 마음에 들지 않는다. 그녀는 메이휴 경위가 정말로 오해를 많이 받고 있다면서 그가 규칙적인 생활을 하고, 집에서 만든 식사를 하고, 착한 여자의 보살핌을 받으면 꽤 다른 사람이 될 거라고 말한다. 메이휴 경위는 처음 두 가지는 자신도 간절히 바라는 항목이라고 말해왔다. 그러나 마지막 하나, 여자만큼은 사건이 일어났던 시점까지 피하고 있었다.

그가 처음 레이철을 봤을 때는 당연히 사망했으리라고 생각했다. 검시관인 사우사트 박사가 그녀의 가슴에 청진기를 댄 후 아직 살아 있다고 선언하고 나서야 메이휴는 그녀에게 관심을 기울였다. 그는 침대 위에 엉망으로 얼룩진 혈흔을 살펴보고 있었다.

"할머니는 간신히 살아 있네. 솔직히 말해 죽어가고 있지. 하지만 살 수 있을지도 몰라. 다른 의사를 부르게. 에런슨이면 충분할 거네. 간호사 두어 명이랑 같이. 복도에 있는 여자 중 하나를 붙잡고는 커피를 끓여서 할머니에게 먹이라고 하게. 진한 커피여야 하네. 또 이곳을 운영하는 사람을 찾아서 이 방이 할머니 방인지, 죽은 여자 방인지 알아내게. 할머니 방이라면, 커피를 한 잔 더 먹이게. 쉴리, 자네하고 토머스가 할머니를 여기서 모시고 나가게. 죽은 여자를 살펴보면서 동시에 죽어가는 여자를 살릴 수는 없으니 말일세."

사우사트 박사는 유연한 고무 청진기를 가방에 다시 찔러 넣고는 레이철의 의자에서 물러났다. 그제야 메이휴는 그녀를 처음으로 자세히 살폈다.

"이분은 어디를 다쳤습니까?" 박사에게 물었다.

"외상은 없네. 약물을 쓴 게 틀림없어. 모르핀중독으로 죽어 가는 것 같아. 에런슨과 간호사들이 서두르지 않으면, 그들이 여기 도착하기도 전에 우린 잘릴지도 몰라."

메이휴는 몸을 구부려 웅크리고 있는 작은 형체를 더 자세히 살펴봤다. "정말 몸집이 작네요. 하지만 할머니가 어딜 베인 게 아니라면, 몸에 묻은 저 끔찍한 피는 어떻게 된 겁니까?"

"피는 다른 여자에게서 나왔네. 피해자가 살해되는 광경은 장관이었을걸. 사람의 머리를 피해자의 머리처럼 잔인하게 가격한다면 피가 튀는 모습을 볼 수 있지. 저 목의 상처만으로도 피가 온천수처럼 뿜어져 나왔을 거야. 마침 고양이가…… 여보게! 고양이 어디 있나? 내가 들어올 때 봤는데 말이야."

메이휴의 깊은 눈이 멀리 귀퉁이에 있는 검은 털 뭉치를 발견했다. "저기 있네요."

"고양이도 엉망일걸. 아니, 그래야만 하고."

메이휴가 황금빛 눈 쪽으로 다가가자, 두 눈이 화장대 밑으로 물러났다. 그는 몸을 구부려 고양이를 빤히 쳐다봤다. "틀리셨네요. 고양이는 새 핀처럼 깨끗합니다"라고 말하곤 생각에 잠겼다.

5장

어딘가 이상한 고양이

박사는 어깨를 으쓱했다. "생각해보니, 그러면 안 된다는 이유도 없구먼. 깜짝 놀라서 살인이 벌어지는 내내 화장대 아래 숨어 있었나 보군."

"그럴 수도 있겠네요." 메이휴는 애매하게 동의했다. 그런 다음 몸을 돌려 복도에서 다가오는 쉴리를 보았다.

"밖에 있는 어떤 여자가 그러는데, 그 작은 노부인은 이 옆방에 묵었답니다. 부인을 그곳으로 데려갈까요?" 그는 웅크리고 있는 레이철에게 다가가 그녀를 집어 올릴 듯한 포즈를 취했다.

"그래. 여기서 데리고 나가게. 에런슨이 올 때까지 내가 옆에 있겠네. 침대 위 여자는 그대로 있을 테니까."

고지식한 지문 전문가 토머스가 박사에게 상기시키듯 크게 말했다. "시신의 상태가 그대로 있지는 않을 겁니다."

사우사트 박사는 수술용 메스만큼 날카로운 눈빛으로 그를 쏘아보고는 "커피는 준비하고 있는 건가?"라고 따져 물었다. "자네, 에드슨. 이 쓰레기 더미를 뒤져서 고무관과 물병을 하나 가져오게. 직장관주* 장비를 급히 만들어야겠네."

메이휴의 조수인 에드슨은 눈빛이 흐리멍덩하고 얼빠진 표정이었지만, 항상 호기심이 많았다. 그는 직장관주 장비가 무엇인지 물었고, 의사가 그에게 답했다. 대답을 들은 에드슨은 매우 불편해 보이는 얼굴로 밖으로 나갔다. 살해당한 여자가 있는 방 안은 상황이 분주히 돌아갔다. 카메라를 설치한 후 여러 각도에서 시신의 사진을 찍었다. 손가락에 가루를 뿌려 지문을 채취한 후 지문의 사진을 찍었다. 옆방에서는 전투가 시작되었다. 레이철이 모르핀과 혼수상태, 죽음과 맞서 싸우고 있었는데, 죽음이 거의 그녀를 삼키기 직전이었다.

메이휴는 이제 끈적한 농도로 말라가고 있는 피 웅덩이를 피해 가면서 릴리의 방 안을 뒤졌다. 그는 창문이 열려 있고, 방충망은 고정되지 않은 채로 약간 벌어져 매달려 있는 것을 대번에 알아차렸다. 복도와 뒷문을 통과해 바깥으로 나갔다.

*직장 안에 대량의 용액을 천천히 주입하는 방법.

손전등 불빛을 비춰 방충망 틀의 아래쪽 가장자리를 따라 나 있는, 아마도 어떤 도구로 냈음 직한 깊은 흔적을 무더기로 발견했다. 그는 석고 뜨기가 완성될 때까지 이 흔적들을 면밀하게 주시했다. 그다음에는 조명으로 환하게 빛나고 있고, 이제는 담배 연기로 자욱한 스티클먼 부인의 방으로 돌아갔다.

에런슨이 레이철을 돌보는 모습에 안심한 박사는 신중하게 시체를 살펴보고 있었다. "꽤 무겁고 날카로운 흉기로 아주 처참하게 두들겨 맞았군." 그가 중얼거렸다.

"칼일까요?" 에드슨이 잠시 생각한 후 과감하게 추측했다.

토머스가 놀라워하며 말했다. "맙소사! 대체 어떻게 살인 사건까지 투입된 거요? 피해자가 범인에게 머리를 맞았다는데, 범행 도구가 칼이냐니! 칼로 사람을 **때렸다는** 말을 들어봤소? 칼은 찌르는 거요, 모르겠소?"

메이휴가 투덜거리며 대꾸했다. "그야 그렇죠. 알았으니 그만 떠드시오. 계속 말씀하세요, 박사님."

"부상 부위가 많네. 아주 많아. 두개골에 골절이 수십 군데는 나 있어. 그냥 죽이려고 했다기에는 구타 흔적이 너무 많아 보여. 어쩌면 원한 관계나 복수 같은 게 아닐까 싶은데. 이 상처가 얼마나 깊은지 좀 보게나." 그는 길고 섬세한 손가락으로 가리키며 말했다. "이 여자는 원수가 있었던 것 같네."

"상처가 깊어서 칼이라고 생각하셨구먼." 토머스가 실실 웃으며 중얼거렸다. 그는 메이휴의 증오에 찬 눈초리를 받고서도 비웃음을 억누르지 못했다.

사우사트 박사는 주위에 튄 핏자국들을 둘러보며 말했다. "여자가 첫 번째 일격에 죽지는 않은 모양이야. 하지만 아마 곧바로 의식을 잃었을 것이네. 팔에 상처가 없는 게 그걸 설명해주지. 만약 의식이 있었다면, 틀림없이 팔에 방어흔이 있었을 테니까. 심장이 뛰고 있었으니 상당한 시간 동안 피를 흘렸을 걸세. 첫 일격에 의식을 잃었고, 그 후 구타당하면서 많은 피를 흘렸고, 관자놀이 위가 벌어지게 된 공격으로 마침내 사망했다고 요약하겠네. 머리 부상의 대부분은 사망 후에 생겼다고 생각하네. 목에 난 상처 때문에 이렇게 출혈이 많은 거야, 동맥을 절단했으니까. 물론, 이건 예비 시나리오라네. 부검 후에 완전한 보고서를 작성할 거고."

메이휴는 고개를 끄덕여 박사에게 감사를 표했다.

그는 많은 것이 옆방에 있는 작은 노부인에게 달렸다고 생각했다. 그녀가 아주 잠시라도 살아난다면 누가 스티클먼 부인을 죽였는지 말할 수 있을지 모른다. 만약 노부인이 입을 열지 않고 죽는다면 수사는 더 힘들어지겠지만, 메이휴는 사건이 성공적인 결말을 향해 나아가고 있다는 걸 추호도 의심하지 않았다. 그의 수사가 항상 그래왔기 때문이다.

레이철이 기억난 메이휴는 그녀의 상태가 어떻게 진행되고 있는지 보러 가기로 했다. 하지만 복도에 들어섰을 때, 빽빽하게 들어찬 사람들 때문에 길이 막혀 있었다. 그가 나타나자 사람들의 목소리도 쥐 죽은 듯 조용해졌다. 그들은 두려워하면서도 열렬한 관심을 보이며 말없이 메이휴를 바라보았다. 그는 숨소리마저 죽인 그들의 긴장감을 감지했다.

메이휴는 짐짓 화를 내는 척하면서, 그 이외에는 어떤 감정도 드러내지 않은 채 그들을 내려다보며 물었다. "이 여자분들을 발견한 분이 여기 계십니까?" 그는 얼굴을 하나하나 꿰뚫어 보았다.

키가 크고 수척한 여자가 물러나고 작고 풍만한 여자가 앞으로 나왔다. 그녀는 방어적으로 갈색 코트를 가슴 앞으로 움켜쥐었고, 메이휴 경위의 어두운 얼굴을 두려운 눈빛으로 올려다보았다. 몇 번 침을 삼킨 후에야 "제가, 제가 발견했어요"라고 간신히 입을 열었다.

"그 얘기를 들려주시죠. 가급적 간단히요." 메이휴는 해산하라는 듯 다른 사람들을 쳐다봤지만, 그들은 호기심에 사로잡혀 자리를 떠나지 않았다.

메이휴 앞에 선 작고 통통한 여자는 손을 떨면서 말을 하려다가 어딘가 아프다는 내색을 하며 말을 멈췄다. 여자만큼 통통하고 뺨이 붉은 어떤 남자가 그녀 가까이 다가와 어깨를 토닥거렸다. 그녀는 숨을 몰아쉬더니 간신히 말을 이어갔다. "고양이가요." 힘들게 말했다. "고양이가 거기서 울부짖고 있었어요."

"네, 계속 말씀하세요." 메이휴는 여자를 재촉했다.

그녀는 두려운 와중에도 변명을 먼저 늘어놓았다. "제가 원래는 다른 사람 집 안으로 들어가는 건 꿈도 꾸지 않는데요." 당황스러운 표정으로 항변하면서 다른 사람들의 얼굴을 힐긋 보았다. "하지만 그 방 사람들이 노크에 답도 하지 않았고, 불쌍한 고양이는 계속 울고 또 우는 거예요! 그래서 문을 아주 조금 열어서 고양이를 불렀죠. 그런데 고양이가 처음에는 나오려 하지 않았어요. 그래서 들여다본 거죠. 그랬더니 거기에 ……." 그녀는 도와달라는 듯 통통하고 작은 남편을 꼭 잡았다. "거기에 여자들이…… 있더라고요!"

"성함이 어떻게 되시죠?" 메이휴는 닳아빠진 작은 수첩과 뭉툭한 연필을 꺼냈다.

"티머슨이요." 작은 남자가 상황과 아내를 떠맡았다. 그는 두 겹이 된 턱을 문지르고 안경을 바로잡은 후 자세히 설명했다. "우린 로드니 J. 티머슨 부부입니다. 여기 살지요. 일광욕실 옆, 여기서 맞은편 첫 번째 방에 삽니다. 여기 오래 살았어요. 터너 부인에게 물어보세요. 터너 부인은 그녀가 여기 온 이후로, 그러니까 작년부터 우리가 줄곧 여기 살았다는 걸 알고 있어요."

"오늘 밤은 더 이상 얘기하지 않겠습니다." 메이휴가 티머슨에게 말했다. 이어서 그가 소리 높여 다른 사람들에게 얘기하자, 그 목소리가 복도 끝까지 쩌렁쩌렁 울렸다. "저는 여러분 모두와 내일 아침에 면담을 진행할 겁니다. 멀리 가지 마시

길 바랍니다."

불만이 터져 나왔지만, 메이휴는 주의를 기울이지 않았다. 그는 레이철의 방으로 가서 가볍게 문을 두드렸다. 어두운색의 머리카락 위에 하얀 모자를 얹은 젊은 간호사가 문틈 사이로 고개를 내밀었다.

간호사는 매우 예뻤는데, 입뿐만 아니라 눈으로도 미소를 지었다. "뭘 원하시나요? 들어오지는 못하실 것 같은데요." 기분 좋은 말투였다.

"자그마한 노부인은 어떻게 되셨습니까? 희망이 보이나요?" 메이휴가 물었다.

그녀는 확실치 않다는 의미의 제스처로 예쁘장한 입을 매력적으로 오므렸다. "에런슨 박사님께서 아직 뭐라고 말하기엔 너무 이르다고 하셨어요. 박사님께서는 살아날 가능성이 있다고 생각하셔요. 할머니가 모르핀중독인 데다 연세도 많으시지만, 반응을 보인다고 하셨고요. 또 궁금하신 게 있나요?"

메이휴는 고개를 저으면서 대답했다. "없습니다."

"그럼 실례하겠습니다. 선생님께서 정맥주사를 놓으셔야 해서요." 어두운색 머리카락이 뒤로 물러났고, 문이 닫혔다.

메이휴는 멍하니 시계를 보았다. 새벽 1시가 가까운 시각이었다.

레이철의 시야에는 오페라에서 막이 올라가듯 흐릿함이 서서히 걷혔다. 불빛과 소리가 느껴졌고, 움직이는 사람들이 보였다. 그녀가 똑바로 앉으려고 안간힘을 쓰자, 풀 먹인 흰옷을 입은 누군가가 몸을 숙여 그녀를 도왔다. 다른 사람이 컵을 들고 있다가 그녀의 입으로 커피를 욱여넣었다. 그녀는 숨을 헐떡이며 다리를 버둥거렸다. 많이 걸었을 때처럼 다리가 욱신거렸지만, 아무것도 기억나지 않았다.

흰옷을 입은 누군가의 팔을 붙들고 앉은 레이철은 매우 이상한 기분이 들었고, 정신없었으며 나약하게 느껴졌다. 의사와 간호사들에게서 짜증 섞인 탄성이 터져 나오는 가운데, 고양이는 그녀를 올려다보다가 빠르게 도약해서 침대보 위로 올라앉았다. 서맨사는 큰 소리로 가르랑거리며 발톱으로 침대보를 꾹꾹 누르다가 레이철 쪽으로 가까이 다가가서는 무릎에 대고 검은 공처럼 몸을 말았다. 레이철은 손을 뻗어 비단처럼 부드러운 털을 만졌다.

그런데 고양이에게 뭔가 이상하고 다른 점이 있었다. 그것이 무엇인지는 찾지 못했다. 머릿속이 비몽사몽으로 흐릿했고 졸음이 쏟아졌기 때문이다. 하지만 서맨사는 평소와는 달랐는데…… 그게 뭔지는 모르겠지만…….

레이철은 베개를 베고 다시 누웠다. 누군가의 목소리가 들렸다. "한동안은 깨어 계셔야 합니다. 주무시면 안 돼요." 하지만 눈이 아래로 처졌고, 머릿속은 셔터가 내린 듯 멍했다.

나중에 레이철은 메이휴 경위에게 고양이가 어딘지 모르게 달랐다고 말할 운명이었다. 사라져버린 기억을 샅샅이 뒤지는 동안 덩치 큰 남자가 인내심 있게 앉아 있는 모습을 볼 운명이었다. 하지만 이때는 아무 걱정 없었고, 살인 사건 때문에 당혹스럽지도 않았다. 그녀는 잠이 들었고, 꿈조차 꾸지 않았다.

메이휴 경위는 수첩에서 종이를 한 장 찢어서 그 위에 선을 그렸다. 나란히 그려진 두 개의 긴 직선이 종이 가운데를 수직으로 갈랐다. 메이휴는 두 선 가운데에 **복도**라는 단어를 썼다.

그는 거기서 평행한 직선 밖의 양쪽 공간을 대략 다섯 개의 똑같은 정사각형으로 나누었다. 낡은 집의 평면도를 흡족하게 그린 뒤 사각형 안에 이름을 쓰기 시작했다. 메이휴는 일광욕실 안에 놓인 책상에 앉아 있었다. 햇살이 매우 강렬하게 수첩 위를 내리쬐었다. 바깥쪽의 산책로 너머에는 이른 수영객 몇 명이 용감하게 바다로 나서고 있었다. 스티클먼 부인의 시신이 발견된 다음 날 아침 9시가 되지 않은 시각이었다.

평면도를 그리고 아는 대로 이름을 적절히 기록한 후, 그는 에드슨을 보내 티머슨 부부를 데려오게 했다. 에드슨은 고리버들 소파에 앉아 주머니칼로 손톱을 다듬고 있다가 메이휴의 지시를 받았다.

부부는 위엄과 순수함이 묻어나는 표정을 지은 채 두리번거렸다. "저희를 보자고 하셨다면서요, 형사님? 어젯밤에 일어난 사건은 의심의 여지 없이……." 티머슨은 의심스럽게 말끝을 흐렸다. 안경 뒤로 보이는 눈은 크게 뜨고 있었지만, 눈꺼풀이 당황한 듯 흔들렸다.

메이휴는 의자에 묻힌 큰 몸을 돌려 숱이 많은 눈썹 아래 놓인 눈으로 그들을 차갑게 노려봤다. 그는 큰 손을 앞으로 쭉 뻗어 작은 수첩을 집어 올리고는 그것을 위협적으로 손에 쥐었다. 마치 그것이 이 사건에서 티머슨 부부의 유죄를 입증할 증거라도 되는 듯 보였고, 힐긋거리는 그의 검은 눈조차 부부를 비난하는 것 같았다. 티머슨 부부의 순수함이 일부 녹아버렸다. 부인은 가슴을 움켜쥐고는 의자에 털썩 주저앉았다.

"맞습니다." 메이휴의 목소리는 매서운 눈매에 비하면 편안하게 들렸다. "살인 사건입니다. 제가 다른 분들보다 두 분을 먼저 부른 이유는 두 분이 살인자가 떠난 후 살인 현장을 최초로 목격하셨을 확률이 높기 때문입니다. 현장을 발견하셨을 때 기억나는 게 무엇이든, 겉보기에 중요치 않은 것이라 해도 나중에는 중요한 단서로 밝혀질 수 있습니다. 앉아서 긴장을 푸시고, 사건에 관해 아는 대로 전부 말씀해주세요."

티머슨 부인은 약간 표정이 밝아졌다. 티머슨은 의자 끝에 걸터앉았다. 그는 두 겹이 된 턱을 잡아 늘이고, 만지작거리더니 목을 가다듬었다. "시간이 중요하겠지요? 어디 보자. 밤 11시쯤이었어요, 그렇지, 마리아?"

"아니요"라며 그녀가 조심스럽게 강조하면서 말하기 시작했는데 바로 그때 메이휴가 끼어들었다.

"그보다 훨씬 더 거슬러 갑시다. 저녁 식사 직후부터 시작해서 저녁 내내 뭘 하셨는지 말씀해보세요. 특히 살해 시간에.

말씀하신 내용을 증명해줄 사람이 있는지 생각해보세요." 그는 주머니를 뒤져 뭉툭한 연필을 꺼내더니 메모할 준비를 했다.

티머슨 부부는 조용히 그를 응시했지만, 깜짝 놀랐다가 서서히 불안해하는 기색이 역력했다. 티머슨 부인이 숨을 헐떡이며 말했다. "살해 시간이라고요? 하지만 우린 죽이지 않았어요!" 티머슨은 칠면조 같은 소리로 따져 물었다. "알리바이를 설명해야 한다니. 그렇다면 우리가 용의선상에 있나요?"

메이휴는 그들의 공포가 짜증스러웠지만 그의 찌푸린 얼굴은 부부에게 전혀 도움이 되지 않았다. "용의선상에는 아직 아무도 없습니다." 그러곤 부부에게 투덜댔다. "이 집에 사는 모든 사람의 이동 경로를 알고 싶을 뿐입니다. 그게 확실히 중요하니까요."

티머슨 부인은 그 말을 심사숙고했다. "그렇다면 형사님은 살인자가 여기 사는 주민이라고 생각하시나요? 다른 세입자라고요?"

메이휴는 빤히 쳐다보면서도 답하지 않았다. "원래 주제로 돌아갑시다. 어제저녁에 뭘 하셨는지 말씀해주시죠."

부인은 분개와 실망감 사이의 어디쯤에서 망설이다가, 관중 앞에서 말할 준비라도 하는 듯 치마를 조심스럽게 매만졌다. "우린 영화를 보러 갔어요." 그녀가 단호히 대답했다.

"그전에는요?"

"저녁을 먹었죠. 그러고는 스트랜드가를 조금 걸었어요."

메이휴는 티머슨이라는 사람에게 시선을 돌렸다. 메이휴의 행동은 이제 티머슨이 대답할 차례라는 의미의 무대조명 같았다. 티머슨은 즉시 활기를 띠고 연기를 펼쳤다. "집사람 말이 맞습니다. 전적으로 맞고 말고요, 형사님. 우린 6시쯤 저녁을 먹었습니다, 6시요. 그런 다음 잠시 사람들을 구경하면서 산책했지요. 사람 구경은 재미있어요, 그렇지 않나요? 형사님은, 안 그러세요? 음, 그러고 나서 영화를 보러 갔지요."

"그때가 언제였습니까?"

"시간 말이죠? 아, 대략 저녁 7시쯤 된 것 같아요."

"그렇다면 극장에 계셨다는 걸 증명할 수 있겠죠?"

"증명하라고요? 이보세요, 지금 우리가……."

하지만 티머슨 부인은 점점 더 밝아지더니, 급기야 미소를 지으며 끼어들었다. "극장에 있었다는 걸 확실히 증명할 수 있어요. 여보, 당신이 그 지폐 때문에 곤란했던 거 기억 안 나요? 매표소 직원이 기억할 거예요."

그 말에 티머슨은 숨이 턱 막혔다. 의기양양해하는 자그마한 아내를 노려보면서, 기관지에 뭔가가 걸린 듯 거칠게 숨을 몰아쉬다가 "그건 입도 뻥긋하지 마!"라고 내뱉었다.

"그 얘기를 좀 해보시죠." 메이휴가 곧바로 받아쳤다. 티머슨은 불편해했지만 부인은 경위에게 마저 이야기했다. 남편이 위조지폐를 극장 매표소에 내밀었다가 그 문제로 한바탕 소란이 있었다고 말이다.

메이휴가 매섭게 노려보자 티머슨은 얼굴을 붉히면서, 혹시라도 자기가 위조지폐를 만들었다고 생각하신다면 절대 그렇지 않다고 더듬거리며 말했다.

메이휴는 부부가 이야기하도록 유도했고, 그의 유도에 따라 그들은 진술했다. 티머슨 부부는 극장을 나와 밤 9시 30분경 집에 도착했다고 말했다. 티머슨은 그때의 공포가 기억났는지 눈이 커졌다. "바로 그때 고양이 소리를 들었습니다. 겁에 질린 듯이 울부짖고 있었어요!"

"다른 사람들은 그 소리를 듣지 못했나요?"

티머슨 부인은 눈썹을 찡그리면서 잠시 생각했다. "아니요. 그렇게 물으시니 조금 이상하네요. 다른 사람은 아무도 못 들었다니. 보통은 조금이라도 소음이 들리면 곧장 불평하는데 말이죠. 고양이 소리는 아주 또렷이 들렸어요. 우리가 정문으로 들어서자마자 그 소리를 들었으니까요. 그래서 곧장 복도를 따라가서 노크했죠. 아무도 대답하지 않아서 제가 문을 열었어요. 고양이가 나오려 한다면, 밖으로 내보내 주려고요. 고양이는 바로 나오지 않았어요. 그래서 제가 들여다보다가 발견한 거죠. 그 사람들을요." 그녀는 침을 삼키며 옷에 달린 단추를 꽉 움켜쥐었다.

메이휴는 수첩에 글자를 끄적거렸다. "그다음에는요?"

"저는……. 그러니까, 저는……."

"아내는 기절했습니다!" 티머슨이 황급히 덧붙여 말했다.

"여자들이 그렇게 약하다니까요. 제가 바로 뒤에 있어서 다행이었죠. 아내가 쓰러질 때 제가 붙잡았습니다."

"그래서 방 안으로 들어가지는 않으셨습니까?"

"음, 그때는 안 들어갔어요."

"나중에는요?"

"네, 들어갔습니다. 경찰이 도착하기 직전에요. 렌스터 씨 말로는 그 사람들이 죽지 않았을지도 모른다고, 그러면 내가 도울 일이 있을지도 모른다고 생각하면서 안으로 들어갔어요. 하지만 스티클먼 부인은 이미 도울 수 없는 지경이라는 걸 대번에 알아봤고, 노부인도 이 세상 사람이 아닌 듯 보였습니다. 그래서 밖으로 나왔고, 처음 발견했던 대로 문을 닫았죠."

"아무것도 만지지 않았습니까?"

티머슨은 몸을 부르르 떨었다. "오, 만질 엄두조차 못 냈습니다. 그게 뭐든지요!"

"렌스터라는 사람 말입니다. 근처에 있었다고 하셨죠?"

"처음엔 없었어요. 아내가 비명을 지르면서 기절한 직후에 달려 나왔죠."

"그 사람 방은 어디입니까?"

"스티클먼 부인의 고모님, 그분 이름을 몰라서요, 아무튼 그 옆방입니다. 렌스터 씨는 그분하고 스컬록 부부 사이에 있는 방에 살아요. 스컬록 부부는 그쪽 라인에서 앞쪽 방에 살죠."

"렌스터 씨가 자기 방에서 나왔습니까?"

티머슨은 말을 하려다가 멈추더니 매우 당황스러운 표정을 지었다.

잠시 망설이더니 계속 말했다. "전에는 제대로 생각해보지 않았는데요. 하지만 형사님 말씀을 듣고 보니, 렌스터 씨가 자기 방에서 나오는 모습이 떠오르지 않네요. 기억이 뭔가 잘못된 것 같은데, 뭔가 맞지 않는 것 같아요. 아무튼 그는 어디선가 갑자기 나타났어요. 어느 문이 열렸었는지는 생각나지 않네요."

"하지만 선생님은 부인과 함께 있었잖아요. 그러니 놓쳤을지도 모르지요."

티머슨은 그럴 수도 있다고 인정했다.

"선생님께서는 경찰이 도착하기 전에 방으로 들어갔다고 하셨습니다. 이제 그게 요점입니다. 나중에 제가 현장에 다시 모시고 가서 기억을 상기시키면, 아마 중요하게 여겨지는 무엇인가를 떠올리실 수도 있겠죠. 하지만 지금은 경찰이 도착하기 전에, 선생님 말고 그 방에 들어간 다른 사람이 더 있는지 궁금하네요."

"렌스터 씨가 들어갔습니다."

"그렇군요. 그때가 언제였나요?"

"아내가 기절한 직후요. 아내는 복도에 누워 있었고, 저는 아내 쪽으로 몸을 수그리고 있었습니다. 렌스터 씨가 아내의 비명을 들었던가 봅니다. 그 사람은 복도를 성큼성큼 걸어서

왔는데, 큰 덩치에 비하면 젊은 친구가 제법 가볍게 달려온다 싶었죠. 그러고는 곧장 스티클먼 부인 방으로 들어갔어요. 하지만 바로 나왔습니다."

메이휴는 목 깊은 곳에서 '음' 하는 소리를 냈다. "그 사람이 선생님에게 아무 말도 하지 않았습니까?"

티머슨은 경위를 아주 밝은 표정으로 보았다. "했습니다. 그런 상황에서 매우 이상하게 들리는 말을 했죠. 정말로 이상한 말이었어요."

메이휴는 엄청난 인내심을 끌어모아 기다렸다.

"불쌍한 두 여자가 피투성이가 되어 그 끔찍한 방에 누워 있는 걸 생각하면 아주 이상한 말이었죠. 그는 문으로 나와 복도에 서서 잠시 걸음을 멈추고 거기서 망설이는 것 같았어요. 말할 때 저를 전혀 보고 있지 않았습니다. 그냥 허공에다 대고 말했어요."

"그가 뭐라고 했죠?" 메이휴는 커다란 주먹으로 뭉툭한 연필을 들고 기다렸다.

"그러니까, 형사님. 그가 거기 서서 큰 소리로 말했어요. '이게 진짜야. 이런 게 진짜라고. 그동안 내가 잘못하고 있었어. **생동감 없는 가짜일 뿐이었다고.**' 그러더니 경위님, 밖으로 나가서 경찰에 신고하더라고요."

6장
태워야 할 서류

티머슨 부부는 이 정보에 형사가 어떻게 반응할지 긴장한 채 기다렸다. 티머슨 부인이 작은 눈으로 메이휴의 얼굴을 살펴볼 때, 숨죽인 그녀의 풍만한 가슴은 오르락내리락하는 미동조차 보이지 않았다. 하지만 갈색 얼굴의 형사는 한쪽 눈썹을 치켜올리기만 할 뿐, 어떤 놀라움이나 만족감 또는 흥미를 보이지 않았다. 메이휴는 뭔가를 생각하고 있는 듯 보였지만, 그의 생각은 훨씬 깊은 곳에 있어 표정만으로는 헤아릴 수가 없었다.

그는 수첩에 알아보기 힘들게 쓰인 암호를 보면서 닳아빠진 몽당연필을 씹다가 바다를 내다보았다. 침묵이 길어졌다.

티머슨은 턱을 만지고 안경을 바로잡았다. 부인은 실망감으로 축 처졌다. 메이휴가 마침내 입을 열었다. "두 분이 사건 현장을 발견하셨을 때 렌스터와 같이 계셨으니 이제 렌스터를 데려오겠습니다. 두 분이 여기서 그 사람의 이야기를 같이 들어보시죠. 나중에 렌스터의 진술 중에 빠진 부분이나 사실과 다른 사항이 있으면, 알려주시기를 바랍니다."

티머슨 부인은 밝아진 얼굴로 시답잖은 농담을 던졌다. "도둑을 잡으려고 도둑을 풀어준다, 그거죠, 경위님?" 하지만 남편이 인상을 쓰면서 노려보자 다시 조용해졌다.

문에 서 있던 에드슨이 렌스터를 데리러 갔다. 키가 훤칠하고 살집이 있는 몸에 금발인 렌스터가 들어왔다. 넓적한 얼굴에는 빨간 주근깨가 있고, 다부진 손등에도 빨간 털이 덮여 있었다. 그는 경위와 티머슨 부부를 보고 매우 유쾌하게 미소를 지으며 의자에 앉았다. "살인 사건 때문에 부르셨겠지요. 뭘 말씀드릴까요?"

메이휴는 경쾌하고 상쾌하게 상황을 헤쳐 나가는 사람들을 싫어한다. 그는 렌스터를 있는 힘껏 노려보았다. 렌스터는 천진난만한 시선으로 마주 보았다. "선생께서 어제저녁 어디에 있었는지, 어떻게 티머슨 부부와 거의 같은 시기에 범죄 현장을 발견하게 된 건지 알고 싶습니다. 또 살해 현장에서 중요하거나 특이하다고 여겨지는 점이 있으면 말씀해주시죠."

렌스터는 고리버들 의자에 머리를 기대고서 천장을 빤히

쳐다보다가 대답했다. "먼저 마지막 질문부터 답하죠. 범죄 현장이란 걸 알자마자 제가 급히 들어갔다는 건 인정해야겠군요. 그러니까, 단서를 찾으려요. 하나쯤은 눈에 띌 거라고 확신했기 때문에 그걸 처음으로 발견하고 싶었습니다."

메이휴가 말을 가로막았다. "왜요?"

렌스터가 유쾌하게 계속 말했다. "제 취미라서요. 제가 그쪽을 재미있어 합니다. 아시잖아요, 아마추어 탐정이나 뭐 그런 것들요. 음, 그래서 어쨌든 방으로 들어갔습니다. 그런데 맙소사! 두 여자를 발견했죠! 그런 건 조금도 예상치 못했습니다. 머릿속에서 이론적으로 탐정놀이를 할 때는 늘 더미와 같은 시체를 생각했어요. 엉망으로 난도질당하지도 않고 피도 없는 시체를요. 두들겨 맞아서 머리가 터진 채 노려보는 시체 말고요……."

하지만 티머슨 부인은 자리에서 일어나 정신을 놓은 듯 몸을 움직였다. 티머슨의 얼굴색이 연초록에 가까운 사색이 되어 있었다. 메이휴는 유창하게 늘어놓는 렌스터의 기세를 꺾어놓았다. "시체가 난도질당한 건 우리 모두 알고 있습니다. 계속하세요."

"음, 그 광경에 몹시 당황했어요. 경찰에 신고가 접수되기도 전에, 단서를 그 자리에서 찾아 모든 걸 해결하려고 방에 들어갔는데, 오히려 제가 본 시체는……. 아, 죄송합니다. 어쨌든, 잠시 상황이 기이해 보였고, 저는 속이 메스꺼웠어요. 모든 게

…… 너무 진짜 같았어요. 너무……. 아무튼, 저는 밖으로 나와서 경찰에 신고했죠. 이제 더는 탐정놀이 같은 건 하고 싶지 않았겠거든요. 정말입니다."

메이휴는 커다란 열매와 같은 진술에서 알맹이만 쏙 골라냈다. "그래서 선생 말씀은, 범죄를 해결할 만큼의 가치 있는 증거는 하나도 발견하지 못했다……. 이 말이죠?"

"맞습니다. 형사님이 제게 물어보신 것도 그거였죠?"

"네, 나머지 질문은요? 저녁 내내 어디에 있었고, 티머슨 부인이 시체를 보고 비명을 지를 때에는 어디에 있었습니까?"

렌스터는 다부진 손으로 제스처를 크게 취했다. "오, 저는 아주 결백한 알리바이가 있지요. 장담할 수 있습니다. 사실은 이 방에 있었어요. 형사님이 지금 앉아 계신 그 책상에서 편지를 쓰고 있었습니다. 다른 데 있다가 저녁 7시쯤에 여기로 왔죠. 필기도구를 제 가죽 서류철에 다시 넣고 있을 때, 티머슨 부인의 비명을 들었습니다. 비명을 듣자마자 무슨 일인지 알아보려고 복도로 달려 나왔죠."

메이휴는 수첩에 메모했다. "선생께서는 티머슨 부인의 비명을 들었다고 하셨죠? 하지만 스티클먼 부인이 공격당할 때는 비명을 듣지 못했습니까?"

렌스터가 고개를 흔들었다. "아뇨. 저녁 내내 다른 소리는 못 들었습니다. 하지만, 닫힌 방문 안에서 여자가 아무리 비명을 질러도 복도까지는 안 들릴 겁니다."

메이휴는 '탁' 소리가 나게 수첩을 덮었다. "아주 좋은 아이디어네요, 렌스터 씨. 결국 선생의 아마추어 탐정놀이가 쓸모가 있군요. 비명이 문을 뚫고 들리는지 아닌지 알아봅시다."

"어떻게요?"라고 의아해하던 티머슨 부인은 곧 방법을 알게 됐다. 그녀는 토끼처럼 놀란 눈으로 벌벌 떨면서 메이휴 경위에게 이끌려 살인이 벌어진 방 앞으로 갔다. 메이휴가 솥뚜껑만 한 손으로 열쇠를 돌려 문을 열었고 그녀는 그 음침한 신사와 함께 방으로 들어갔다. 매우 고통스러웠지만 뭔가에 홀린 듯 주위를 두리번거렸다. 그러다가 말라붙은 피 웅덩이와 시체가 있었던 피투성이의 침대를 보고는 다시 실신했고 메이휴 경위에게 몸을 기대며 쓰러졌다.

메이휴는 기절한 통통한 여자에게는 꽤 자비심이 없었다. 한 손으로 여자를 붙잡고 다른 손으로 문을 닫았다. 어둠이 그들 주위를 감쌌다. 메이휴는 어둠을 뚫고 티머슨 부인의 얼굴을 보았다. "비명을 질러요!" 그가 북소리처럼 우렁차게 명령했다.

벼락같은 명령에 정신이 번쩍 든 그녀는 분노에 찬 어두운 눈과 마주쳤다. 그녀가 크고 길게 비명을 지르자, 누군가가 복도에서 문을 두드렸다. 메이휴는 문을 벌컥 열어젖혔고, 티머슨 부인은 다시 복도로 나왔다. 집주인인 터너 부인이 그와 정면으로 마주 보고 있었다. "이게 다 무슨 일이에요?" 그녀의 뼈만 앙상한 뺨이 분노로 붉어졌고, 큰 턱이 그를 향해 튀어나와 있었다.

메이휴는 다시 문을 잠그고는 터너 부인을 쳐다보지도 않은 채 지나쳤다. 반쯤 넋을 놓고 있는 티머슨 부인을 앞으로 안내하면서 일광욕실 쪽으로 향했다. 하지만 터너 부인도 뒤따르며 호전적으로 비난했다. "당신은 이 집을 정신병원으로 만들 작정이군요! 난 그렇게 내버려두지 않겠어요. 내 말 들려요? 세입자들을 전부 잃게 생겼어요. 이런 일이 계속된다면, 난 완전히 파산하고 말 거예요. 살인 사건으로 이미 타격이 큰데, 당신이 다른 여자들을 그리로 데려가서 비명을 지르게 한다면……." 그녀의 시선은 메이휴를 지나쳐 티머슨 부인에게로 향했다. 걸음을 멈추고 벽에 기댄 티머슨 부인의 표정은 얼어붙어 있었다. 메이휴가 실제로 그녀에게 강요한 일보다 더 나쁜 일이라도 겪은 듯 가슴을 여미는 부분을 움켜쥔 채로. 터너 부인은 씁쓸한 표정으로 입술을 깨물며 "대체 부인한테 무슨 짓을 하고 있던 거예요?" 하고 따져 물었다.

그 말을 듣고 에드슨이 웃음을 터트렸다. 하지만 메이휴는 분노가 이글거리는 눈으로 터너 보인을 노려보았다. "부인 방으로 돌아가서 거기 그냥 계세요! 부인이 필요할 때 부를 테니. 제가 들을 준비가 되면 부인 말을 듣겠습니다. 이제 여기서 나가요!"

터너 부인은 그 자리에 버티고 서서 그의 눈빛을 맞받아쳤다. "난 당신이 두렵지 않아." 그녀가 천천히 말했고, 메이휴는 그 말이 진심이라는 걸 알고 있었다. 사실 그는 이 깡마르고 성질 고약한 여자가 무엇인가를, 또는 누군가를 두려워한다는 걸 상상조차 할 수 없었다. 그녀는 맹금류처럼 매서운 부리와 눈을 지녔고, 목은 독수리 목처럼 주름진 잿빛이었다. 경멸의 말을 내뱉는 그녀의 쉰 목소리가 일광욕실까지 들렸다.

메이휴는 다시 책상에 앉았는데, 씰룩거리는 검은 눈썹만이 복도에서 마주친 심술궂은 늙은 여자를 향한 분노를 드러냈다. "하던 걸 마저 합시다." 그는 다시 주머니를 뒤져서 연필과 수첩을 꺼냈다.

티머슨은 몸을 떨고 있었고 아파 보였다. 그는 나약한 아내를 품에 안고 위로하고 있었다. 렌스터가 메이휴에게 대답했다. "비명이 들렸습니다. 또렷이요. 마치 옆방에서 지르는 소리 같더군요."

티머슨 부인이 남편의 셔츠 앞섶에서 고개를 들고는 렌스터를 비난하듯 바라보며 "너무너무 무서웠어요"라고 소리쳤다.

"그렇다면 스티클먼 부인이 공격당할 당시에 소리를 낼 수 없었던 게 꽤 분명하군요. 그렇지 않았다면 비명이 들렸을 테니까요. 음, 이제 마지막 하나가 남았습니다. 두 신사분께서 하시는 일을 좀 알려주시죠."

티머슨이 즉시 대답했다. "전 은퇴했습니다. 교회 성가대에서 교사로 일했고, 판매원으로도 일했지요. 전혀 달라 보이는 직종에서 일한 제 경력을 형사님은 아주 흥미롭게 여기실 것 같군요. 음, 약 3년 전에 저는 조카를 통해 주식 거래에 참여할 기회가 생겼습니다. 우린 가진 돈을 모조리 털다 못해 애원하듯이 돈을 빌려서 주식에 몽땅 투자했습니다. 나중에 보니 결과가 우리 예상보다 좋았죠. 그때부터 마리아랑 저는 생계 걱정은 하지 않고 살고 있습니다. 우린 그냥 여기 바닷가에 살면서 적은 수입으로 그럭저럭 삽니다."

메이휴는 고개를 끄덕이고는 덩치 큰 젊은이를 향해 물었다. "그럼, 렌스터 씨는요?"

의미심장한 미소를 지으며 "저도 은퇴했습니다"라고 렌스터는 싹싹하게 대답했다.

검은 눈썹을 치켜들었을 때 메이휴의 어두운 눈에는 놀라움이 묻어났다. "은퇴했다고요?"

렌스터는 의자에서 약간 자세를 고쳐 앉았지만, 유쾌하게 도우려는 태도는 유지했다. "네, 그렇게 말했습니다, 경위님. 은퇴했다고요."

메이휴는 인상을 찌푸리더니 짜증이 난다는 듯이 수첩을 '탁' 소리가 나게 덮었다. "이런 태도는 도움이 되지 않습니다, 렌스터 씨. 저는 당신의 현재 직업이 뭔지 알고 싶습니다."

렌스터는 육중한 몸을 의자에서 일으키고는 허리를 쭉 펴고 서서 기지개를 켰다. 얼굴은 여전히 천진난만하고 차분했다. 그가 문으로 걸어가다가 뒤를 돌아보며 말했다. "은퇴했다고 말씀드렸을 텐데요. 믿든지 말든지 맘대로 하세요. 어쨌든,

형사님이 알아낼 때까지는 제 말이 사실일 테니까요."

메이휴의 말투가 날카로워졌다. "아직 가도 된다고 말하지 않았습니다."

렌스터가 문 앞에서 망설였다. "또 알고 싶은 게 있습니까?"

"죽은 여자에 관해 선생께서 알고 있는 걸 듣고 싶군요. 제게 줄 수 있는 정보라면 사소한 것 하나라도 다 듣고 싶으니, 돌아오셔서 마저 이야기하시죠."

"이런, 저는 거의 아는 바가 없는데요……." 렌스터가 말을 시작하자, 메이휴 경위가 의자에서 몸을 앞으로 조금 기울였다. 그의 큰 어깨가 앞으로 다가오자 몸집이 부풀어 오르는 듯 보였고, 얼굴은 렌스터가 어디선가 묘사한 것처럼 험상궂은 인상을 풍겼다. 렌스터는 서둘러 돌아왔지만, 자리에 앉지는 않았다.

그가 재빨리 입을 뗐다. "그 여자에 관해서는 별로 아는 게 없지만 말씀드리죠. 요점은 스티클먼 부인은 제가 만난 여자 중 믿기지 않을 만큼 가장 어리석은 여자였다는 겁니다. 이 예를 들으면 무슨 말인지 이해하실 겁니다. 그 여자와 저의 유일한 접점은 여기 사는 다른 세입자들이랑 브리지를 한 것뿐이었습니다. 그 여자랑 제가 파트너였죠. 여자는 매일 저녁 게임을 할 때 어느샌가 사기용 카드 한 벌을 가져와서 돌렸어요. 여자가 카드를 만지는 방식과 그걸 가지고 이겨보려는 어쭙잖은 시도는 어쨌든, 음, 그냥 몹시 불쾌하더군요. 어린아이라도 그걸로 뭘 하려는지 알았을 겁니다. 우리가 함께 게임을 했던 커플도 그녀가 하는 짓을 알았을 거라고 확신해요. 부부는 한 쌍의 여우처럼 말이 없었지만, 저는 그들도 나름대로 이기는 시스템을 갖추고 있었을 거라 생각합니다. 어쨌든 스티클먼 부인은 잃은 돈이 꽤 급격히 늘어날 때까지 부부와 계속 게임을 해야 한다고 고집했어요. 게다가 너무 멍청해서 왜 이길 수 없었는지조차 이해하지 못했죠."

메이휴는 겉으로는 무심하게 이 정보를 받아들였다. 그는 수첩을 펼치고 거기에 메모했다. "이 사람들, 그러니까 그 남자와 아내의 이름은 뭡니까?"

렌스터는 일광욕실의 출입구 너머로 복도 맞은편에 닫힌 문을 힐긋 보고는 분명한 어조로 말했다. "스컬록 부부입니다. 부부는 바로 앞방에 살죠. 이 방에서 복도 너머로 바로 보이는 방이에요."

이 시점에서 메이휴 경위의 행동은 이상하다 못해 기이한 쪽에 가까웠다. 조용하면서도 민첩했다. 그는 수첩을 덮어 자기 주머니에 찔러 넣은 후 책상 옆으로 일어났다. 티머슨 부인은 이 시점에서 그가 몸을 앞으로 기울이자, 키가 크고 호리호리해 보였다고 주장한다. 그런 메이휴를 보고 목표물에 몰래 다가가는 검은 표범이 생각났다고 말한다. 실제로 본 적은 없지만 말이다. 하지만 그녀는 그가 큰 팔을 휘저으며 일광욕실 밖으로 나가서 소리도 없이 복도를 가로질렀다는 건 알고 있다. 게다가 눈 깜짝할 사이에 커다란 갈색 손으로는 문고리를 움켜쥐고 있었다.

다음에 일어난 일은 일광욕실에 있던 세 사람에게는 복도를 메운 메이휴 경위의 커다란 덩치에 가려서 보이지 않았다. 그들은 문이 별안간 안쪽으로 열리는 모습을 보았고, 몹시 화가 난 남자가 크게 욕을 퍼붓는 소리와 여자가 터져 나오는 비명을 억누르는 소리를 들었다. 그런 다음 분명하고 조용히 다그치는 메이휴의 목소리가 들렸다. "그 서류를 이리 주세요, 스컬록 부인. 서류에 성냥불을 대지 마세요. 부인에게 도움이 되지 않을 겁니다."

메이휴의 형체가 스컬록 부부의 방 안으로 들어가자, 바닥에 앉아 머리를 움켜쥐고 있는 스컬록이 보였다. 그가 문에서 몸을 앞으로 기울여 엿듣고 있을 때, 메이휴가 와락 문을 열어버린 것 같았다. 방 한가운데를 차지하고 있는 싸구려 테이블 옆에 스컬록 부인이 서 있었다. 그녀의 어두운 얼굴은 부들부들 떨고 있었고, 검은 눈은 이글이글 타고 있었다. "당신은 여기 들어올 권리가 없어! 나가! 내 옆으로 올 생각도 하지 마!" 그녀가 소리쳤다. 하지만 메이휴는 그녀 옆으로 가서 그녀의 한쪽 손에서 서류 묶음을 빼내려고 시도했다. 스컬록 부인은 다른 손을 사용해 그의 얼굴을 향해 손톱을 세우며 저항했다. 메이휴가 손목을 잡자, 그녀가 날카로운 비명을 질렀다. 이제 서류는 그의 차지가 되었다.

스컬록 부인은 그에게 몸을 던져 매우 정확하게 그의 얼굴과 목을 할퀴었다. 피부의 살점이 떨어져 나가면서 피가 뚝뚝 떨어졌다. 메이휴는 잠시 참고 있다가 오른손으로 스컬록 부인을 잡고, 왼손으로 정확히 그녀의 명치를 가격했다. 그녀는 배 바로 윗부분을 움켜쥐었고, 숨 가쁘게 경련을 일으키면서 테이블과 함께 바닥으로 쓰러졌다. 그 후로 그녀에게서는 어떤 소리도 들리지 않았고, 아무런 움직임도 보이지 않았다.

메이휴는 흡족한 얼굴로 손아귀에 든 서류를 보았다. "차용증서라." 스컬록에게 속삭이자, 스컬록이 입술을 핥으며 몸을 움찔했다. "릴리 스티클먼 부인이 서명했군요. 그랬으리라고 생각했지요. 당신은 그걸 태워버리기 전에 내가 그 사실을 알아냈는지 엿듣고 있었던 거죠?" 그는 튼튼한 갈색 손가락으로 서류를 훑었다. "제법 많은 뭉치로군요. 액수가 전부……." 그는 몇 장을 읽고 나머지는 슬쩍 보고 나서 이어 말했다. "대략 1000달러는 되겠어요. 상당한 액수죠. 그래서 돈 때문에 여자를 죽였습니까?"

스컬록은 입을 다문 채 고개만 흔들었다.

"아니라고요? 음, 두고 보면 알겠지요. 어쨌든 이 서류들은 제가 보관하겠습니다." 그는 바닥에 앉아 있는 큰 덩치의 겁먹은 남자를 향해 인상을 찌푸렸다. "일어나서 아내를 돌봐주세요. 아내가 쓰러져 있는 게 안 보입니까?"

스컬록이 급히 몸을 일으켰지만, 비틀거리는 바람에 쓰러져 있는 테이블 위로 넘어질 듯 팔을 허우적거렸다.

메이휴는 그가 몸을 떨면서 허둥거리는 모습을 불쾌한 듯 지켜보다가 준엄하게 말했다. "그리고 아무것도 태우거나 찢거나 버리지 마세요. 제가 두 분과 면담할 차례가 올 때까지요. 이제 아내를 데리고 들어가시죠. 몇 분 후에 제가 부르겠습니다." 그러더니 방을 나갔고, 스컬록 부부가 완패한 가운데 문이 닫혔다.

메이휴는 일광욕실에 있는 세 명을 재빨리 훑어봤다. 티머슨 부인은 창백했고 티머슨은 얼굴이 붉게 달아올랐으며, 둘 다 불안해 보였다. 하지만 렌스터는 담배를 피우면서 의자에 다리를 쭉 뻗고 있었는데, 푸른 담배 연기 뒤로 보이는 눈이 메이휴를 조롱하고 있었다. 그는 딱히 누구에게라고 할 것도 없이 조용히 물었다. "저 사람들 제대로 괴롭혀줬네요, 그렇죠? 불쑥 들어가서 권력을 휘두르고, 당당하게 나오다니. 그게 형사들이 일하는 미묘한 방식이었어요. 제가 형사에 관해 품었던 생각은 재고해야겠어요. 상당히 많이요. 사건의 어디쯤에서는 머리를 써야 하지 않나 생각했거든요."

메이휴가 렌스터에게 가까이 다가갔다. 그 젊은이는 메이휴의 얼굴에 길게 파인 상처에서 피가 흐르는 걸 보고 놀란 기색이 역력했다. 그는 허리를 세우고 앉아서 담배를 바닥에 톡 던지면서 불쑥 사과했다. "죄송합니다. 정당방위였군요. 괜한 오해를 했네요."

메이휴는 자기도 모르게 입꼬리를 씰룩거린 후 티머슨을 보았다. "아까 제가 살인이 일어난 방에 돌아가서 현장을 살펴보고 중요할 수도 있는 어떤 사실이나 정황을 생각해보자고 제안했지요. 선생께서는 여기 거주하시고, 살해된 여자도 알고 있었습니다. 사건이 일어난 직후에 선생이 거기서 본 게 중요할지 모릅니다. 지금 그리로 갈까요? 렌스터 씨도 같이 가시죠. 형사 일에 관심이 많으시다니."

그들은 함께 그 방으로 들어갔다. 티머슨 부인은 상처 입은 나방처럼 안절부절못했고, 티머슨은 속이 메스꺼운지 곧장 복도로 나왔다. 티머슨 부인은 남편의 머리를 붙잡고 그와 함께 신음했다.

흙빛 어둠이 내린 릴리의 방 안에서 렌스터와 메이휴가 어슬렁거렸다. 에드슨은 맥주 한 잔을 먹고 돌아와 그들과 합류했다. "어떻게 생각하십니까?" 렌스터가 질문했다.

메이휴는 창가로 가서 말했다. "이 창이 열려 있었어요. 유리창이 올라가 있었고, 방충망은 억지로 열려 있었죠. 창틀을 지렛대로 들어 올리려고 도구를 쓴 자국이 여기 있어요. 살인범이 이리로 들어온 것 같아요."

렌스터는 그 추리에서 결함을 발견했다. "하지만 누군가가 창문을 타고 들어왔다면 여자가 비명을 질렀을 겁니다."

메이휴는 그 생각에 반대했다. "꼭 그렇지는 않지요. 잠들었다면 자기가 공격당하는 것조차 몰랐을 겁니다. 아니면 범인이 누군지 알고 있어서, 덮어놓고 들어오게 허락했을 수도 있죠. 아마 틀림없이……." 그는 이 시점에서 말을 멈추고 커튼에 눈을 고정한 채 가만히 서 있었다. 렌스터는 침대를 찌르고, 매트리스를 들어 올리고, 피로 얼룩진 시트를 구기기도 했다. 메이휴는 조수인 에드슨을 불러 말했다. "밖으로 나가게. 자네가 창문을 넘어 들어와 줘야겠네."

에드슨이 잠시 후 창밖에 나타났다. 그는 담배꽁초를 던지고는 건물 옆면으로 다가왔다. "여기 상자가 하나 있네요. 그 위에 올라설까요?"

"그럴 필요가 없다면 굳이 올라가지 말게. 들어와 봐."

메이휴는 어깨를 둥글게 움츠린 에드슨이 문틀 위로 기어오를 수 있도록 뒤로 물러났다. 에드슨이 '끙' 하는 소리를 내며 몸을 움직여 바닥에 내려섰다. 메이휴는 몸을 구부려 매우 작고 눈부신 무언가를 집었다. 그는 그것을 불빛에 비춰 보았다. 핀이었다.

메이휴는 싱긋 웃으며 만족한 듯 말했다. "계획이 다 틀어졌군."

에드슨이 가까이 다가와 크고 흐리멍덩한 눈으로 빤히 바라봤다. "그건 뭡니까?" 애처롭게 물었다.

메이휴는 손가락 사이로 그것을 뒤집었다. "핀이네."

"그냥 핀이라고요?" 에드슨은 실망한 표정이었다.

메이휴는 큰 입으로 실실 웃었다. "자네 말대로, 그냥 핀이

네. 하지만 우연히 이 커튼에 꽂히게 됐지."

렌스터가 다가와 물었다. "그래서요?"

"핀은 이렇게 저기 있었어요. 보이죠? 이 찢어진 천 조각을
고정하면서요. 핀은 천을 뚫고 나무로 된 창틀에 꽂혀 있었을
겁니다." 그는 처음에 보았던 대로 핀을 제자리에 꽂아두었다.

렌스터가 입술을 오므리고 길게 휘파람을 불었다. "그럼, 창
문을 통과해 사람이 들어왔다는 추정은 물 건너간 거죠? 아니
면 잠깐만요. 어쩌면 살인범은 그 핀을 알아차리고는 들어온
후에 그걸 원래대로 놓았을지도 모르잖아요."

"그런 다음 방충망을 찢긴 채로 두고 유리창을 열었다? 아
니죠, 그건 이치에 맞지 않아요. 만약 살인범이 애초에 창문으
로 들어왔다면, 틀림없이 누가 발견하든 말든 신경 쓰지 않았
을 겁니다. 어떤 이유에선지 범인은 창문으로 들어온 것처럼
보이길 원했다고 저는 생각합니다. 실제로는 창문으로 들어
오지 않았는데 말이죠. 범인은 스티클먼 부인을 죽인 후에 그
렇게 꾸민 게 틀림없어요." 메이휴는 허름한 커튼 사이로 손을
뻗어 방충망을 밀어서 열었다. "놈은 유리창으로 들어온 것처
럼 보이려고 애를 썼어요. 하지만 핀에 관해서는 몰랐죠. 그러
니 핀이 놈의 발목을 잡은 셈이죠."

"핀을 건드리지 않고 들어왔을 리가 없군요." 에드슨은 핀
의 밝은 끝부분을 실눈으로 바라보면서 중얼거렸다.

"그럴 수는 없었을 거야. 그랬다면 창문도 떨어져 나갔겠

지."

에드슨은 자세를 바로 하고 엷은 갈색 머리를 긁었다. "하지만 창틀에는 도구를 쓴 자국이 있었잖아요. 오래된 자국도 아니고 새것이었어요. 그 흔적은 **바깥**에서 생겼단 말이죠. 토머스가 본을 뜨는 걸 제가 도왔습니다. 그건 뭘까요?"

문득 긴장되고 분한 표정이 메이휴의 얼굴에 짧게 스쳐 지나갔다. 그는 씁쓸하게 "이상하네"라고만 말했다.

에드슨은 "뭔가 안 맞어요"라고 문법 따위는 무시한 채 말했다. "창문으로 들어왔거나, 그러지 않았거나 둘 중 하난데요. 핀은 창문으로 오지 않았다고 말하고, 도구를 쓴 흔적은 침입하려고 야단법석을 떨었다고 말하잖아요."

메이휴는 릴리 스티클먼의 죽음과 그 전이나 후에 창문에서 벌였을 바보 같은 짓거리의 비밀을 캐내려는 듯 방 안을 뜨거운 시선으로 훑었다. 메이휴는 머리끝까지 화가 났다. 렌스터와 에드슨은 그 분노가 자신에게 향하지 않도록 자리를 떴다.

레이철은 바로 그때 그가 사건을 즐기기 시작했다고 생각한다.

7장

멀로이, 실종되다

메이휴는 책상에 앉아서 수첩을 펼치고 방 안에 유일하게 남은 에드슨을 슬쩍 보았다.

"스컬록 부부를 데려오게." 짧게 말하고는 복도 건너편을 가리켰다.

스컬록 부부는 각자 다른 태도를 보이며 들어왔다. 부인은 차갑고 거만했지만, 남편은 음흉한 표정으로 조심스럽게 다가왔다. 그들은 불편하게 앉아서 메이휴를 보았다.

메이휴는 부부를 잠시 쳐다보다가 말했다. "조사를 마무리 지읍시다."

스컬록 부인은 입도 뻥긋하지 않은 채 노려보았지만, 스컬록은 수사에 도움을 주려 애썼다. "저희에게 궁금하신 게 뭡니까? 기꺼이 도와드려야죠. 저희 부부를 섣불리 판단하지 마시고……."

메이휴가 끼어들었다. "네, 거기서부터 시작하죠. 그 차용증서에 관해 말씀해주세요. 꽤 중요해 보이던데요."

스컬록은 살짝 비굴한 표정으로 아내를 봤지만, 그녀는 메이휴에게 보냈던 번뜩이는 차가운 시선을 남편에게도 보냈다. "여보, 말해도 될까? 우리 둘을 위해서 말이야." 그는 아내의 눈빛에서 허락의 뜻을 읽었는지 경위에게 돌아서서 말했다. "형사님, 그걸 중요하다고 말하지는 말자고요. 돌려받을 희망이 거의 없었기 때문에 차용증서가 중요하지는 않았습니다. 하지만 현재 상황에서는 그게 확실히 위험하다는 걸 인정해야겠네요. 위험하다는 게 적당한 단어 같군요. 무슨 말인지 알아들으시겠죠?"

"아마도"라고 말하며 메이휴는 여자를 보고 있었다. 호랑이를 본 적은 없지만, 한 마리의 호랑이 같은 여자였다. 그녀는 나머지 사람들을 죽일 듯이 보고 있었다.

스컬록이 간신히 미소 지으며 말했다. "경위님, 그 차용증서 때문에 우리 부부가 곤란한 상황에 빠졌지 뭡니까. 스티클먼 부인이 죽는 바람에 우린 서류가 무용지물이란 걸 알았습니다. 하지만 그걸 어떻게 처리해야 할지 몰랐죠. 우리가 갖고 있다는 게 밝혀지면 마치 우리가…… 범인처럼 보일 테니까요.

그래서 장담컨대 꽤 순진한 생각으로 차용증서를 태우기로 한 것뿐입니다."

"당신들이 스티클먼 부인과 벌인 도박에 관해 렌스터가 제보한 이 시점에 말이죠? 참 대단한 우연의 일치로군요!" 메이휴는 비꼬는 웃음을 지으며 기뻐했다.

스컬록이 그의 표정을 읽으려 했다. "우연의 일치는 종종 일어나지 않습니까, 경위님." 여전히 싹싹한 태도로 경계하며 말했다.

"그렇지요. 일단 넘어갑시다. 당신들이 스티클먼 부인과 렌스터랑 함께 벌인 도박에 관해 얘기해보죠."

스컬록은 항의하듯 하얀 손을 들어 올렸다. "진짜 도박은 아닙니다. 그냥 사교 모임으로 브리지를 한 것뿐입니다. 물론, 판돈이 있었지만⋯⋯."

"판돈이 얼마였죠?"

스컬록은 입을 떡 벌린 채 걱정스러운 표정이 되더니 마침내 대답했다. "우린, 우린 1점당 0.5센트로 시작했습니다."

"그리고 얼마까지 올라갔나요?" 메이휴가 재촉했다.

스컬록은 급히 아내의 냉랭한 얼굴을 슬쩍 보았다. 그녀는 경멸하는 눈빛으로 태워버릴 듯 남편을 쏘아보았다. '보르자 부인*이 저렇게 생겼었지!' 메이휴가 역사 쪽으로 빠져버린 몽

* 16세기 유럽 최고의 미녀로 매혹적인 악녀로 알려졌다.

상에 만족해하며 혼잣말했다.

"판돈은 결국, 점당 10센트로 올라갔습니다." 스컬록이 인정하면서, 넥타이가 너무 조인다고 느꼈는지 느슨하게 풀었다. "판돈을 올려야 한다고 제안한 사람은 스티클먼 부인이었습니다. 그 여자가 왜 그랬는지 신만이 알겠죠. 도박에는 영 소질이 없는 사람이었으니까요."

"게다가 사기꾼이기도 했죠?" 메이휴는 비밀 이야기라도 하듯이 몸을 앞으로 기울이며 넌지시 떠봤다.

스컬록 부인의 어두운 얼굴에 경멸이 되살아나더니, 내뱉듯이 말했다. "그럴 리가요. 스티클먼 부인은 정직했어요. 우리도 마찬가지고요."

"그래서요?" 메이휴는 혀를 갈색 뺨 안쪽으로 밀어 넣고 스컬록에게 윙크했다. 금발의 남자는 놀라움과 공포가 가득한 표정으로 의자 안으로 더 깊숙이 앉았다. 메이휴의 반항적인 질문도 마음에 들지 않았지만, 의심스러운 윙크는 훨씬 더 마음에 들지 않은 게 분명했다. 윙크가 직접 의미하는 바는 없다 해도 메이휴가 폭넓고 위험한 부분까지 알고 있고, 거기에는 무엇이든 포함될 수 있다는 암시이기도 했으니까.

메이휴는 능청스럽고 쾌활한 표정으로 작은 수첩에 눈을 돌리고 말했다. "이제 시작해봅시다. 어제저녁 두 분이 뭘 했는지 알려주시죠."

축 늘어진 손을 이마에 대고 있는 스컬록은 혼란스러워 보였다. 스컬록 부인이 부부를 대표해서 대답했다. "우린 저녁 내내 방에 있었어요. 우리 방은 주방이 붙어 있는 방이라, 거기서 저녁을 먹었고 잘 때까지 집에 있었어요."

"한 번도 밖에 나가지 않으셨다고요?"

그녀의 목소리는 차분했고 단호했다. "한 번도요."

메이휴는 반항기 가득한 그녀의 눈을 마주하고는 "부인을 의심하지는 않습니다"라고 부드럽게 말했다. 그것이 자신에게 경계하는 사람들을 대하는 그만의 방식이었다. "스티클먼 부인에 관해 이 수사와 관련 있다고 생각하는 게 있으십니까?"

"아시다시피, 우리에게서 의심을 거둘 수 있는 단서라면 뭐든 말할 겁니다. 하지만 전 아무것도 몰라요. 눈곱만큼도요."

"선생도 마찬가지인가요, 스컬록 씨?"

스컬록은 생각에 잠겨 고민하는 것 같더니, 잠시 후에 말했다. "저도 없는 것 같습니다, 없어요, 그런데 잠깐만! 형사님이 멀로이에 관해 아셔야 하지 않을까, 여보?"

그녀는 냉담한 무관심을 보이며 어깨를 으쓱했다. "당신이 말하고 싶으면 해요, 허버트."

스컬록은 이어서 자세히 설명했다. "이 멀로이란 사람은 중년의 남자입니다. 그는 스티클먼 부인의 방에서 정면으로 마주 보는 방에 사는데, 제 생각에 둘은…… 음, 적어도 연인 사이쯤은 되는 것 같았어요. 내 기억이 맞는다면, 그는 대략 3주 전에 여기서 사라졌어요. 한동안 그를 본 사람이 아무도 없지요. 게다가 그가 보이지 않자, 스티클먼 부인이 속상해했어요. 부인은 멀로이에게 꽤 많이 반했었죠. 이건 가정입니다만, 경위님. 어쩌면 멀로이가 돌아와서 부인을 죽였을지도 몰라요!"

메이휴는 이 아이디어를 진지하게 생각하는 듯 보였다. "그렇다면 스컬록 부인, 부인도 이 멀로이라는 남자가 스티클먼 부인을 죽였을지도 모른다고 생각하세요?"

스컬록 부인은 엷은 미소를 지었다. "분명히 누군가는 죽였겠죠, 그렇지 않나요?"

"부인은 의견이 없으신가요?"

"전혀요."

메이휴는 필기를 멈추고 수첩을 빤히 보다가 갑자기 물었다. "마지막 질문입니다. 무슨 일을 하십니까, 스컬록 씨?"

스컬록은 긴장하기 시작했다. 메이휴를 혼란스러운 표정으로 보다가 편리한 직업이라도 찾으려는 듯 창밖을 응시하기도 했다. 하지만 스컬록 부인이 남편을 구원했다. 그녀는 나긋나긋한 목소리로 메이휴에게 대답했다. "남편은 은퇴했어요. 은퇴한 지가…… 어디 보자, 대략 6년쯤 됐네요. 그렇지, 여보? 맞아요, 6년이네요, 경위님."

갈색 얼굴이 서서히 벌게지더니, 메이휴가 수첩을 닫고 소리쳤다. "기가 막히는군요!"

"이 저주받은 집에서 누군가는 먹고살려고 일이라는 걸 하겠지!" 거칠게 말한 후 그는 사각형으로 이루어진 평면도에 쓰인 이름을 보았다. "다음은……." 그는 두꺼운 손가락으로 종이 왼쪽을 따라 훑어 내리다가 그쪽에서 마지막 정사각형에 도달했다. "다음은 마블 부인을 만나야겠네. 건물 반대편 마지막 방일세. 부인을 데려오게나."

에드슨은 방에서 나간 후, 추레한 옷을 입은 서른쯤 돼 보이는 작은 여자와 함께 돌아왔다. 무력함과 관리의 소홀함이 그녀에게서 젊음을 쓸어가버린 것 같았다. 처음에 메이휴는 그녀를 차갑게 쳐다봤지만, 여자가 움찔하면서 몸을 떨자 그의 태도가 갑자기 바뀌었다.

메이휴가 친절하게 말했다. "저는 스티클먼 부인의 사망 사건을 수사하고 있습니다. 두려워하실 필요 없어요. 그냥 어젯밤에 무엇을 하셨고, 어디에 계셨는지 정도만 얘기해주시면 됩니다. 그리고 물론, 목격하신 것 중 사건과 관련되었을 사항도 얘기해주시고요. 부인은 스티클먼 부인 옆방에 사시죠, 맞습니까?"

추레한 작은 여자는 조금 덜 두려워진 표정으로 가까이 다가왔다. 비록 불그스름한 손을 몸 앞으로 움켜쥔 채 눈을 크게 뜨긴 했지만 말이다. 그녀가 서둘러 대답했다. "저는 아무것도 몰라요. 저녁 내내 밖에 있었어요. 스티클먼 부인이 살해된 것도 자정 넘어 늦게 집에 온 후에야 알았으니까요."

"부인은 어디에 계셨습니까?"

"일하고 있었죠. 레이븐스우드 암스에 있는 테리 부인 댁에서 집안일을 해요. 정확히 말해 하인은 아니지만, 요리랑 서빙을 하죠. 아침에는 일주일에 두 번 가서 집을 청소해요. 화요일에는 부인을 위해 빨래와 다림질을 하고요. 매일 저녁 가서 저녁을 차리고, 설거지한 다음에는 집 안을 정리하죠. 일주일에 한두 번 손님 접대를 하시는데, 늦게까지 남아서 칵테일과 샌드위치를 대접하거나 와플을 만들어요. 어젯밤에는 꽤 많은 손님이 오셔서 밤중까지 프라이드치킨을 서빙했어요. 여기 제 방으로 돌아왔을 때는 새벽 2시가 다 됐을 거예요."

"스티클먼 부인이 사망한 걸 어떻게 아셨습니까?"

"터너 부인이 말해줬어요. 제가 열쇠로 문 여는 소리를 들었는지, 빼꼼히 내다보더니 제게 스티클먼 부인이 살해당했다고 속삭였어요. 그 말을 들었지만, 너무 피곤해서 그다지 관심을 두지 않았어요. 잠시 생각하다가 금방 잠들었죠."

"스티클먼 부인에 관해서는 뭘 알고 계시죠? 수사에 도움이 될 만한 게 있을까요?"

"부인에 관해서는 많이 알진 못해요. 자기는 돈이 넉넉해서 일하지 않아도 먹고살 수 있다고 말하더군요. 아이가 없길래 남편과 이혼했나 보다 하고 생각했어요. 로스앤젤레스에 사는 독신 고모들이 둘 있다고 했던 것 같아요. 그것 말고는 중요한 게 생각나지 않네요."

"멀로이라는 남자는 어떻습니까? 그 남자와 스티클먼 부인은 좋은 친구였나요?"

"음, 맞아요. 그런 것 같아요. 당시에는 스티클먼 부인이 멀로이 씨 가까이 있으려고 이리로 이사했다고 생각했어요. 왜 그런 인상을 받았는지는 기억나지 않지만요. 아마 누군가 제게 그렇게 말했거나 제가 그냥 그렇게 생각했나 봐요. 어쨌든, 그때는 그렇게 생각했어요. 이상하지 않나요? 돈이 있는 사람이 이런 허름한 집에 산다는 게요."

메이휴가 험악한 미소를 지은 후 정색하고 농담을 던졌다. "글쎄요. 여기 사람들은 다 돈이 많으니까요. 부인만 빼고 모두 은퇴했다고 하니 말입니다. 땀 흘려 일하시는 여성분을 만나서 기분이 좋네요. 남편은 돌아가셨나요?"

"네, 맞아요. 남편이 죽은 지 몇 년 됐어요. 어린 딸이랑 둘만 살아요."

메이휴의 갈색 눈이 활기를 띠더니 앞에 있는 창백한 얼굴을 유심히 보다가 물었다. "어린 딸이요? 어제저녁에 따님은 어디에 있었습니까?"

"방에서 자고 있었죠. 딸을 재우고 저녁 6시 30분에 집을 나섰어요."

"따님을 만나고 싶은데요. 지금 방에 있나요?" 여자가 천천히 고개를 끄덕였다. "에드슨, 마블 부인을 따라가서 어린 딸을 데려오게."

에드슨은 일광욕실 책상에서 레이철에게 돈을 뜯어낸 아이와 함께 돌아왔다. 클라라 마블은 엄마를 보다가 메이휴 경위의 갈색 얼굴로 시선을 옮겼다. 아이는 무시무시한 표정으로 인상을 찌푸리면서 형사에게 말했다. "아저씨는 경찰이죠? 나도 알아요. 하지만 우리 엄마에게 상처 주지 말아요. 그러면 내가 얼음송곳으로 아저씨 배를 찌를 거예요!"

클라라의 엄마는 부끄럽고 면목이 없어서 사색이 되었다. "경위님, 아이한테 화내지 말아주세요! 일하는 동안 너무 많이 혼자 뒀더니, 놀이공원을 돌아다니면서 온갖 끔찍한 표현을 주워들었나 봐요. 우리 딸은…… 나쁜 아이가 아니에요, 정말이에요."

메이휴 경위는 광대뼈가 튀어나온 좁은 얼굴을 대충 훑어봤다. 겉으로는 내색하지 않았지만, 작고 앙상한 몸과 튀어나온 무릎, 깡마른 팔을 대번에 알아보았다. 그는 머뭇거리듯 큰 손을 앞으로 뻗으며 말했다. "부인 말씀대로 나쁜 아이가 아니라고 확신합니다. 따님이 엄마를 정말로 사랑하네요. 자, 치킨, 너한테 질문하고 싶은데 말이야."

아이는 곧바로 설득될 타입이 아니었다. "저를 뭐라고 부르셨죠?"

"치킨. 마음에 안 드니?"

아이는 작은 코를 찡그렸다. "조금요. 그래도 재미있는 이름이네요. 그 이름 계속 써도 돼요?"

"물론이지. 이제부터 네 이름은 치킨이다. 명심하세요, 마블 부인. 따님이 치킨이라는 이름을 좋아하니까 이제부터 치킨인 겁니다. 자, 치킨, 대답해줄래? 어젯밤에 이상한 소리 못 들었니?"

아이의 푸른 눈이 흐릿해지면서 엄마를 쳐다봤다. "대답하렴." 마블 부인이 딸에게 말했다.

"아무 소리도 못 들었어요." 아이가 즉시 대답했다.

"아무 소리도? 그럼, 뭘 보지는 않았니? 그러니까 창가를 따라서 어슬렁거리거나 집 안을 들여다보는 사람 같은 거?"

아이는 단호히 고개를 저으며 메이휴에게 확실히 말했다. "아무것도 못 봤어요."

메이휴는 주머니를 뒤져서 5센트짜리 동전을 꺼냈다. 그것을 클라라에게 내밀며 말했다. "이건 선물이야. 이걸 볼 때마다, 어젯밤에 일어난 일이 생각나면 꼭 엄마에게 말해야 한다는 게 떠오를 거다. 그럴 거지?"

클라라는 엄숙하게 5센트 동전을 받았다. "뭐든지 생각나면 엄마에게 말할게요. 하지만 생각날 것 같지 않아요."

아이를 보며 메이휴가 천진난만하게 물었다. "왜 생각나지 않을까?"

클라라가 자기 신발 끈에 시선을 둔 채 대답했다. "그냥 생각날 것 같지 않아요. 생각날지도 모르고요. 하지만 거의 생각 안 날 것 같아요."

"알겠다. 음, 마블 부인. 다 됐습니다. 클라라에게, 아, 실례했군요, 여기 치킨에게 어젯밤 있었던 일이 기억나는지 물어

봐주세요. 가끔 물어보시면 됩니다. 확실하지 않더라도 뭔가 단서를 얻을지도 모르니까요. 이제 가셔도 됩니다."

터너 부인이 에드슨을 따라 일광욕실 안으로 들어와 경멸하는 눈빛으로 메이휴를 보았다. 오후 늦은 시간이었다. 중간에 점심시간이 있었다.

그녀는 키가 크고 늘씬한 근육질의 여자였다. 틀어 올린 곱슬곱슬한 빨간 머리 아래 놓인 그녀의 얼굴을 보고 메이휴는 영락없이 말을 떠올렸다. 그녀가 말 울음처럼 높은 목소리로 말하자, 그 환상이 비로소 완성되었다. "형사님에게 할 말은 없어요. 나한테 질문해봤자 소용없을 거예요. 해야 할 일도 있고요."

"앉으시죠. 제가 부인께 바라는 게 좀 많습니다. 부인께서는 이곳 주인이시죠. 각 세입자에 관해 다른 누구보다 많이 알고 계실 겁니다. 우선 스티클먼 부인에 관해 알고 계신 것부터 말씀해주시죠."

터너 부인은 못마땅하다는 듯 입을 삐쭉거렸지만, 마음을 바꿨는지 자리에 앉았다. "그 여자에 관해 아는 건 거의 없어요. 이혼했고, 먹고살려고 일할 필요가 없다는 것만 빼고요. 그게 답니다."

"멀로이라는 남자와 스티클먼 부인과의 관계는 어땠습니까?"

"관계라니…… 무슨 뜻이죠? 서로 잘 알았던 것 같아요. 멀로이 옆에 있으려고 이리로 이사 왔지요. 하지만 난 스파이가 아니에요. 세입자들이 같이 있을 때 무슨 짓을 하는지는 모릅니다."

"둘이 같이 있었나요? 아주 많이?"

"몰라요. 게다가 둘이 부도덕한 관계라고 해도, 난 신경 쓰지 않아요."

메이휴는 몸을 앞으로 기울여 집주인의 거칠고 다부진 얼굴을 더 자세히 바라봤다. "그것참 중요한 암시로군요, 터너 부인. 더 자세히 말씀해주시죠. 어떤 근거로 스티클먼 부인이 부도덕하다고 생각하셨습니까?"

"부인이 부도덕하다고 말하지 않았어요. 부인이 부도덕했더라도 신경 쓰지 않았을 거라고 말했을 뿐이에요. 제 말을 잘못된 의미로 왜곡하려 하지 마세요."

메이휴는 끓어오르는 분노를 느끼며 여자를 노려봤다. "당신 말을 왜곡하려 하지 않습니다, 터너 부인. 저는 단지 스티클먼 부인과 멀로이라는 남자의 관계를 분명히 규정하고 싶을 뿐입니다. 둘이 서로 매우 많은 관심을 보였다고 믿을 만한 이유가 있습니다. 다른 세입자들 말에 따르면 멀로이가 이곳 자기 방에서 사라졌다고 하고, 스티클먼 부인은 죽었습니다. 자, 이제 부인이 멀로이에 관해 알고 계신 걸 전부 말해주시죠."

터너 부인은 분노가 이글거리는 눈으로 그를 봤다. "멀로이는 나하고 엄마 쪽으로 사촌입니다. 그는 결혼한 몸이고, 이혼

하는 중이었습니다. 3주 전에 이 집을 떠나서 아직 돌아오지 않았죠. 내가 멀로이에 관해 아는 건 그게 전부예요."

"멀로이가 당신 **사촌**이라고요……. 그런데도 멀로이에 관해 아는 게 그게 전부란 말입니까? 터무니없네요. 틀림없이 당신은 이 남자에 관해 상당히 많은 걸 알고 있을 겁니다!"

"아, 중요하지 않은 건 많이 알죠. 하지만 굳이 형사님이 내 시간을 뺏을 필요가 없어요. 그의 아내와 딸에게 직접 물어보시죠."

"그들을 찾으면요. 모녀의 주소를 알고 있나요?" 그가 수첩을 펼쳐서 받치고는 대답을 기다렸다.

"바로 이 집에 있어요. 티머슨 부부의 바로 옆방이자 작은 노부인 미스 머독 건너편 방에요. 모녀가 지금 거기 있습니다. 형사님이 부르길 기다리고 있을 겁니다."

메이휴는 놀라움을 감출 수 없었다. 그가 평면도를 살펴보자, 문제의 방에 물음표가 그려진 것이 보였다. 그 방의 세입자가 누구인지 아직 물어보지 못했기 때문이었다. 그가 수첩을 빤히 보고 있을 때, 터너 부인이 일어나 문으로 향했다.

"잠깐만요, 터너 부인. 멀로이 방의 열쇠를 받고 싶은데요. 그 방문을 열 일종의 마스터키를 갖고 계시겠죠?"

잘 맞지 않는 옷을 걸친 몸이 굳었고, 그녀가 반항적인 태도로 던지듯 내뱉었다. "갖고 있다면요? 난 그게 필요하고, 형사님 손에 들어가게 하지 않을 겁니다."

메이휴는 침착하게 말했다. "아니요, 주게 될 겁니다. 에드 슨, 터너 부인과 함께 가서 열쇠를 받아 오게. 그리고, 터너 부인. 마지막으로 하나만 묻죠. 어젯밤 7시에서 10시 사이에 뭘 하셨습니까?"

처음으로 반항의 표정이 생각에 빠져 집중하는 모습으로 바뀌었다. "대부분 바느질을 했어요. 이 집에 사용할 커튼의 가장자리를 감치고 있었죠. 저녁 7시 30분쯤 시작했을 겁니다. 한창 작업 중일 때 작은 노부인이 와서 수건을 달라고 요구했 거든요." 그녀는 간략하게 밤 9시경 레이철이 방문했었다고 말했다. "마지막 커튼 작업을 거의 마쳤을 무렵에 비명이 시작 됐어요. 티머슨 부인이 야단법석을 떨고 있었죠."

"재봉틀 소리 때문에 복도에서 나는 이상한 소리를 듣지 못 한 걸까요?"

그녀는 앙상한 입을 다물었다. "그랬을 수도 있겠네요. 저는 아무것도 못 들었어요."

에드슨이 열쇠를 받으러 터너 부인을 뒤따랐다.

메이휴가 생각에 잠겨 책상에 앉아 있을 때, 현관에 흰 모자 와 파란 망토를 두른 사람이 서 있는 모습이 보였다. 그는 간호 사에게 큰 소리로 외쳤다. "작은 노부인은 어떻습니까? 변화가 있나요?"

여자의 눈이 메이휴를 보고 미소 지었다. "회복되고 있어요. 더없이 좋아요."

"다행이네요." 메이휴가 대답했다. 살해당한 여자의 고모가 도움이 될지도 모르나, 그럴 확률이 낮다고 생각하고 있었다. 노인들은 보통 회복 속도가 느리고, 게다가 또렷이 듣거나 보지 못한다. 특히 이 노부인은 사건이 벌어지고 있던 시간에 모르핀 과다 복용으로 깊이 잠들어 있던 게 틀림없었다.

그러나 여전히 그는 노부인이 도움이 될지도 모른다고 곰곰이 생각했다. 조카의 과거 삶에 관해 설명할 수만 있다면 말이다.

과거 어딘가에 이 범죄의 씨앗이 놓여 있을 것이다. 릴리가 어리석게도 카드 게임을 하며 스컬록 부부를 속이려던 가까운 과거에, 또는 아직 알려지지 않았으나 그녀가 잘못 살아온 삶의 어떤 시기에 범죄의 씨앗은 숨어 있을지도 몰랐다.

8장

멀로이 부인, 등장하다

무심하고 내성적이며 침착해 보이는 젊은 여자가 들어왔다. 그녀는 앉기 전에 잠시 메이휴의 얼굴을 꼼꼼히 뜯어보았다. 잘생긴 남자 같은 얼굴선이 돋보였다. 눈썹은 짙었고, 턱은 강인해 보였으며, 갈색 눈에는 신중함이 엿보였다. 그녀는 메이휴와 비슷한 유형의 다른 남자들, 즉 덩치 크고 정중하지만 성가신 남자들과 그가 비슷하리라 예상했고 그 예상에 따라 행동했다.

그녀는 메이휴를 향해 하얀 손을 내밀다가 잠시 주저하더니, 우아하게 쭉 뻗었다. "형사님이 저희를 도와주셨으면 해요." 솔직하고 대단히 매력적인 미소를 지으며 말했다. "엄마와 저는 너무⋯⋯ 혼란스러워요. 이런 끔찍한 범죄에 뭘 해야 할지 모르겠어요." 일광욕실에서 메이휴를 마주 보고 앉은 그녀는 매우 매력적이고 여성스러웠다.

메이휴는 그녀가 눈부시게 아름답다는 걸 알았지만, 워낙 경계심이 많은 남자였다. 전에도 아름다운 여자들을 만난 적이 있었다. 남편을 토막 살인하여 시신을 납작한 트렁크에 넣어 샌프란시스코로 보냈던 마이클스 부인도 날씬하고 사랑스럽고 연약했다. 그녀가 종신형을 선고받고 여자 교도소로 이송되었다는 소식을 들은 지 1년도 채 되지 않았다. 그녀를 떠올리며 메이휴는 남자로서 눈곱만큼의 관심도 담지 않고 멀로이 양을 무심하게 바라보았다.

음울하고 조용해 보이는 그녀의 어머니가 들어와 손깍지를 끼고 자리에 앉았다.

메이휴가 즉시 물었다. "멀로이 부인?" 부인은 대답 없이 고개만 끄덕였다.

메이휴는 작고 검은 수첩을 휙휙 넘기면서 몽당연필을 찾아 주머니를 어설프게 뒤적였다. 서툰 그의 행동을 지켜보던 여자는 예쁜 입으로 살짝 웃었다. 그러다 숱이 많은 눈썹 아래에서 반짝이는 메이휴의 눈을 본 뒤 그가 자기를 보고 있는 걸 알아차렸다. 그녀의 얼굴이 분홍빛으로 물들었다.

메이휴가 나이 든 여자를 보고 말했다. "저는 스티클먼 부인의 죽음을 조사하고 있습니다. 관례상 건물에 있는 모든 사람에게 어제저녁 뭘 했는지 진술받는 중이고요. 부인의 행적을 알려주시죠."

멀로이 부인의 시선은 자기 신발을 거쳐 바닥으로, 다음에는 딸의 얼굴로 이어졌다. 잠시 후 대답했다. "책을 읽고 있었어요. 저녁 내내 우리 방 안에 있었고요."

"그쪽은요, 멀로이 양?"

"저도 책을 읽고 있었어요. 바느질도 조금 한 것 같아요. 엄마랑 둘 다 밖에 나가지는 않았어요."

"알겠습니다. 둘 다 실내에 계셨다……. 대략 몇 시쯤 주무셨죠?"

여자가 대답하려다가 어머니를 쳐다보았다.

"밤 10시 30분이나 11시쯤이었던 게 틀림없어요." 메이휴는 나이 든 여자가 수긍의 의미로 미세하게 고개를 끄덕이는 걸 본 것 같았지만, 확신할 수는 없었다.

"티머슨 부인이 죽은 여자를 발견했을 때 질렀던 비명을 들었나요?"

"오, 들었어요. 분명히 들었어요." 멀로이 부인이 그의 눈을 마주 보고 대답했다.

"그다음 부인과 따님께서 복도로 나가셨나요?"

"제가 나갔어요. 세라는 방에 있었고요."

메이휴는 신기한 듯 젊은 여자를 보았다. "아가씨는 무슨 일이 벌어지고 있는지 관심이 없었습니까?"

그녀는 고개를 흔들면서 재빨리 대답했다. "피만 보면 속이 늘 울렁거려서요."

　메이휴는 인상을 찌푸리고는 말했다. "그것참 이상하군요."

　"뭐가요?" 잠시 혼란스러워 보이던 그녀는 어머니 쪽을 살짝 본 후, 어머니 얼굴에 새롭게 드리운 두려움을 보고서 자기가 말하지 말았어야 할 뭔가를 내뱉었음을 알아차렸다. "뭐가 이상한데요?" 다시 물었다.

　그가 간단히 대답했다. "당신이 피가 있다는 사실을 알고 있어서요. 저는 이제껏 티머슨 부인이 범죄 현장을 발견한 첫 번째 사람이라고 생각했습니다. 하지만 그 여자가 비명을 지를 때 당신이 나가지 않은 이유가 피가 있다는 걸 알았고, 그걸 보면 속이 울렁거릴까 봐 두려웠다고 말하고 있잖습니까."

　젊은 여자는 허리를 더 꼿꼿이 세우고 앉았다. 그녀는 존경과 두려움이 담긴 눈빛으로 메이휴를 보았다. 하지만 그녀는 덫에 걸릴 사람이 아니었다. "제가 좀 헛갈렸나 봐요. 당연히 나중에야 살인 사건이 있었다는 걸 알았어요. 당시에는 티머슨 부인이 비명을 지르니까 그냥 엄청나게 불쾌한 일이 벌어지고 있다고 짐작했죠. 그래서 나가지 않았어요. 하지만 피에 관해서는 정말로 확실히 알지 못했어요. 전 그냥…… 누군가가 다쳤을 거라는 예감이 들었지만, 방 안에서 바빠서……."

　"뭘 하느라요?"

　"그때요? 어, 책을 읽거나 바느질하고 있었겠죠. 정확히 기억나진 않아요."

"하지만 어머니가 돌아와 무슨 일이 벌어졌는지 말해주기를 방 안에서 기다렸다는 건 확신한다고요? 그건 아주 문제없이 기억납니까?"

여자는 잠시 망설이다가 살짝 얼굴을 붉히더니 손을 빤히 내려다보았다. "네, 맞아요."

메이휴는 조바심과 짜증이 뒤섞인 표정으로 그녀를 노려봤지만, 더는 문제 삼지 않기로 했다. "그만 넘어갑시다. 다음 질문은 더 신중하게 생각해주세요. 두 분 중 누구라도 저녁에 의심스럽거나 특이한 장면 혹은 소리를 알아차린 분이 없나요?"

그들은 다시 눈빛을 주고받으며 상의했고, 젊은 여자가 대답했다. "평소와 다른 점은 기억나는 게 없어요."

그녀의 어머니가 조용히 덧붙였다. "터너 부인의 재봉틀 소리는 기억나요. 저녁 시간 대부분 그걸 사용하고 있었어요. 특이한 소리는 아니지만, 떠오르는 게 그것뿐이라서요."

메이휴는 수첩을 뒤적거리다가 다른 페이지를 찾아서 살펴보았다. 멀로이 부인에게 질문했다. "확실합니까? 제 말은, 재봉틀이 돌아가고 있었다는 거 말입니다. 중간에 길게 소리가 끊기지는 않았나요?"

멀로이 부인은 잠시 생각에 잠겼다가 신중하고 정확하게 대답했다. "이상할 정도로 오래는 아니었어요. 확실해요. 제가 창가에 앉아 있었는데, 창문이 열려 있었어요. 터너 부인의 창문도 열려 있었던 게 틀림없어요. 재봉틀 소리가 아주 또렷이 들렸거든요. 부인은 아주 바쁘게 일하는 것 같았어요. 소리가 길게 끊겼다면 제가 알아차렸을 텐데, 실을 갈아 끼우거나 재료를 정리할 때 보통 걸리는 시간보다 더 길게 끊긴 적은 없었다고 확신해요. 그렇기는 하지만, 지금 생각해보니 긴 솔기를 박고 있던 게 틀림없어요. 옷은 아시다시피, 가봉도 해야 하고 바느질하면서 길이를 조절해야 하잖아요."

"터너 부인이 커튼에 단을 감치고 있었다고 말했습니다." 메이휴가 설명했다.

여자가 생각에 잠긴 채 질문했다. "커튼이요? 음, 여기는 새 커튼이 확실히 필요하긴 해요."

메이휴는 창문에서 발견한 핀이 기억나 불쾌하게 미소를 지었다. 그는 "정말 그렇긴 하죠"라며 동의했다. 그러고 나서 의자에 몸을 푹 묻은 채 잠시 조용히 있었다. 수첩을 아무 생각 없이 대충 훑어보면서 한쪽 발로 아치를 그리며 천천히 앞뒤로 흔들었다.

젊은 여자와 그녀의 어머니는 서로 빠르게 눈빛을 주고받았다. 세라 멀로이는 미소 지었다. 멀로이 부인은 깊게 숨을 들이마셨다가 한숨으로 내뱉었다. 모녀는 편안해 보였고 두려움을 내려놓은 듯했다. 메이휴는 옆눈으로 모녀를 세심히 살피다가 그들을 향해 몸을 돌리고는 질문했다. 그의 목소리는 꽤 낮았지만 놀랍도록 또렷했다. "남편은 어디 있습니까, 멀로이 부인?"

잠시 메이휴에게 얻어맞기라도 한 듯 당황스러워 보였으므로, 그녀가 가장 두려워했던 것이 바로 이 질문이었음을 메이휴는 알게 됐다. 그녀는 화들짝 놀라 한 손으로 목을 만졌고, 손은 옷깃에 달린 브로치에 계속 머물러 있었다. "어디 있는지 저도 몰라요." 마침내 조용히 대답했다.

"남편을 만나려고 여기 오신 게 아닙니까?"

"아뇨." 바다에 고정되어 있던 그녀의 시선이 움직였다. "우린 이곳에 온 지 며칠밖에 되지 않았어요. 우리가 왔을 때 남편은 이미 여기 없었죠."

"남편과 스티클먼 부인과의 관계를 조사하거나 둘의 불륜을 방해하려고 왔습니까?"

매끄러운 흰머리가 흔들렸다. "오, 아뇨. 전혀 아니에요! 우린 이혼 중이었어요. 이미 중간판결*을 받았기 때문에, 넉 달 후에는 캘리포니아 법에 따라 종국판결이 내려질 예정이었어요. 아시다시피 중간판결에서 종국판결까지는 1년이 걸려요. 그 기간에 남편이 원한다면 얼마든지 이성 친구를 사귀어도 된다고 알고 있고요."

"그렇다면, 여기에 왜 오신 건가요? 이상해서요. 부인께서 인정했다시피 부인과 남편분은 이혼 중이니, 남편은 부인에게

---

* 종국판결에 앞서 당사자 사이의 어떤 쟁점에 대해서만 내리는 판결.

아무 의미도 아닐 텐데요."

"저는 그렇게 말하지 않았어요." 그녀의 고운 얼굴에서는 신중함과 슬픔이 엿보였다.

"다시 말씀해주시겠습니까?" 메이휴가 서둘러 말했다.

"왜 여기 왔는지 말씀드리죠. 저는 남편의 실종에 관해 알아내려고 왔어요."

"남편의 실종이요? 남편분의 실종에 이상한 점이 있다고 생각하십니까?"

"아주 많아요! 저희에게 말도 없이 사라지는 건 전혀 남편답지 않아요. 가족으로서 더 이상 같이 살지는 않지만, 남편은 우리랑 긴밀하게 연락하며 지냈어요. 주로 세라의 계좌로 소식을 들었다고 인정해야겠군요. 게다가 전에는 한 번도 이런 적이 없었어요. 남편이 사라졌다는 소식을 듣자마자 우린 로스앤젤레스에서 곧장 이리로 왔지요."

메이휴는 그녀를 매우 친절한 눈빛으로 바라봤다. "그 소식을 언제 들으셨습니까, 멀로이 부인?"

"그게……." 하지만 젊은 여자가 끼어들었다. 그녀의 눈빛은 어머니에게 경고의 신호를 보내고 있었다.

"터너 부인이 아버지가 안 돌아오신다고 알려주셨어요." 세라가 재빨리 대답했다.

"터너 부인은 아버지의 사촌이죠?"

잠시 여자의 자신감 넘치는 태도에 불확실한 기색이 스쳤다. "저는, 저는 그렇게 알고 있어요." 메이휴는 살짝 짜증이 났는데, 이마가 아니라 목소리에 그런 감정이 묻어났다.

"확실히는 모르는군요?"

"맞아요. 음, 제 말은, 어머니랑 저는 아버지 친척을 만나본 적이 없어요. 할머니, 할아버지는 돌아가셨고, 최근까지 다른 친척들과 연락조차 하지 않으셨으니까요. 그런데 아버지가 터너 부인을 언급하셨어요. 먼 친척이라고요. 그러니 부인이 형사님께 아버지 사촌이라고 하셨다면, 그게 맞겠죠."

메이휴는 움츠러든 멀로이 부인에게 몸을 돌렸다. "남편의 실종을 설명할 수 있는 나름의 생각이 있으신가요?"

그녀는 서둘러 대답했다. "아니요. 남편이 어딘가로 가버릴 수 있다는 걸 상상조차 못 했으니 이유는 두말할 것도 없지요. 남편에게 무슨 일이 벌어졌을까 봐, 어딘가에서 사고라도 당했을까 봐 걱정돼요." 메이휴의 당황스러운 시선 앞에서 그녀는 조용히 눈물을 떨구기 시작했다. 슬픈 흐느낌 속에 목소리도 잦아들었다.

세라 멀로이는 어머니에게 가서 무릎을 꿇고 그녀를 껴안았다. 세라는 가식 없이 호소하는 눈빛으로 메이휴를 보았다. "저희가 아버지를 찾게 도와주실 수 없나요? 어머니랑 저는 병원이랑 시체 안치소도 둘러봤고, 기억상실증에 걸린 사람이나 갑자기 미쳐버린 사람들 사진도 살펴봤어요……. 이제 더는 어머니가 감당하지 못할 거예요."

메이휴는 생각에 잠긴 듯, 엄지손가락으로 숱이 많은 눈썹을 문지르며 말했다. "남편분의 실종은 경찰에서 수사해야 할 듯합니다, 멀로이 부인. 부인의 개인적인 슬픔을 달래기 위해서만은 아닙니다. 저는 남편분의 친구인 한 여자의 살인 사건을 수사하러 왔습니다. 남편분의 실종이 여자의 죽음보다 먼저 일어나긴 했지만, 어떤 식으로든 관련이 있을지 모릅니다. 저는 멀로이 씨가 최대한 빨리 발견되거나, 적어도 그분의 실종이 해명되어야 한다고 생각합니다."

멀로이 부인은 손수건을 눈에 대고 눈물을 찍어냈다. 흐느끼느라 목소리가 나오지 않아 힘들게 말을 이어갔다. "남편을 찾아주세요. 여기 오기 전에 경찰에게 먼저 도움을 청했어야 했어요."

"맞습니다. 범죄에 연루되었다는 의심이 들었다면 그러셨어야 했어요. 하지만 너무 걱정하지는 마세요. 남편분에게서 소식이 끊긴 데에는 전적으로 타당한 이유가 있을 겁니다."

세라는 푸른 눈으로 메이휴를 걱정스럽게 바라보았다. "저희에게 원하시는 게 또 있나요? 없으면 어머니를 방으로 모시고 가도 될까요?"

메이휴는 수첩에서 깨끗한 종이를 한 장 찢었다. "이걸 가지고 가세요. 아버지에 관해 정보를 줄 만한 친구분이 있다면 이름과 주소를 거기에 쓰세요. 다 작성하시면 돌려주십시오."

여자는 종이를 받아서 빤히 바라보다가 중얼거렸다. "니컬

슨 씨밖에 없어요. 샌디에이고에 사시죠. 그분이 뭔가 아실지
도 몰라요. 아는 게 있다면요."

저녁 7시가 되자 놀이공원 구역이 생기를 되찾았다. 뒤늦게
식사하는 사람들이 카페에 가득했다. 생선 요리를 우적우적
먹고 맥주를 마셨다. 노점에 있는 사람들은 뱃길의 변화무쌍
한 광경을 구경하고 있었다. 다양한 노점에서 목쉰 남자들이
자기네 게임을 하라고 호객 행위를 했다. 그들은 사람들이 기
회를 놓치고 있다면서, 사실상 종이 반죽으로 만든 큐피드, 담
요, 햄을 상품으로 받을 방법은 하찮은 고리를 매우 만만해 보
이는 받침대에 던지기만 하면 된다고 장담했다. 다른 노점에
서는 병에 담긴 머리 둘 달린 아기를 팔았고, 보르네오에서 온
남자, 뱀 소굴을 전시한 노점, 해부학 박물관, 회전목마도 있었
다. 저 멀리 부둣가 스트랜드가에는 댄스홀과 아직 문을 열지
않은 다른 상점들이 있었다.

스트랜드가를 마주 보고 있는 레스토랑에서는 메이휴와 에
드슨이 침착하게 저녁을 먹었다. 그들은 맥주와 레몬머랭파
이를 천천히 음미했다. 마지막 별미에 손을 뻗었을 무렵 에드
슨은 정보를 캐내고 있었다. 그가 천진난만하게 물었다. "누가
범인이라고 생각하세요? 낡은 서프 하우스에 사는 주민일까
요, 아니면 외부인일까요?"

메이휴는 생각에 잠긴 채 한입 가득 파이의 윗부분을 입안
에 밀어 넣었다. 그것을 씹으며 에드슨을 보았다. "지금 당장

은 집 안에 있는 사람이라고 생각하네. 물론 많은 걸 알아내기에는 아직 이르지만 말일세. 하지만 그쪽을 가리키는 한 가지 사실이 있지."

추리하려고 애쓰지 않는 에드슨의 게으름이 메이휴에게는 위안이 됐다. "예를 들면요?" 에드슨이 물었다.

"노부인이 약물에 중독된 사실 말이네. 나는 일이 이렇게 흘러갔으리라고 생각해. 노부인은 자기 방에 머물기로 되어 있었지. 거기 강장제가 있었네. 에런슨 박사가 한두 방울 남아 있는 강장제 병을 내게 줬어. 그걸 노부인은 잘 때 먹으려고 했던 거야. 그런데 병에 있던 약물 안에 모르핀이 들어 있었네. 살인자는 부인이 강장제를 먹고 밤새 잠들어 있거나 죽거나 둘 중 하나를 의도했던 것처럼 보였지. 어느 쪽인지는 모르겠지만. 내 추리에 따르면, 그건 건물 안에 있는 누군가의 소행 같아. 세입자라면 외부인보다 노부인의 강장제에 모르핀을 떨어뜨릴 기회가 훨씬 많을 테니까 말이야. 유리창으로 스티클먼 부인 방에 들어간 살인자에 관한 의혹이 무엇이든, 노부인의 방에서는 그런 흔적을 찾아볼 수가 없었네. 노부인의 창문은 몇 년간 사용한 흔적이 전혀 없었거든. 오늘 오후에 박사님이 잠시 들어가도록 허락하셨을 때, 내가 직접 확인했네. 누군가가 문으로 노부인의 방에 들어가서 강장제에 모르핀을 넣고, 들어왔던 것과 같은 방식으로 나갔을 걸세. 외부인이 그렇게 하기가 얼마나 어려울지는 자네도 알겠지. 그러다 복도에서라도 입주민을 마주친다면, 그의 존재가 곧바로 주목받을 테니까. 그런 면에서 사실상 살인자는 집 내부에 있다고 생각하게 됐지."

"음. 말씀하신 추리가 그럴듯하네요. 세입자 중 누가 범인일까요?"

"글쎄, 아주 눈에 띄는 부부가 있네. 그게 어떤 의미가 있을 수도 있고, 없을 수도 있지. 스컬록 부부 말이야. 죽은 여자가 부부에게 빚을 졌는데, 돈을 갚지 않았던 건 분명하니까. 하지만 작은 노부인과 얘기를 나눌 때까지는 모든 가능성을 열어 두고 있네. 노부인은 꽤 귀중한 목격자가 될 걸세."

"눈이 흐릿하고 가는귀가 먹지 않았다면요. 그런 노인들이 많잖습니까." 에드슨이 유익한 정보를 알려주었다.

"사실이지. 그러지 않기를 바랄 뿐이야." 메이휴는 맥주를 들이붓고 머그잔을 '쿵' 소리가 나게 내려놓았다.

"그만 퇴근하십니까?" 에드슨이 기지개를 켜면서 물었다.

"아직 아니야. 멀로이의 방을 보고 싶네." 그는 주머니를 뒤져 잔돈을 찾은 뒤 25센트짜리 동전을 접시 밑에 밀어 넣었다.

"가자고."

짧은 산책 후 그들은 곰팡내 나는 어두운 복도로 들어섰다. 메이휴는 일광욕실 문 앞을 지나면서 안을 슬쩍 보았다. 비어 있었다. 그들은 멀로이의 방으로 계속 걸어갔고, 메이휴가 문을 열었다. 그가 방 한가운데 천장에 매달린 조명을 켜자, 눈부신 노란빛이 밝게 빛났다. 그들은 일을 시작했다.

"여긴 모든 게 엉망이로군." 메이휴는 서랍장을 열며 투덜거렸다. "누군가 서랍을 뒤졌거나 멀로이가 급하게 서두르느라 어질러놓은 것 같아. 편지지는 모두 구겨지거나 접혀 있네. 물건을 너무 급하게 뒤지지 않았다면 좀처럼 보기 힘든 광경이지."

에드슨이 침대 밑을 살펴보다가 여행 가방 하나를 끌어냈다. 메이휴는 내용물을 훑어보았다. 가방에 든 물건은 옷깃과 넥타이와 속옷이었다.

당황한 표정으로 에드슨을 빤히 보았다. "옷을 두고 갔거나, 아니면 옷이 엄청나게 많은 게로군. 하지만 이상해. 편지나 개인적인 서류가 한 장도 없으니 말일세. 멀로이가 다 치워버렸거나, 다른 누군가가 치웠겠지. 신발 안을 보세나. 단서가 숨어 있을 수도 있으니까."

한쪽 신발의 발가락 부분에 더러운 종잇조각으로 감싼 10달러짜리 지폐가 있었다. 종잇조각은 글씨가 쓰인 종이의 한 부분이었다. 종이 위에 희미한 장식 무늬가 보였다. 메이휴는 그것을 들어 조명에 비추어 보았다. "**동굴**이라는 단어 같군." 조각을 좀 더 들여다보다가 종이와 지폐를 자기 주머니에 찔러 넣었다. "멀로이 부인에게 이 돈을 주라고 내게 말해주게나. 이게 멀로이 씨의 전 재산일 거라는 예감이 드는군." 메이휴는 다시 손으로 벽장 안을 더듬다가 선반에서 길고 녹슨 쇠막대

하나를 끌어 내렸다. 너비 1센티미터 남짓, 길이는 30센티미터 쯤 되는 쇠막대는 한때 선반 받침의 일부로 쓰였던 것이 분명했다. 그는 이 단서를 매우 중요하게 여겼다. 표면은 녹슬어 붉었는데, 삭아서 생긴 구멍이 있었고, 그 구멍에는 먼지가 가득 차 있었다.

"이걸 스티클먼 부인의 창문 바깥쪽에 난 흔적하고 비교해 봐야겠네. 약간 넓어 보이긴 하지만 비교해봐야 확실하게 알 테니까." 그가 제안했다.

둘은 멀로이의 방문을 닫고 복도를 따라 내려와 뒷문으로 나간 다음 건물 반대편으로 갔다. 여기서 에드슨이 유리창에 손전등을 비추는 동안, 메이휴가 쇠막대를 나무틀에 난 흔적과 맞춰보았다. 쇠막대가 확연히 넓었다. 메이휴는 멀리 떨어진 창틀 가장자리에 막대를 대고 시험 삼아 열어보았다. 쇠막대가 남긴 자국은 고르지 않고 울퉁불퉁했지만 원래 있던 자국은 매끄러워 장인의 솜씨 같았다.

그들은 뒷문을 통해 건물 안으로 다시 들어갔다. 둘이 멀로이의 닫힌 방문 앞에 거의 다다랐을 때, 메이휴가 천천히 동작을 멈추었다. 그는 잠시 가만히 서서 귀를 기울였다. 그러다 조용히 문으로 다가가 확 열어젖혔다.

세라가 어지러운 방 건너편에서 그들과 마주 보고 있었다. 그녀의 안색이 처음에는 창백했다가 금발 머리 끝부분부터 분홍빛으로 물들었다.

메이휴가 차가운 어조로 말했다. "여기서 뭘 하고 있었죠?"

그녀는 미소를 거두고 한 손으로 반쯤 저항하는 제스처를 취했다. "아무것도 안 했어요. 저는……. 여긴 제 아버지 방이 잖아요. 저도 여기 있을 권리가 있다고 생각해요."

"맞습니다. 인정하죠. 그런데 방금 창문 밖으로 나간 사람은 누굽니까?"

그녀의 눈은 마지못해 창문으로 향했다. 창문은 유리창이 위로 올라가 있었고, 축 늘어진 녹슨 방충망이 경첩 바깥으로 흔들리고 있었다. 그녀는 메이휴의 시선을 마주 보지 못했다. "몰라요." 부루퉁하게 대답했다.

메이휴는 덩치가 제법 크지만, 놀라울 만큼 날쌔게 움직일 수 있다. 그녀의 기분을 감지한 그는 세라가 대답하기 거의 직전에 이미 창가에 서 있었다. 유리창 밖으로 몸을 기울이고는 건물 앞쪽을 보았다. 모래를 밟는 희미한 발소리가 에드슨과 여자에게도 들렸다. 그런 다음 메이휴는 방 안으로 돌아왔다. 매우 만족스러워 보였다.

세라를 보면서 "렌스터로군요"라고 짧게 말했다.

그녀는 부인하지 않았다. "그분은 저를 돕고 있었던 것뿐이 에요. 저는 이 방에서 소리가 나는 걸 들었고, 그래서 렌스터 씨께 함께 가서 조사해보자고 부탁했어요. 우리가 여기 왔을 땐 아무도 없었지만, 불은 켜져 있더군요."

메이휴가 갑자기 웃음을 터트렸다. "그래서 렌스터가 다른 사람이 오는 소리를 듣고는 당신을 운명에 맡긴 채 창문 밖으로 달아났군요." 그는 그녀의 눈이 노여움으로 이글거리는 걸 보고 그녀가 자제력을 발휘하고 있다고 생각했다. "멀로이 양, 말해주시죠. 렌스터는 누굽니까?"

세라는 버럭 화를 냈다. "말하지 않을 거예요. 그 사람은 범죄자가 아니에요, 그런 의미로 하신 말이라면요. 하지만 형사님은 절대 그분의 본명을 알아내지는……."

"오, 다른 이름이 있다는 말이로군요?"

"그렇게 말하지 않았어요!"

메이휴가 그녀에게 가까이 다가가 갑자기 그녀의 손목을 움켜쥐었다. 무례한 의도는 전혀 없었던 걸로 기억한다. 그건 상대방에게 자기 힘을 느끼게 해주려는 제스처였다. 하지만 세라는 긴장했고 분노했다. 그가 손목을 잡았을 때, 그녀는 고양이처럼 덤벼들었다.

메이휴의 성격에는 여자들이 그를 공격하게 하는 요소가 있다. 레이철은 그걸 연구한 결과, 그 요소를 성적 매력이라고 이름 붙였다. 그런 면에서는 레이철이 영화를 너무 많이 본다는 제니퍼의 주장이 진실로 증명된 셈이다. 하지만 레이철은 메이휴에 관한 신념이 꽤 확고하다. 그녀는 그것이 후기 구석기 시대에 여자 원시인이 남자 친구가 자기를 곤봉으로 때리는지를 확인하려고 머리를 내미는 심리와 같은 원리라고 말한다.

세라의 손톱은 길고 예뻤고 날카로웠다. 그녀는 스컬록 부인이 전에 그랬던 것처럼 메이휴의 커다란 갈색 얼굴을 할퀴어버렸다.

메이휴는 후기 구석기 시대에 당연히 용인되었을 법한 방식으로 대응했다. 세라를 부드럽게 잡고 그녀의 이가 달그락거릴 때까지 흔들었다. 그가 이 유쾌하면서도 격렬한 일에 몰두하고 있을 때, 렌스터가 에드슨의 나약한 방어를 뚫고 메이휴에게 달려들었다.

구석으로 내던져진 세라는 뒤이어 벌어진 짧고도 피 튀기는 전투를 멍하니 바라만 보았다. 렌스터가 메이휴의 눈에 깔끔한 한 방을 날리자, 세라가 움찔하더니 울음을 터트렸다. 그야말로 일관성 없는 반응이었다.

메이휴가 렌스터를 복도로 던져버리는 데 대략 5분이 걸렸다. 레이철은 세라가 사랑에 빠진 건 바로 이때라고 생각한다.

9장
살인이 벌어진 방

직감을 좋아하는 메이휴는 그날 밤 살인이 벌어진 방에 홀로 남아 직감을 한껏 발동시켰다.

거의 새벽 2시가 가까워질 무렵, 문손잡이가 돌아가기 시작했다. 문이 열리려 할 때, 자물쇠가 천천히 그리고 끼익하는 소리를 내며 뒤로 미끄러졌다. 메이휴는 큰 가죽 의자에 앉아 있었다. 조용히 일어나서 문으로 살금살금 움직인 후 귀를 기울였다. 복도에서 바스락거리는 움직임이 들렸다. 문을 열자 아무도 보이지 않았다.

새벽 6시에 문이 다시 열리려 했다. 새벽 어스름이 내린 가운데 눈이 빨갛게 충혈되고 피곤한 메이휴가 다시 문으로 갔다. 이번에는 멈춰 서 귀를 기울이지 않고, 곧바로 문을 열어젖힌 후 복도로 나갔다.

분홍색 잠옷과 흰 양모 가운을 걸친 세라 멜로이가 복도에 서 있었다. 그녀는 깜짝 놀라거나 당황하지 않고 침착하게 메이휴를 올려다보았다. 전보다 더 여위고 그늘져 보이는 얼굴이었다. 세라가 조용히 말했다. "잠을 못 잤어요. 형사님이 여기 계신 걸 알고는 걱정이 됐어요. 그리고 아까 아버지 방에서 있었던 일은 죄송해요."

그녀의 사랑스러움과 매력을 마주한 메이휴의 사각 진 갈색 얼굴에 어떤 감정이 왔다가 사라졌다. 그녀의 손을 잡으려다가 그만두고, 대신 피곤한 눈을 문지르고는 무뚝뚝하게 대꾸했다. "괜찮습니다, 멜로이 양. 전 별일 없습니다. 아까 왔던 사람을 놓쳤지만요. 혹시 당신이었습니까?"

그녀는 고개를 저었다. 메이휴는 얼굴을 동그랗게 감싼 노랗고 반짝이는 그녀의 머리칼을 주의 깊게 살폈지만, 아무런 내색도 하지 않았다. "저는 계속 침대에 있었어요." 그녀가 대답했다.

치켜든 여자의 얼굴을 보는데, 눈이 멀지 않고서야 얼굴에 투영된 수줍은 감정을 읽지 못했을 리가 없었다. 메이휴는 곧바로 정신을 차렸다. 무엇보다 경찰관으로서 업무에 충실할 마음의 준비가 되어 있었다. 세라는 한결 누그러지고 겸손한 태도를 보였다. 메이휴는 목소리를 낮게 깔고는 조심스럽게 물었다. "멀로이 양, 시체가 발견되었을 때 어디에 있었습니까?"

휘둥그레진 푸른 눈이 그의 눈을 마주 보았다. 한숨을 쉬는 가슴이 들썩거렸다. "제 방에 있었다고 생각하지 않으시나요?"

메이휴는 잠시 미소를 지었다. "저는 그렇게 생각하지 않습니다."

그녀는 당혹스러운 표정으로 먼지가 쌓인 좁은 복도를 힐긋 보았다. "그게, 저는……." 메이휴의 눈을 보지 않고 말을 멈췄다가 다시 이어 말했다. "저는 아버지 방에 있었어요."

"거기서 뭘 했죠?"

"아버지 소지품을 뒤지고 있었어요. 아버지가 가져간 기념품과 값싼 장신구 중에 엄마가 찾으시는 게 있어서요. 엄마에게 그것들을 찾아드리려고 저녁 7시경에 제 방 창문으로 나갔다가 아버지 방 창문으로 들어왔어요."

메이휴는 만족감을 드러냈다. "당신은 그때, 살인이 일어날 때 거기 있었군요. 살인 사건이 벌어지고 있는 방의 바로 맞은편에요. 확실히 뭔가를 들었겠죠?"

그녀는 고개를 끄덕이며 인정했다. "전에 거짓말했다는 걸 시인하지 않고 형사님께 말씀드릴 방법을 찾고 있었어요. 그럴 방법이 없는 것 같지만, 어쨌든 복도 건너편 방으로 누군가가 들어가고 나가는 소리를 분명히 들었어요. 8시 반쯤 작은 노부인이 들어갔어요. 노부인이 문을 닫기 전에 목소리가 들렸으니까요. 그러다가 정확히 얼마 후인지는 기억나지 않지만, 곧 다른 누군가가 들어가서 문을 닫았어요. 몇 분 후에 다시 나오는 소리가 들렸고요."

메이휴의 눈이 가늘어졌다, "살인자로군요. 살인자가 들어간 소리가 틀림없어요."

"그러고 나서 한 5분쯤 됐나, 지금 기억하기로는 누군가가 방으로 다시 들어갔어요. 그는 거기 잠시 머물다가 다시 나갔고요."

메이휴는 믿을 수 없다는 표정이었다. "노부인이 들어간 후에 누군가가 그 방에 들어간 게 두 번이란 말입니까?"

"네, 맞아요. 제가 꽤 주의 깊게 들었어요. 아버지 방에 무단 침입한 게 왠지 죄책감이 들었거든요. 제 행동이 불법이나 뭐 그런 범죄일지도 모른다고 생각해서 더 귀 기울여 들었어요. 그래서 건너편 방에 사람이 몇 번이나 들어갔는지 확신할 수 있어요."

"그렇다면 복도에서 나는 발소리가 어느 방향에서 들렸나요?"

"모르겠어요. 두 명인지, 한 명인지, 그게 누구든 두 번 다 아주 조용히 들어왔으니까요."

"다른 건 기억나지 않습니까?"

"네, 기억나지 않아요."

메이휴의 생각은 다른 쪽으로 흘렀다. "렌스터 씨 말인데요. 당신이 그 젊은이에 관해 알고 있는 걸 듣고 싶군요."

그녀는 갑자기 걱정스럽고 신중한 표정으로 어깨가 굳어진 채 몸을 반쯤 돌렸다. 낮은 목소리로 말했다. "죄송해요. 하지만 그분에 관해 말하는 건 옳지 않은 것 같아요. 렌스터 씨는 많은 면으로 저희를 도와주셔서 제가 고마워하고 있어요. 저를 매우 중요한 사람으로 존중해주시는 그분의 신뢰를 배신할 수 없어요."

"그는 자신을 매우 곤란한 상황으로 몰아가고 있어요. 자기 직업도 설명하지 않고, 본명도 밝히지 않는 사람에게는 당연히 의심이 따라붙는 겁니다."

그녀는 화들짝 놀란 듯 주위를 둘러보더니 서둘러 덧붙였다. "오, 렌스터가 그분의 본명이에요!"

"하지만 다른 이름이 있다고 당신이 말했잖아요."

세라는 메이휴를 보지 않은 채 섬세하게 물든 입술을 깨물었다. "그런 것 같네요. 하지만 설명할 수는 없어요. 제발 묻지 말아주세요."

"묻지 않을 겁니다. 어쨌든 곧 밝혀질 테니까요. 첫 번째 주제로 다시 돌아가죠. 당신이 살인 사건이 일어난 방 맞은편 방에 있었던 것 말입니다. 오늘 검시 배심*이 열릴 겁니다. 당신

---

* 부자연스러운 사망 사건이 발생했을 때 검시관이 입회하여 자연사인지 타살인지를 심리하는 배심.

이 나를 위해 뭔가 해줬으면 합니다."

"물론이죠. 뭐든지 할게요." 그녀가 간단히 동의했다.

"당신이 위험해질지도 모릅니다. 확실치는 않지만, 미리 경고해야 할 것 같네요."

"괜찮아요. 저도 돕고 싶어요. 게다가 제 몸 하나는 잘 건사할 수 있어요."

"아주 좋아요. 자, 검시 배심에서 당신이 아버지 방에 있었다는 걸 인정해야 합니다. 하지만 그 진술을 약간 꾸몄으면 합니다."

"하지만 증인 선서를 할 텐데요!"

"노골적인 거짓말은 아닙니다. 생각할 시간만 충분하다면 살인범을 식별할 수 있다고 말하기만 하면 됩니다. 당신이 들은 소리와 당신이 아는 누군가를 연결 지을 수 있을 것 같다고만 하세요. 그런 다음 무슨 일이 벌어지는지 두고 봅시다."

그늘진 그녀의 얼굴 위로 당혹스러운 공포가 서서히 번져나갔다. "저도 살해될 확률이 높겠군요."

메이휴의 손이 그녀의 어깨를 쓰다듬었다. 열정적이면서도 동시에 마음을 억누르는 제스처였다. "제가 늘 지켜보겠습니다."

검시 배심은 짧고 명료했다. 두 명의 증인인 터너 부인과 렌스터가 시체의 신원을 확인했다. 세라는 문이 열렸던 것에 관해 확신에 찬 증언을 조용히 진술했다. 배심원은 신원 불명의 사람이나 사람들에 의한 고의적인 살인으로 평결을 내렸다.

그날 오후 레이철은 메이휴 경위의 방문을 받았다.

베개 한가운데 누운 그녀는 오그라들어 작아 보였다. 날카로운 작은 턱 밑으로 눈처럼 새하얀 잠옷의 레이스가 보였고, 반짝이는 큰 눈만이 그녀가 살아 있음을 보여주었다. 그녀는 어마어마한 메이휴의 덩치를 경외하는 눈빛으로 보다가, 그가 곧 부서질 듯한 의자 위에 앉자 잠시 숨을 멈추었다.

메이휴가 스컬록 부인을 어떻게 대했든, 그는 작은 노부인들에게 친절한 사람임이 분명했다. 유쾌하게 레이철의 안부를 물었고, 부드럽게 살인 사건이라는 주제로 대화를 이끌었다.

"처음부터 시작하죠. 어떻게 여기 내려와 조카분이랑 함께 계시게 됐는지, 조카분이 죽기 전까지 일어난 일을 전부 말씀해주세요."

레이철의 목소리는 연약했지만 진지했다. "릴리가 제게 전화했어요. 곤란한 상황에 놓였다면서 도움이 필요하다고 말했죠. 그래서 제가 릴리를 보러 내려왔어요."

"곤란한 상황이 뭔지 설명했나요?"

"아뇨. 제가 여기 도착할 때쯤에는 다른 계획이 있는 것 같았어요. 그 아이는 고양이를 기억해냈던 거죠. 여기 온 첫날 밤에 릴리는 고양이를 죽이려 했어요."

믿을 수 없다는 듯 메이휴는 검은 눈썹을 치켰다. "조카분이 부인의 고양이를 죽이려 했다고 하셨나요? 아니면 그건 조카분의 고양이인가요?" 그가 새틴처럼 윤이 나는 검은 서맨사를 살피자, 서맨사가 경멸하듯 그를 향해 황금빛 눈을 한쪽만 떴다.

"고양이는 사실 누구의 소유도 아니에요. 어떻게 말해야 좋을지 모르겠군요. 서맨사는 유산을 상속받았어요."

메이휴는 잠시 화가 난 듯 보였는데, 레이철이 그를 조롱하고 있다고 생각했기 때문이었다.

그녀가 재빨리 덧붙여 말했다. "서맨사는 5년 전에 사망한 제 언니 애거사 머독의 반려묘였어요. 언니는 서맨사를 아주 아꼈죠. 사실……" 여기서 레이철의 창백한 얼굴이 살짝 붉어졌다. "언니는 죽기 전에 매우 이상하게 변했어요. 경위님, 분명히 설명하는 편이 낫겠군요. 우린 모두 언니가 마음에 병이 들었다고 생각했어요. 애거사 언니는 아버지에게서 물려받은 적은 유산으로 많은 돈을 벌었어요. 우리 모두가 자기 재산을 차지하려고 자기가 죽기만을 기다린다고 생각했죠. 언니는 …… 정말로 까다롭게 변해갔죠. 하지만 언니가 죽은 후에야 우린 가장 이상한 일을 맞닥뜨렸어요. 언니가 전 재산을 고양이에게 남긴 거예요."

생각에 잠긴 듯한 표정이 메이휴의 각진 얼굴을 스쳤다. "설명을 들으니 그 사건이 기억나는 것 같아요. 로스앤젤레스 신문에 기사가 나지 않았나요?"

"맞아요. 매우 당황스러웠죠."

"고양이가 유산을 상속받았다는 부분은 이해가 갑니다. 하지만 그게 스티클먼 부인에게 어떤 영향을 미쳤나요?"

"음, 고양이는 영원히 살 수 없잖아요. 불쌍한 언니도 아마 그걸 알았을 겁니다. 그래서 언니는 유언장에 명시했어요. 고양이가 자연사한다면, 유산이 여동생 제니퍼와 나, 오빠의 의붓딸에게 똑같이 나뉜다고요. 오빠의 유일한 상속자이자 의붓딸이 바로 릴리 스티클먼이에요. 고양이가 죽기 전에 우리 중 하나가 죽는다면, 우리 몫은 누가 됐건 정해진 상속자에게 돌아갑니다. 하지만 만약 고양이가 조금이라도 의심스러운 방식으로 죽는다면, 고양이의 죽음은 세 명의 공인된 수의사가 조사해야만 하죠. 그러면 전 재산은 길고양이들을 위한 보호소를 설립하는 데 쓰일 겁니다. 애거사 언니는 릴리를 눈곱만큼도 좋아하지 않았고, 마음속에서는 릴리가 자기 몫의 재산을 얻으려고 서맨사를 죽일 것으로 굳게 믿고 있었어요. 그게 언니 나름의 유머러스한 아이디어였죠. 릴리가 미리 유산을 얻으려다가는 영원히 잃게 만드는 거 말이에요."

"이상한 종류의 유머로군요." 메이휴가 통명스럽게 말했다. "그런데 스티클먼 부인이 언니분의 생각대로 정말로 고양이를 죽이려 시도했다고 하셨죠?"

"맞아요. 이런 말을 해서 유감이지만, 릴리는 어떤 면에서는 영리하지 못했죠. 내가 여기 도착한 다음 날 밤에 뒤뜰에 고양이를 잠시 풀어놨는데, 저기…… 저……." 레이철은 적당한 단어가 떠오르지 않는 듯 다시 얼굴을 붉히며 말을 더듬거렸다.

메이휴는 흔들리지 않고 침착하게 말했다. "고양이도 가끔 바깥 바람을 쐬야죠. 계속 말씀하세요."

"음, 거기 서 있는데 갑자기 퀴퀴한 터키산 담배 냄새가 났어요. 그건 내가 늘 릴리와 연결 짓던 냄새라서, 대번에 그 아이가 어두운 뒷마당에 숨어 있는 걸 알아차렸어요. 그래서 고양이를 불렀어요. 고양이가 왔을 때 입에 고깃덩어리를 물고 있었는데, 고기가 몇 군데 칼로 잘려 있고, 희끄무레한 뭔가가 베인 자국에 밀어 넣어져 있었죠. 저는 그게 독약이고, 릴리가 그걸 고양이에게 줬다고 확신해요."

"조카분은 그때 돈이 필요했으니까요?"

"맞아요. 틀림없이 릴리였을 거예요. 그 아이는 도박을 하느라 돈을 많이 잃었다고 제게 시인했어요."

메이휴는 잠시 생각에 잠기더니, 레이철이 뭔가 바라듯 쳐다보는 시선을 느끼고는 그녀에게 스컬록 부부와 조카의 관계에 관해 알아낸 사실을 말해주었다.

그가 말을 끝내자 레이철이 그에게 알려주었다. "저도 그들이었다는 걸 확신했어요. 그 부부는 릴리뿐만 아니라 저도 겁주려고 했으니까요." 산책하러 나갔을 때 스컬록 부인이 동행했던 일을 덧붙여 말했다. "내가 자기네를 두려워하면, 어떻게든 릴리를 위해 돈을 마련해줄 거로 믿었던 것 같아요. 어쩌면 릴리도 그 계획에 동의했을지 모르죠. 이제는 영영 알 수 없게 됐지만요."

메이휴는 삐거덕거리는 의자에서 자세를 고쳐 앉았다. "범행 동기로 금전적인 면을 생각하자면, 조카분의 죽음으로 누가 이익을 보나요?"

"제니퍼와 나밖에 없죠. 릴리가 죽던 날 아침에 유언장을 썼어요. 그게 릴리가 남긴 마지막 유언장이었다고 생각해요. 전문 자필로 작성했고 증인도 없지만, 잘 아시다시피 이 주에서는 그게 완벽하게 합법이잖아요. 릴리는 자기가 죽었을 때만 그걸 열어보라고 당부하면서 봉인된 봉투에 넣은 유언장을 내게 줬어요."

"어떤 종류든 문제가 생길 거라고 예상했던 것 같군요."

"맞아요. 그랬던 것 같아요. 전날 밤에도 공격을 받아 실신할 정도로 목이 졸렸으니까요. 난 릴리가 마지막에는 스컬록 부부를 정말로 두려워했다고 생각해요."

그 사건은 메이휴 경위에게는 새로운 정보였으므로, 그는 레이철에게 자세히 설명해달라고 부탁했다.

"그렇다면 유언장은요? 지금 어디에 있습니까?"

"그걸 읽은 후에 새 봉투에 넣었죠. 편지 안에 뭐라고 쓰였는지 당장 아는 게 최선이라고 생각했으니까요. 그러고는 그걸 로스앤젤레스에 있는 우리 집에 내 앞으로 보냈죠. 지금 분명히 거기 있을 거예요. 꽤 짧고 간단한 내용이었는데 모든 재산을 제니퍼와 내게 맡긴다는 말밖에 없었어요."

"아까 제게 말씀하셨던, 스컬록 부인과 동행했다는 게 이 유언장을 부치러 가셨을 때입니까?"

"맞아요."

"그렇다면 이제 실제 사건으로 파고들어가죠. 사건이 발생한 날 저녁에 무슨 일이 있었나요?"

"난, 난 강장제를 마셨어요. 아마 박사님께서 형사님에게 얘기했을 것 같은데요. 박사님 말로는 거기에 모르핀이 들어 있어서 내가 거의 죽을 뻔했대요. 그걸 마신 후에 터너 부인에게 깨끗한 수건을 받으러 갔고, 그다음에는 잘 자라는 인사를 하려고 릴리의 방으로 갔죠. 릴리는 두통이 있다면서 누워 있었어요. 몇 분간 우리는 릴리의 걱정거리에 관해 얘기했죠. 적어도 그때 릴리는 말할 수 있었어요. 난 계속 졸음이 쏟아지더군요. 몸이 너무 이상하다고 릴리에게 말하고 싶었는데, 말이 나오지 않았어요."

레이철은 릴리의 방에서 그녀의 몸을 야금야금 잠식했던 이상하고 끔찍한 무기력이 떠올라 잠시 침묵했다.

"그땐, 거의 의식이 없었던 것 같아요. 목뒤 쪽에서 외풍이 느껴져서 내 뒤로 문이 열리고 있다는 걸 알았죠. 두려웠지만 너무 졸려서 몸을 움직일 수가 없었어요. 누가 그렇게 조용히 들어오나 보고 싶었지만, 고개가 앞으로 처지는 바람에 릴리와 시계밖에 보이지 않았어요. 시곗바늘이 거의 밤 9시 정각을 가리키고 있었는데, 그게 정확하다고 생각해요. 9시였어요."

메이휴는 레이철의 얼굴에서 떠오르는 공포를 언뜻언뜻 엿볼 수 있었다.

레이철이 부드럽게 이어 말했다. "릴리는 눈 위로 젖은 수건이 흘러내린 걸 내버려두고 있었어요. 뭘 보거나 듣는 것 같지 않았고요. 아, 난 위를 보라고, 무슨 일이 벌어지는지 보라고 간절히 알려주고 싶었지만, 그럴 수가 없었어요. 그냥 마지막에는 모든 게 어둠 속으로 미끄러져 들어가는 것 같았는데, 그 모든 기억이 끔찍하게도 선명해요. 난 너무나 또렷이 보고 들었어요. 누군가 흔들의자에 앉아 있었는지 건너편 방 마룻바닥에서 삐거덕거리는 소리가 들렸어요. 터너 부인의 재봉틀도 돌아가고 있었죠. 그 방은 삭막하고 기이했어요. 그러다가 마치 불이 꺼진 것처럼 모든 게 꺼졌어요."

레이철의 눈이 점점 커지면서 그렁그렁하게 눈물이 차올라 반짝였다.

"그게 끝이었어요. 난 그 아이를 이해한다고, 고양이를 죽이려던 어리석은 시도를 용서한다고 끝내 말할 수 없게 됐어요. 난 정말로 릴리를 이해했어요. 릴리는 모든 일을 코앞밖에 보지 못했고, 너무 성급했고 경솔했어요. 서맨사를 죽여봤자 유산을 못 받게 된다는 걸 그 아이가 잊어버렸다 해도, 어쩔 수 없는 일이죠."

메이휴는 진지하고 신중하게 고개를 끄덕였다. "저도 이해합니다. 죽이는 걸 너무 급히 서두를 때, 보통 불운을 맞이하죠. 십중팔구는 일이 틀어지게 돼 있거든요. 그래서 저는 이 범죄가 너무 성급하게 저질러졌다고 생각합니다. 부분부분 아귀가 들어맞지 않거든요." 그는 창틀에 남은 도구 자국과 커튼에 꽂힌 핀에 관해 그녀에게 말했다.

그가 핀을 발견한 곳에 레이철이 핀을 꽂았었다는 말을 듣고 메이휴는 깜짝 놀랐다. 바로 그 순간, 이 작은 노부인이 정말로 귀중한 도움을 줄 수도 있겠다는 느낌을 받았다. 이제 와 생각해보니, 그는 레이철이 사람과 상황을 꿰뚫어 보는 예리한 통찰력을 신에게 특별히 선물받았음을 이때 느끼기 시작한 것 같다. 그녀가 듣는 동안 메이휴는 마치 직접 본 것처럼 사건을 재구성하기 시작했다. 살인자가 창밖에 서 있다, 어쩌면 진입을 시도했을지도 모른다, 사냥감을 주시하다가 레이철이 잠에 빠져드는 모습을 지켜본다, 그다음에는 뒷문으로 들어온다(렌스터가 정문이 내려다보이는 일광욕실에 있었기 때문이다), 그러고는 방에 들어와 스티클먼 부인을 살해한다. 밖으로 나갔다가, 어떤 이유에서인지 다시 돌아온다(세라가 방으로 들어가는 소리를 두 번 들었기 때문이다), 두 번째 출입의 목적이 자명종이 울리지 않게 끄려던 것이 아니었다면, 살인범이 나름의 이유로 다시 돌아온 셈이 된다. "이게 가장 그럴듯한 가설입니다." 메이휴가 결론지었다. "살인범은 자기가 깜빡했던 일의 마무리가 기억나서 그걸 해결하려고 돌아온 거예요. 그럴 기회가 있는 사람이 거의 없는데 말이죠. 그 두 번째 기회에 제가 놈을 때려눕힐 수 있었다면 좋았을 텐데요."

하얀 눈꺼풀이 고통스러워하는 레이철의 짙은 눈 위로 덮였다. 그녀가 조용히 말했다. "그리고 그 모든 일이 내가 거기서 잠들었을 때 일어났어요. 깊게 잠들었을 때…… 그때 릴리는 살해당했죠."

메이휴가 직설적으로 말했다. "여사님은 거의 제정신이 아니었습니다. 여사님도 아시지 않습니까."

"맞아요. 회복하는 과정이 너무 끔찍했어요. 너무 자고 싶은데, 의사랑 간호사가 가만두지 않더군요. 발작하듯 화들짝 놀라서 깼다가, 다시 까무룩 잠이 들면 의사와 간호사들이 제게 화를 내는 게 느껴졌어요. 그러는 도중에 한 번은, 고양이가 침대 위로 뛰어 올라와서 가르랑거렸던 게 기억나는데, 내가 손을 뻗어서 만지다가……." 레이철의 목소리가 이상하게 끝을 맺지 못하고 차츰 잦아들었다. 그녀는 갑자기 흥미가 돋는 듯 고양이를 빤히 바라보았다.

메이휴는 그 모습을 유심히 보다가, 레이철이 심리적으로 흔들린다는 걸 알아차렸다.

"지금은 그게 뭐였는지 기억나지 않지만……." 레이철의 손가락이 고양이의 털을 쓸어 넘기자 고양이가 약간 놀란 듯 한쪽 눈을 떴다. "하지만 고양이에게 어딘가 이상한 점이 있었어요. 그때는 그게 뭔지 알았는데, 지금은 안갯속에 가려진 것 같아요. 기억하고 싶은 게 뭐였는지 찾을 수가 없네요."

메이휴는 의자에서 일어나 침대 가까이 다가왔다. 그는 몸을 구부려 고양이를 집어 올리더니 미동조차 없는 거만한 얼굴을 대단히 흥미롭게 빤히 바라봤다. 메이휴는 자기를 할퀴려는 고양이를 레이철 쪽으로 들었다.

"이게 여사님 고양이가 맞습니까? 원래 고양이 말입니다. 제 말은, 유산을 상속받은 그 고양이가 맞느냐는 말입니다."

레이철은 베개에 기대어 작은 몸집을 반듯하게 세웠다. 메이휴의 커다란 손에서 고양이를 받아 들고는 뒷다리로 세워도 보고, 자기 무릎에 놓기도 하면서 코부터 꼬리까지 찬찬히 살폈다. 그러다가 잠시 창밖을 내다보았다. 마침내 메이휴에게 대답했다.

"제가 키우던 고양이가 맞는 것 같아요. 정확히 똑같이 생겼어요."

"확실하다는 말씀인가요?"

그녀는 한쪽 눈썹을 찡그리고는 검고 부드러운 털을 쓰다듬었다.

그러더니 천천히 대답했다. "아뇨. 확신은 없어요."

10장

우린 자다가 침대에서 살해될 거예요

그날 밤 메이휴는 살인 사건이 벌어진 방의 가죽 의자에서 다시 위안을 얻으려고 애쓰면서, 세라를 향해 끓어오르는 감정을 억눌렀다.

이른 아침의 깊은 고요 속에서 돌연 몸을 세우고 앉아 어둠 속에서 두리번거리며 귀를 쫑긋 세웠다. 밤샘 작업으로 지쳐서 잠에 빠져든 피곤한 뇌에 경보를 울리는 무엇인가가 있었다. 그는 기억해내려고, 반쯤 깬 상태로 정신을 되돌리려 애썼다. 그때는 뭔가가 잘못됐다는 걸 어떻게든 눈치챘었다. 뻣뻣한 다리를 끌고 일어나 어둠을 뚫고 문손잡이로 다가갔다.

복도는 조용했고, 어두침침했으며 언제나처럼 희미하게 먼지 냄새가 났다. 그는 반대편 문으로 다가가 조용히 문을 두드리고는 물었다. "별일 없습니까?"

질문에 아무 응답이 없었다. 그건 두 여인이 깊이 잠들었다는 걸 의미했지만, 메이휴에게는 그 침묵이 왠지 불길하게 느껴졌다. 큰 소리로 문을 두드리며 열려고 했다. "열어요!" 그가 날카롭게 소리쳤다.

방 안에서는 발부리에 걸리는 듯한 움직임이 있었고, 자물쇠에 열쇠 돌아가는 소리와 동시에 문 밑으로 불빛이 보였다. 멀로이 부인이 몸을 떨고 눈을 비비며 나타났다. "뭐예요? 왜 노크하셨어요?"

메이휴는 멀로이 부인 너머로 방 안을 살폈다. 팔을 휘두르며 항의하는 그녀를 뒤로 밀어붙였다. 곧장 침대 위에 있는 형체로 달려가 몸을 숙였다. 멀로이 부인이 가까이 다가와 비명을 질렀다. 딸의 몸이 활 모양으로 기묘하게 구부러진 채였고 손발은 뒤로 묶여 있었다. 의식을 잃은 얼굴에는 두려움이 고스란히 드러나 있었다. 하얗고 긴 목에는 매듭을 지은 넥타이가 목을 조일 수 있도록 단단히 당겨져 있었다.

메이휴가 넥타이를 찢는 동안 멀로이 부인은 주위를 맴돌며 흐느꼈다. "죽었나 봐요!"

메이휴가 거칠게 소리쳤다. "입 다무세요. 사우사트 박사님에게 전화나 하세요."

사우사트 박사는 잠옷 위에 외투를 걸치기는 했지만, 초롱

초롱한 눈빛과 유쾌한 얼굴로 들어왔다. 그는 바로 멀로이 양을 살펴보러 갔다. 농담조로 메이휴에게 물었다. "이거 일이 재미있게 돌아가는데? 다음에는 누굴까? 위험을 자초하지는 말게나, 메이휴."

메이휴는 세라의 짙은 속눈썹을 보고 있었다. 둥글게 휘어진 어두운 속눈썹은 뺨 위로 그늘을 드리웠는데, 좀처럼 올라갈 기미가 보이지 않았다. 머리 위에 매달린 전구의 불빛을 받은 그녀의 얼굴은 영락없이 왁스로 만든 카메오 세공품 같았고, 노란 머리칼은 빛을 반사하며 반짝였다. 그때 레이철이 쇠약해진 몸을 이끌고 약간 비틀거리며 그 방으로 들어갔는데, 세라를 바라보는 메이휴를 보자마자 무슨 일이 일어났는지를 대부분 이해했다고 주장한다. 범죄자들을 7년간 상대하면서 낯짝이 두꺼워졌다고는 해도, 그의 솔직한 갈색 얼굴은 아직 본심을 가릴 정도로 두껍지는 않았다.

그가 레이철에게 세라를 유인책으로 쓰겠다는 계획을 미리 말했기 때문에, 그녀는 무슨 일이 벌어졌는지 즉시 알 수 있었다. 유리창을 보았다. 창문은 외부에서 침입한 흔적을 찾아볼 수 없었고 단단히 잠겨 있었다.

세라가 깨어나기 시작했다. 그녀는 의사를 빤히 쳐다봤다. 의사는 위로라도 건네려는 듯 그녀를 향해 활짝 웃어주었다. 거기 있어야 할 누군가를 찾는 것처럼 방을 둘러보다가 눈이 메이휴에게 고정되었고 마침내 세라의 입술이 움직였다. "여기 누가 있었나요?"

잠시 정적이 흘렀고, 방에 있는 모두가 메이휴의 대답이 나오기 전에 갑자기 파도가 둔탁하게 철썩이는 소리를 또렷이 들었다. "당신과 당신 어머니뿐이었습니다. 제가 여기 왔을 때는요."

멀로이 부인은 파란 가운 안에서 몸을 덜덜 떨었다. "놈들이 도망간 게 틀림없어요." 그녀는 딱히 누군가를 보지도 않고 속삭였다.

세라는 의사의 손을 뿌리치고는 일어나 앉아서 "어머니도 못 들었어요?" 하고 어머니에게 따져 물었다.

"못 들었어." 작고 약하게 부인하는 소리는 그마저도 파도 소리에 묻혀버렸지만 괴로워 보이는 눈으로 계속 말을 이었다. "침대에 곤히 잠들어 있는데 갑자기 누군가가 문을 두드리는 소리가 들렸어. 문을 열어보니 경위님이 밖에 계셨고. 형사님이 들어왔는데, 나는…… 나는 그때까지도 무슨 일이 벌어졌는지 몰랐어."

젊은 여자는 메이휴를 다시 보지 않았다. 그러다 갑자기 베개에 드러누웠는데 의사가 몸을 숙여 마개가 뽑힌 병을 그녀의 콧구멍 밑으로 갖다 댔을 때 차갑게 한마디 했다. "전 괜찮아요."

어색한 침묵이 흘렀다. 젊은 여자의 얼굴은 엄청나게 충격받은 심리 상태를 드러내듯 망연자실해 보였다. 그녀의 어머니는 몸을 떨며 서 있다가, 잠시 뻣뻣하게 굳었다가 또다시 떨었다. 멀로이 부인이 내뱉듯이 말했다. "저는 수면제를 먹고 있어요. 그놈들이 쥐 죽은 듯이 행동했다면, 틀림없이 그랬을 테지만, 그래서 제가 잠에서 깨지 못했을 거예요."

메이휴는 마치 믿을 수 없는 뭔가가 생각났는지 그녀를 돌아보았다.

그날 아침, 레이철의 도움을 받아 메이휴는 스티클먼 부인의 소지품을 샅샅이 뒤졌다. 오래된 편지 뭉치 중에서 메이휴는 이상하게 접힌 쪽지를 발견했다. 그 쪽지는 수신자에게 정직하게 빚을 갚거나 그렇지 않으면 대가를 치러야 한다고 수수께끼처럼 통보하는 내용이었다.

스컬록 부부에게 글씨를 쓰게 시킨 결과, 스컬록 씨의 필체가 릴리의 방에서 나온 쪽지의 필체와 일치하는 것으로 밝혀졌다. 두 장의 종이를 스컬록에게 보여주면서, 비슷한 점을 간결하게 밝혀내니 그의 얼굴이 사색이 되어 침을 질질 흘렸다.

메이휴 경위는 부부의 소지품을 뒤지며 물건들을 책상 깊숙한 곳에서 의기양양하게 꺼냈다. 뻣뻣하게 풀을 먹인 스컬록의 셔츠 밑에서 드라이버 하나를 발견했다.

"그건 제 것이 아니에요." 즉시 항변했지만, 아무도 그 말을 믿지 않았다.

메이휴는 실험해보았다. 의심의 여지 없이 그 드라이버는 릴리의 창문 바깥쪽에 난 자국과 일치했다.

"먼저 바깥에서부터 시도했군요, 그렇죠?" 경위가 스컬록 부부와 함께 있는 방에서 물었다. 스컬록 부인은 고양이에게 시선을 고정한 채 노려보았다. 스컬록은 거칠게 저항했다.

"그럼, 비밀을 감옥까지 갖고 가시든가." 메이휴가 말했다.

그날 아침 거의 모든 순간 경위는 행복해했는데, 레이철은 자비롭게도 그녀가 그를 행복하게 내버려두었다고 생각한다. 하지만 같은 날 메이휴가 레이철에게 이제는 집에 돌아가셔야 겠다고 말했을 때 그녀는 그럴 생각이 없다고 잘라 말해서 그를 심란하게 했다.

"여기가 좋으십니까?" 메이휴가 못 믿겠다는 듯이 따져 물었다.

그들은 복도에서 마주쳤었다. 레이철은 경멸에 찬 눈으로 주변의 먼지, 빗자루가 쉽게 닿을 만한 곳에 자리 잡은 거미줄, 빛바랜 카펫에 드문드문 난 흠집을 둘러보았다. 그녀가 확언하며 말했다. "전 여기가 눈곱만큼도 좋지 않아요. 사실은 이곳이 지금껏 머물렀던 곳 중에 가장 불쾌한 곳이었어요."

그가 눈썹을 찌푸리며 말했다. "그런데, 왜 떠나지 않겠다는 겁니까?"

흰 뺨을 살짝 분홍빛으로 물들이며 레이철이 겸손하게 말했다. "난 탐정놀이가 좋아요. 살인 미스터리 영화를 정말 많이 봤죠. 하지만 현실에서 살인을 접할 기회는 없었어요. 섬뜩한 일이긴 하니까요." 메이휴를 보지 않고 말을 이었다. "하지만 대단히 흥미로워요. 흥미롭고말고요."

메이휴 경위는 친절한 사람이 어리석은 아이를 대할 때 지을 법한 표정을 지었다. 나중에 그 표정을 떠올린 레이철은 그 것을 어머니다운 미소라고 묘사했다. "하지만 여기는 이제 탐정이 필요 없습니다." 그는 그녀의 작은 손을 토닥였다. "스컬록 부부가 체포됐잖습니까. 그들이 조카분을 죽였고, 우린 그들을 잡았습니다. 만족스럽지 않으세요?"

"별로요."

그의 미소가 살짝 비틀렸다. 상냥해지려고 애쓰면서도 동시에 나무라는 미소였다. "어쨌든 경찰은 만족하고 있습니다. 지방 검사가 우리가 제공한 증거로도 충분히 유죄판결이 나올 거라고 했어요. 여기 있는 모두에게 원하면 가도 된다고 말하려고 돌아온 겁니다. 저는 다시 돌아오지 않을 겁니다."

레이철은 눈썹으로 작은 아치를 만들며 놀라움을 표현했다. "다시 안 오신다고요?"

메이휴의 인내심이 바닥나고 있었다. "제가 왜 와야 합니까?"

"우리를 내버려두면, 많은 사람이 자다가 침대에서 살해당할 테니까요." 그녀는 사무적인 어조로 답했다.

그 대답은 그의 마음을 흔들어 이미 자리 잡은 자기 만족적인 사고의 늪에서 그를 빠져나오게 했다. 깊은 한숨을 내쉬고, 또 내쉬며 짙은 눈썹 아래의 눈으로 그녀를 보았다. 레이철은 그가 서커스단이 잃어버린 훈련받은 곰 같다고 생각했다. 어리둥절해하는 그의 모습이 갑자기 원래 나이인 서른세 살보다 어려 보이게 했다.

"여사님, 혹시 제게 말하지 않은 뭔가가 있습니까?"

그녀는 하얀 머리를 흔들었다. "오, 아니에요. 내 관점에서 이 사건과 관련된 건 모두 말씀드렸어요. 우리가 알고 있는 사실은 같을 거예요. 하지만 다른 결론에 도달했죠."

그는 그녀를 지나쳐 앞으로 한 걸음 나아가더니 그녀의 방문을 밀어서 열고는 "한번 얘기해보죠"라며 먼저 들어가라는 손짓을 했다.

그들은 자리에 앉았다. 레이철은 침대 위에 앉고 메이휴는 흔들의자에 앉았는데, 흔들의자의 굴림대로 쓰인 베니어합판이 뒤틀려 들쭉날쭉했다.

"여사님은 스컬록 부부가 조카분을 죽였다고 생각하지 않으십니까?"

검은 고양이가 레이철의 무릎 위로 뛰어오르자, 그녀가 비단 같은 털을 무심코 쓰다듬었다. "네, 그들이 죽였다고 생각할 수가 없네요."

그가 조바심을 내며 움직이자, 흔들의자가 불길하게 삐거덕거리는 소리를 냈다. "하지만 이건 그 부부를 범인으로 특정할 수 있는 단순 명쾌한 사건이잖습니까. 어쨌든 스컬록 씨는 말입니다. 게다가 스컬록 부인도 종범으로 기소될 겁니다. 그 부부를 가리키는 증거들을 보세요. 창문으로 진입을 시도하며 사용했던 드라이버, 스컬록 씨의 필체가 분명한 협박 쪽지, 스티클먼 부인이 돈을 갖고 있지 않았다는 차용증서까지요. 그걸 가지고도 유죄판결이 나지 않는다면, 개인적으로 그 차용증서들을 먹어버릴 겁니다."

"형사님에게는 그들에게 살인죄를 적용할 타당한 근거가 있어요. 저는 그걸 한순간도 의심하지 않습니다." 그녀는 고양이에게서 작은 북소리 같은 가르랑 소리를, 메이휴에게서는 안도의 눈빛을 끌어냈다. "하지만 저는 여전히 그들이 유죄라고 생각하지 않아요."

안도의 눈빛이 당혹스러운 눈빛으로 바뀌었다. "여사님은 스컬록 부부를 **좋아하십니까?**" 메이휴가 몸을 앞으로 기울이자, 흔들의자의 뒷부분에서 귀에 거슬리는 날카로운 소리가 났다.

"아니요, 전 그 부부를 전혀 좋아하지 않아요. 그건 확실하죠. 그들은 제가 만나본 사람 중에 가장 불쾌하고, 잔인한 사람들이니까요."

"그렇다면 왜 그들이 조카분을 살해하지 않았다고 말씀하십니까?"

"그들에게는 동기가 없으니까요."

이 말에 그가 뒤로 물러나 앉자, 의자가 실제로 주저앉기 시작하면서 흔들의자 밑부분의 나무 막대가 쪼개져서 허망하게 다른 방향으로 조금씩 움직였다. 메이휴는 크게 짜증을 내면서 아래를 보았다. 자신이 조금씩 내려앉고 있다는 사실이 사고 과정을 방해하자, 그는 방 안에 있는 다른 흔들의자로 옮겨 앉았다. "동기가 없다고요?" 그는 새로 자리 잡은 의자의 삐거덕거리는 소리를 뚫고 굵은 목소리로 물었다.

"네." 레이철은 확고히 말하면서 그의 눈을 마주 보았다. "스컬록 부부가 우리 조카에게 원했던 건 그들에게 진 빚을 갚을 만큼 많은 돈을 받아내는 것뿐이라는 사실을 형사님은 명심하셔야겠네요. 그들은 그 아이를 쥐어짜도 얻을 것이 없었어요. 왜냐하면 릴리의 많지 않은 재산이 신탁에 맡겨져 있어서 재정적으로는 깡통이나 다름없었으니까요. 조카는 원금에 손을 댈 수 없었고, 이자는 겨우 생계비를 감당할 정도만 나왔죠. 제 생각에는, 친분을 쌓으며 브리지를 했던 시기에 릴리는 고양이가 죽으면 유산을 상속받는다고 그들에게 말했던 것 같아요. 릴리는 그런 이야기를 자주 했어요. 그러다 나중에, 카드 게임에서 스컬록 부부를 속이려는 시도가 엉망으로 실패했을 때, 아마 스컬록 부부가 돈을 받아내기 위해 고양이를 죽여야 한다고 먼저 제안했을 거예요. 릴리는 고양이를 독살하려는 첫 시도가 실패한 후에 후회했어요. 서맨사를 죽이려는 두 번째 시도를 한 사람은 바로 스컬록 씨였죠." 레이철은 바위가 떨어져 내렸던 사건을 설명했다.

그러고 나서 그녀가 말한 내용에 관해 메이휴가 뭔가 언급하기를 기다렸지만, 그는 눈썹을 찌푸리며 조용히 있었다.

"모르겠어요?" 그녀는 반짝반짝 빛나는 눈빛으로 그를 애원하듯 빤히 바라보았다. "만약 내가 약을 먹고 잠들어 있는 동안 스컬록 부부가 들어왔다면, 그래서 고양이가 수중에 들어왔다면 즉시 죽이지 않았을까요?"

그는 입을 찡그리고 말했다. "그럴지도 모르죠. 하지만 그렇다고 그 부부가 혐의를 벗을 수는 없어요. 어쩌면 스티클먼 부인은 고양이를 죽이는 문제를 놓고 그들과 싸웠고, 대신 스티클먼 부인을 죽였을지도 모르죠. 그리고 어쨌든, 스컬록의 드라이버가 있잖습니까. 조카분의 창문에 드라이버 자국이 있었어요. 그건 불법 침입을 시도했다는 명백한 증거입니다."

서맨사의 귀를 긁으면서 레이철은 뭔가 골똘히 생각에 잠겼다. "그 드라이버에 관해 얘기해주세요. 어떤 종류였나요?"

"그냥 흔하디흔한 드라이버입니다. 니스 마감을 한 후에 손잡이 부분을 검은색으로 덧칠했는데, 그게 다른 드라이버와 유일하게 다른 점이죠. 에드슨이 판매 경로를 추적하려고 오늘 철물점들을 돌며 수사하고 있습니다."

"흠." 레이철의 정신은 멀리 다른 곳에 있는 듯했다.

메이휴 경위는 고집 세고 자그마한 노부인에게 명백한 진실을 설득하느라 공무 시간을 허비하고 있다는 걸 깨닫기라도 한 듯 갑자기 마음이 조급해졌다. 벌떡 일어나서 모자의 모양을 바로잡더니 중얼거리듯 작별 인사를 건넸다. 레이철이 그를 배웅했다.

아주 깔끔하고 결단력 있는 레이철은 15분 후, 경위를 뒤따라 밖으로 나갔다. 가장 아끼는 태피터 원단의 옷을 차려입고, 서맨사가 든 가방을 팔에 안은 채 나서는 그녀의 눈빛에는 살짝 교활한 분위기가 풍겼다.

그녀는 먼저 공공 도서관으로 가서 지역신문의 지난 호들을 보고 싶다고 요청했다. 특히 멀로이가 실종되었을 시기의 신문에 관심 있었다. "그가 사라진 게 이것과 관련돼 있을 수도 있고, 아닐 수도 있지." 그녀가 조용히 신문에 대고 말했다. 같은 테이블에 앉은 나이 든 남자가 류머티즘으로 인한 경련이 오는지 그녀 쪽으로 눈을 찡긋거렸다. 레이철은 빠르고, 진지하게 기사를 읽었다.

찾고 있던 정보를 발견한 후, 그것을 종잇조각에 메모했다. 광고에는 이렇게 쓰여 있었다. '화재 피해 물품 세일, 최근의 대형 화재에서 경미한 하자가 생긴 물건들 염가 판매. 일부는 새것과 구별할 수 없을 만큼 멀쩡함.' 게다가 주소까지 있었다.

레이철은 서둘러 도서관 밖으로 나갔다.

철물점과 기계를 파는 상점, 도매 정육점들이 뒤섞여 있는 웨스트 5번가에서 그녀는 상점들 사이를 비집고 좁게 자리 잡은 철물점을 하나 발견했다. 가게의 전면에는 화재의 흔적 위에 새로운 페인트가 덧칠해져 있었다. "똑같은 방법이군" 하고 중얼거리며 그녀는 문을 밀어 열었다. 병색이 완연한 얼굴에 축 늘어진 검은 머리칼을 지닌 남자가 계산대 뒤에서 고개를 들었다. 그의 시선에서는 호기심이 조금도 엿보이지 않았다. "뭘 찾으쇼?" 그가 물었다.

"어……." 레이철은 시간을 끌며 선반 위에 있는 상품들을 눈여겨봤다. "좋은 드라이버 있나요? 싼 걸로요. 화재 때 남은 게 있겠죠?"

그는 가까이 다가오지 않고 고개만 저었다. "다 팔렸소. 지금은 신상품으로 들여놨고."

"하나 보고 싶은데요."

남자가 의자 밖으로 몸을 기울여 드라이버 하나를 찾은 후 레이철에게 갖다줬다. 그녀는 그것을 꼼꼼히 조사했다.

"우리 조카가 쓸 거랍니다. 여기서 전에 샀던 것과 같은 걸 찾아서요. 그걸 잃어버렸지 뭐예요."

"이거라면 괜찮을 거요." 남자가 성의 없게 대꾸했다.

레이철은 일부러 떨떠름한 어조로 덧붙여 말했다. "확실히 하고 싶어서요. 손잡이가 덧칠된 드라이버 없으신가요? 사용하던 거라도 좋으니 이것과 비교할 만한 게 있을까요?"

남자는 한숨을 쉬면서 얼굴 옆면을 긁적거렸다. "옆집에 하나 있을 거요. 잠시 다녀오겠소." 가게를 의심스럽게 보이는 레이철의 손에 맡기고는, 머릿속에 물품 목록이라도 만드는 듯 떠나기 전에 가게를 빠르게 훑어보았다. 그러더니 문을 '쾅' 하고 닫으며 밖으로 나갔다.

잠시 후 손잡이가 검게 칠해진 평범한 드라이버 하나를 들고 왔다. 레이철은 그것을 받아 눈을 가늘게 뜨고 살펴봤다. 강철 부분을 자세히 보니, 부주의한 작업으로 원래의 니스 칠이 조금 벗겨져 있었다. 레이철은 그 연장을 병색이 완연한 남자에게 돌려주었다.

　　"이게 그거랑 똑같다는 말씀이죠?" 그녀는 새로운 연장을 보면서 물었다.

　　"그렇소."

　　"그러면 그걸로 살게요." 그녀는 지갑을 열었다. "주인장께서는 우리 조카를 기억하실 것 같은데요." 다정하게 히죽히죽 웃으면서 남자를 떠봤는데, 속으로 스컬록을 떠올렸기 때문에 여간 어려운 일이 아니었다. "조카는 금발이에요, 아주 유쾌한 녀석이죠." 메이휴 경위마저 놀라게 할 정도로 이렇게 자세히 덧붙여 물었다.

　　남자는 레이철이 돈을 꺼내는 모습을 보면서 고개를 흔들었다. "제 기억으로는 조카분에게 팔지 않았소. 내 물건은 대부분 이 동네 가게들로 갔소. 나는 광고를 하지 않소, 화재 피해 물품 세일만 빼고는."

　　"하지만 우리 조카는 기억나실 거예요." 레이철은 집요하게 물고 늘어졌다. 기다리는 남자가 조바심을 억누른 채 자기 말을 듣게 하려고 돈을 꼭 쥐고 있었다. "주인 양반이 생각해보면 틀림없이 떠올릴 수 있을 거예요. 조카는 멋진 금발 신사인데, 녀석이⋯⋯."

병색이 완연한 남자가 말했다. "보시오. 나한테는 불에 탄 드라이버가 40개 있었는데, 그걸 페인트칠한 얼간이에게 5개를 주었소. 그러면 35개가 남지요. 그러고는 모퉁이에 있는 차량 정비소에 대량으로 싸게 20개를 팔았소. 금속공예를 하는 사람들이 10개를 샀소. 길 건너 목공소에서 3개, 옆집에 사는 올랜디가 하나를 가져갔고, 그러면 남는 게⋯⋯."

"하나죠." 레이철이 남자를 보며 씩씩하게 대답했다.

그는 얼굴 옆면을 다시 긁적거렸다. "그런데 그게 금발 머리는 아니었소."

"네?" 레이철은 작게 한숨을 쉬면서 물었다.

"내가 기억하기로는⋯⋯." 레이철의 뒤에서 문이 갑자기 '쾅' 하고 닫혔다. 남자의 눈이 휘둥그레지더니 방어적으로 지겹다는 눈빛으로 변하는 것을 그녀는 보았다. 레이철이 뒤를 돌아보았다. 메이휴 경위가 가게 안으로 들어와 있었다.

"안녕하신지요?" 그는 레이철을 향해 투덜거리듯 말했다. 그런 다음 "안녕하시오, 지프" 하고 남자에게 인사를 건넸다.

"난 아무 짓도 안 했소." 남자가 의자에 느긋하게 앉으며 대꾸했다.

"오늘은 자전거 부품 때문이 아니오, 지프. 난 이걸 추적하고 있소만." 경위는 지프가 옆집에서 가져왔던 드라이버와 똑같은 물건을 내밀었다.

지프가 어깨를 으쓱하면서 비웃었다. "그래서 뭐요? 그건 전부 팔았소만."

인터뷰가 점점 최악으로 치닫고 있었는데, 그걸 듣고 있던 레이철은 짜증이 나고 울화가 치밀었다. 지프는 따분하다는 듯 하품을 하면서 드라이버에 관해 기억이 나지 않는다고 주장했다. 경위는 불같이 화를 내며 나가버렸다.

레이철은 새 드라이버의 값을 치렀다. 남자는 여전히 따분한 표정으로 낡은 현금 등록기에 매출을 기록했다.

"제 조카 말인데요……." 레이철이 다시 말을 꺼냈다.

주인장은 분노와 의심이 가득한 눈초리로 그녀를 쏘아보면서 또박또박 말했다. "당신 조카가 나랑 뭔 상관이야?"

대차게 퇴짜를 맞은 레이철은 꿀 먹은 벙어리가 되어 가게를 나왔다.

11장
절단된 손

레이철은 경위를 노골적으로 나무라고 싶은 마음을 억눌렀다. 그러다가 오후 늦게 메이휴를 만났을 때 결정적 순간에 그가 철물점에 들어오는 바람에 질문할 시기를 놓쳤다며 지적하고야 말았다.

경위는 다음 날 아침까지 내내 실망스러운 표정을 짓고 있다가, 아침 일찍 경찰 본부로 갔다. 브레이커스비치 경찰서는 1938년에 신축한 새 시청 건물의 부속 건물로서 최신식으로 지어졌다. 경찰국장실에서 갑자기 튀어나온 에드슨은 메이휴와 거의 부딪칠 뻔했다. 메이휴가 큰 손을 앞으로 휘둘렀지만, 에드슨이 재빨리 피했다. 그는 메이휴가 장애물을 처리하는 방식을 본 적이 있었다.

"별 미친놈 같으니라고." 에드슨이 뿌루퉁하게 내뱉었다.

메이휴의 안색이 변하자 에드슨이 이를 알아차리고는 얼른 설명을 덧붙였다. "국장실에 있는 놈 말입니다. 밤새 술을 퍼마시고 오늘 아침 깨어보니 해변에 있더랍니다. 거기서 무슨 악몽 같은 걸 꿨나 봐요. 그놈을 국장실 밖으로 데리고 나오지 않으면, 국장님이 놈을 죽일지도 몰라요."

메이휴가 걷는 속도를 늦췄다. "그가 뭘 봤다고 하던가?"

"그놈 말입니까? 아, 거기 반쯤 잠들어 있는데, **모래 밑에서 어떤 남자가 손을 뻗어서 자기를 잡으려 하더랍니다.**" 에드슨은 술에 취한 남자의 괴로움을 떠올리고는 활짝 웃었다. "그 말을 듣는 국장님 얼굴을 보셨어야 했어요. 오늘 아침에 근무 중이던 맥가비는 그 말에 뭔가 있을지도 모른다고 생각하고는 그를 낚아채듯이 경찰국 안으로 들였지 뭡니까. 맥가비가 그 일로 강등되지 않는다면, 제 손을 지질 겁니다."

메이휴는 그 설명에 관심을 보였다. 그가 쥐냄새를 맡는다고 부르는 내면의 직감이 발동하는지, 남자의 말이 뭔가 들어맞지는 않지만 중요한 진술이라는 느낌이 들었다. "내가 좀 봐야겠군" 하곤 안으로 들어가 상관의 사나운 눈을 마주했다.

넓고 광이 나는 국장의 책상 맞은편에, 호리호리하고 젊은 남자가 몸을 수그리고 앉아 있었다. 색깔이 요란한 옷을 입고 있었는데, 옷이 많이 구겨지고 몹시 더러웠다. 보라색 넥타이 위로 보이는 얼굴은 속이 좋지 않아 보였다. "제가 남자를 본 게 아니라고 하셔도 소용없어요. 저는 봤으니까요. 진짜로요." 그러곤 핏발이 선 눈을 메이휴에게로 돌리더니 천천히 고개를 저었다. "그 남자는 모래 속에 있었어요. 있었다고요." 토끼 같은 앞니로 아랫입술을 잘근잘근 씹으며 말했다. "없었다고 하지 마세요. 제가 똑똑히 봤어요."

국장은 책상을 내리치면서 호통쳤다. "나가! 빌어먹을, 나가라고! 몇 번이나 말해야 알아듣겠어? 맥가비! 맥가비! 오, 맙소사. 메이휴, 도대체 내가 왜 이 빌어먹을 경찰이 되고 싶었지? 이 사람 좀 보라고. 바보처럼 술에 절어서, 무례하기까지 하잖나. 맥가비가 알코올중독 섬망증 환자를 내게 또 보낸다면, 녀석의 배지를 뺏어버릴 걸세. 내가 그러나 안 그러나 두고 보라고. 그나저나 자넨 무슨 일인가?"

메이휴는 술에 취한 젊은이를 향해 고개를 끄덕이면서 간략히 말했다. "제가 이 사람을 데려가겠습니다. 저랑 갑시다, 젊은 양반."

그들은 메이휴가 사무실이라고 부르는 작은 방으로 들어갔다. 젊은 남자는 재빨리 의자에 앉아 몸을 다시 웅크렸고, 추운 듯 상체를 구부렸다. 손은 아래를 향한 채 무릎 사이에 끼워놓았다. 목소리가 되감아야 하는 축음기처럼 천천히 늘어졌다. "남자를 봤어요. 정말로 봤다고요." 속삭이며 눈을 감았다.

예전에 경매에 참석했을 때 메이휴는 삐거덕거리지 않고

그의 체중을 견뎌낼 의자를 하나 발견해 시험 삼아 앉아본 후 그걸 샀다. 당연히 의자의 역사 따위는 묻지도 않았다. 그것이 뚱보 부인 버사*가 어느 해 여름 스트랜드가에 체류할 때 사용하려고 제작되었다는 사실을 알았다면 마음이 끌렸을지도 모른다. 어쨌든 그 큰 의자 때문에 작은 사무실이 더 왜소해 보였다.

메이휴는 이제 의자에 앉아 게슴츠레 눈을 뜬 상대방에게 시선을 고정한 채 가차 없이 노려보았다. "이제 그 얘기를 해봅시다. 해변에서 어떤 남자를 봤다는 게 확실합니까?"

등을 구부린 비참한 남자가 고개를 흔들며 비통하게 말했다. "본 게 아니라, 그냥 손에 닿았습니다."

"하지만 선생께선 남자를 **봤다**고 말하지 않았습니까? 선생이 국장실에서, 그리고 여기서도 그렇게 말하는 걸 제가 들었습니다. 다시 묻겠습니다. 모래 속에 묻힌 남자를 봤습니까?"

그는 벌건 눈을 뜨고는 비통함이 묻어나는 촉촉한 눈으로 메이휴를 보았다. "남자의 일부만 봤습니다."

메이휴의 얼굴이 분노로 일그러졌다. "그렇다면, 선생이 실제로 본 걸 말해주시죠." 그는 조용히 상대방이 말하기를 기다렸다.

"어떤 사람의 손을 봤어요." 남자의 쉰 목소리는 마침내 가

---

*1차 세계대전 당시 대형 독일 대포 이름이 '빅 버사'였고, 그 후로 거대한 사람이나 물건을 의미할 때 쓰인다.

성으로 변했다.

메이휴는 이 정신 나간 괴짜를 향한 국장의 분노를 이해하기 시작했지만, 알 수 없는 충동이 들어 남자를 포기할 수 없었다. "처음부터 얘기해봅시다. 어젯밤 어디에 계셨습니까?"

남자의 머리가 활력 없는 인형의 머리처럼 기운 없이 옆으로 움직였다. "애인이 저를 떠났어요. 금발이고, 너무너무 예쁘기도 하죠. 선원들이 그녀를 내버려두지 않을 거예요."

코트 아래에 숨은 메이휴의 넓은 어깨는 힘이 들어가 단단해졌고, 천천히 자리에서 일어나 책상 가장자리를 힘주어 움켜쥐느라 손가락은 하얗게 변했다. 맞은편에 앉은 지친 젊은이는 아무 두려움 없이 그 모습을 보았다. 술이 덜 깬 상태라 그에게는 아무것도 중요치 않았다. 자리에서 일어난 메이휴가 폭발 직전으로 보이자, 단조로운 남자의 목소리가 리듬을 타기 시작했다.

"애인이 저를 버리고 갔다고요. 제가 그렇게 말씀드렸죠? 그래서 파티에 갔지요. 형편없는 파티였어요." 그는 짓궂게 손가락을 흔들었다. "근데 너무 많이 마셨어요. 오늘 아침에 깨어나니까, 사실은 깬 것도 아니지만……." 그는 단어를 고심했다. "나른했어요. 바로 그거예요. 나른……. 아, 저는 해변에 있었죠. 저기 동쪽 끝 해변, 집이 없는 곳이었어요."

그는 메이휴가 목재로 만든 널찍한 의자에 앉는 모습을 보았다. 메이휴는 이를 악물지 않으려고 안간힘을 쓰면서 겨우 한마디 내뱉었다. "거기서부터 계속해보세요."

이 대목에서 요란하게 옷을 입은 젊은이의 눈에 어느 정도 또렷한 총기가 반짝이는 것 같았다. "거기 그냥 누워 있었는데, 일어나려고 하니까 갑자기 이 남자가 모래 밖으로 손을 뻗더니 자기 손으로 저를 만졌어요. 제 얼굴도요. 놀라서 움찔했죠. 그러고 나서 제가 일어나 앉으려고 하니, 그 이상한 거지가 다른 쪽 손을 내 신발 옆으로 불쑥 내미는 거예요. 전에는 그런 사람을 본 적이 없어요. 남자의 손 말고는 아무것도 보이지 않았어요." 누런 종이 같은 색깔의 얼굴 위로 불안함이 떠올랐다. "계속 생각한 건데요, 모래 아래에서 사람이 어떻게 숨을 쉴 수가 있죠?"

메이휴는 남자의 머릿속에 있는 생각을 이해하기 시작했다. "다음엔 뭘 하셨습니까?" 그가 재촉했다.

"아, 그 얼간이가 누구든 그를 구해야겠다고 생각했지요. 남자를 거기 내버려두는 건 옳지 않아 보였거든요. 그 남자도 저처럼 술에 취했을지 모르니까요. 그거야 모르는 일이죠……. 그래서 남자의 손을 잡고 끌어내리려고 했어요."

"선생께서는 남자를 모래 밖으로 꺼냈습니까?"

의자에 앉아 불안하게 몸을 흔드는 젊은이는 혼란스러워 보였다. "아니요. 그러지 못했어요. 남자가 허락하지 않더라고요. 손을 놔버렸어요."

"남자가 선생 손을 놔버렸다고요?" 메이휴는 못 믿겠다는 듯 그리고 짜증이 난다는 듯 다시 일어났다.

"제 손이 아니라요. 남자가 자기 손을 놔버렸다니까요."

메이휴는 새벽에 인적 드문 해변에 서서 다른 사람의 잘린 손을 들고 있는 이 정신없이 취한 사람의 우스꽝스러운 모습을 떠올렸다. 술에 취한 남자가 잠시 너무 불쌍하기도 하고 확실히 걱정스럽기도 하여, 메이휴는 거의 설득당할 뻔했다. 그러다 그런 생각이 지나가자 노골적인 분노가 치밀어 올라 딱딱거리며 쏘아붙였다. "이보세요, 헛소리 집어치워요. 자기 손을 떼어버릴 수 있는 사람이 어디 있습니까?"

"그 남자는 그랬어요. 양쪽 손을 다 떼어버렸다니까요. 그러고도 괜찮아 보였던 것 같아요. 확실히 냄새가 많이 나기는 했지만요."

그 사실이 메이휴의 미간을 강타했다. 그는 에드슨을 불렀고, 둘은 본부에 있는 경찰차에 슬픈 젊은이를 태운 후 해변에서 그가 누워 있었다는 장소로 향했다. "남자는 여기서 아래에 묻힌 시체를 우연히 발견한 걸세." 메이휴가 모래를 뒤적이면서 에드슨에게 중얼거렸다. "시체는 너무 심하게 부패한 상태라 그가 만졌을 때 손이 떨어져 나왔을 테지. 거기 조심해서 걸어 다니게. 뭉개진 얼굴을 보고 싶지는 않으니까."

"생각해둔 가설이 있으신가요?" 에드슨이 그에게 물었다.

"있지. 스티클먼 부인이 살해된 하숙집에서 실종된 남자가 하나 있네. 며칠간 그에 관해 전보를 보냈는데, 아무 소식도 들어오지 않았네. 해변에서 발견된 시신이 그 남자일 가능성이 있어."

"그 정도로 부패할 만큼 죽은 지 오래됐을까요?"

"그렇게 생각하지는 않네. 하지만 물에 있었다면, 물고기들이 뜯어 먹거나 해서 어떻게든 손목이 떨어져 나갈 수는 있겠지. 자, 가서 둘러보세나."

하지만 그들이 동쪽 해변을 이 잡듯이 돌아다녔음에도, 시체는커녕 시체가 묻혔을 만큼 움푹한 곳조차 찾지 못했다. 나중에 메이휴가 조수 간만표를 살펴본 후에야, 술에 취한 젊은이가 누워 있던 모래밭은 그와 에드슨이 찾아갔을 때는 물 밑에 잠겨 있었을 수도 있다는 사실을 깨달았다. 그들은 썰물이 됐을 때 다시 갔고 소용돌이치는 거품에 무릎이 젖을 때까지 뒤졌지만 역시나 시체를 찾지는 못했다.

에드슨이 위로했다. "국장님이 옳았어요. 그 남자는 알코올 중독 섬망증이 있고, 꿈을 꾼 게 확실합니다."

하지만 메이휴는 고개를 저었다.

그날 메이휴에겐 레이철과 그 소동에 관해 이야기 나눌 기회가 생겼다.

평소에 메이휴는 레이철의 정중한 호기심 앞에서 단호해지려고 애썼다. 레이철은 숙녀다운 방식으로 그를 구슬리려 했지만, '엄밀히 말해 그건 경찰의 업무'라고 보통 말을 끝맺었던 것이다. 그날 그녀의 방으로 찾아간 메이휴는 고양이를 무릎에 재운 채로 살인 사건이 등장하는 추리소설을 읽고 있는 레이철을 발견했다. 어떤 재주를 부렸는지는 알 수 없으나, 놀랍게도 레이철은 당일 아침에 일어난 희한한 사건을 이미 알고 있었다.

크고 어두운 눈으로 메이휴를 바라보다가 책을 내려놓고는 물었다. "형사님은 그 일이 이번 사건과 관련 있다고 생각하시죠?"

그가 인정했다. "잘 모르겠지만, 그럴 가능성이 있다는 쪽으로 기울고 있습니다. 아시다시피 여기 브레이커스비치에서는 범죄가 자주 일어나지 않습니다. 어쩌다 한 번씩 살인 사건이 발생하지만, 대부분 미스터리한 사건은 아닙니다. 사실상 여기에는 암흑가나 범죄 조직이 없으니까요. 그런 놈들에게 이득이 될 만큼 큰 동네가 아니거든요. 관광객들이 들어오는 여름 한철에도 우린 보통 어리숙한 사람들을 찾아다니는 사기꾼 몇 놈만 잡아들입니다. 그게 다예요. 그래서 실종된 남자가 있다는 사실을 알고 있는 상황에서 시체가 발견됐다는 말을 듣자마자 둘이 관련돼 있다는 생각이 들었습니다. 물론 솔직히 말해 이건 직감일 뿐입니다. 실제로는 아무 관련이 없을지도 모르고요."

레이철은 작은 손으로 태피터 치마의 매무새를 다듬으며 매우 진지하게 말했다. "관련이 있다고 생각하는 쪽이 논리적으로 보여요. 그 남자가 본 게 사람 손인 건 확실한가요?"

"그 남자는 확신했어요. 물론 술에 취한 것도 사실이라 그의 진술을 완전히 믿을 수는 없습니다. 게다가 시신이 꽤 부패했거나 손상됐거나 하여간 몸통에서 떨어져 나가는 바람에 술에 취한 남자는 그게 남자 손인지 여자 손인지 몰랐을 겁니다. 당혹스러운 사실은 그가 진실을 말하고 있다고 해도 시체를 찾을 수가 없었다는 겁니다."

"아무런 흔적이 없던가요? 모래 구덩이라든지?"

"없었습니다. 당연히 밀물이 들어왔겠죠. 다시 바다로 휩쓸려 갔을 겁니다."

그녀는 몇 분간 침묵 속에서 생각에 잠겼다. 좁고 우중충한 방 안에는 고양이의 가르랑거리는 소리와 메이휴 경위의 깊은 숨소리 말고는 아무 소리도 들리지 않았다.

"시체들이 종종 해변에서 발견되지 않나요? 사고로 익사한 사람들 시신 말이에요."

"시체가 자주 나오지는 않습니다. 근처에서 수영한 게 아니라면요. 10년 전에 지어진 방파제가 이 해안가 지역의 해류를 바꿔버렸거든요. 그래서 어떤 사람이 위쪽이나 아래쪽 해안에서 익사한다면, 시체를 볼 일이 없습니다. 어떤 항만공학자가 제가 관심 있었던 재판에서 그렇게 설명하더군요. 익사에 의한 살인으로 추정되는 사건이었는데, 조류와 관련이 있었죠."

"그렇군요. 만약 여기 해변에서 시신이 발견된다면 이 근처에서 빠졌다는 얘기겠네요?"

"그럴 확률이 높습니다. 확실하다고 할 수는 없지만요. 그래서 제가 이 술 취한 사람 이야기에 흥미를 갖게 된 겁니다. 그게 아니라면 어딘가에서 휩쓸려 온 시신일 수 있고, 그렇다면 조카분 살인 사건과 관련됐을 가능성은 없죠."

"형사님은 시신이 멀로이일지도 모른다고 생각하시는군요."

"맞습니다. 그게 제 생각입니다."

"다른 곳에서는 멀로이를 찾아보셨나요?"

"물론이죠. 즉시 전보로 인상착의를 보냈는데, 지금까지 아무 소식도 없습니다. 에드슨이 멀로이의 지인 몇 명을 이곳과 로스앤젤레스에서 만나봤는데, 최근에 그를 봤다거나 그의 행방을 아는 사람이 없답니다. 완전히 시야에서 사라져버린 건데, 거기에는 두 가지 타당한 이유가 있어 보입니다. 멀로이가 조카분의 살인범이라서 몸을 숨겼거나 아니면 살해당한 거죠. 두 번째 경우에 그의 죽음은 어떤 식으로든 조카분의 죽음과 논리적으로 연결된 것으로 보입니다."

"타당한 설명 같군요."

메이휴는 이해할 수 없다는 듯 짙고 숱 많은 머리칼을 헝클었다. "그러고 보니 다시 살인 동기 문제로 돌아왔군요. 왜 멀로이는 그녀를 죽이고 싶었을까요?"

"멀로이에게는 완벽하게 들어맞는 동기가 몇 가지 있었을지도요."

"예를 들면요?"

끊임없이 뭔가를 숨기려던 릴리를 떠올리자, 레이철의 섬세한 얼굴에 슬픔이 드리웠다. "나는 멀로이와 조카가 친구 이상의 관계였다고 생각해요. 제 생각에 그들은 결혼했거나 연인이었던 것 같아요. 둘의 관계 어딘가에 살해 동기를 제공할 만한 문제가 있었을지 모르지요."

"하지만, 이보세요! 둘은 결혼했을 리가 없습니다! 멀로이는 아직 법률적으로 이혼 절차가 끝나지 않았어요. 그와 아내는 중간판결을 받았을 뿐입니다."

레이철이 인상을 찌푸렸다. "그런가요? 저는 릴리의 태도에서 결혼했을지도 모른다는 인상을 받았어요. 그 아이는 걱정스럽고 수줍어 보였어요. 어떤 종류의 비밀인지는 모르나 마치 비밀스러운 연애를 하는 것처럼요. 게다가 난 그 아이를 그런 부류라고 생각해본 적이……." 레이철은 우아하게 기침하면서 눈썹을 약간 치켜올렸는데, 그녀가 하고 싶었던 말을 표현하는 가장 정중한 방식이라고 메이휴는 생각했다. "그 아이는 어리석었어요. 지금쯤은 형사님도 아실 테지요. 하지만 전 릴리가 부도덕했다고는 절대 생각하지 않아요."

"음, 멀로이가 위증하지 않고는, 엄밀히 말해 중혼을 저지르지 않고는 캘리포니아에서 결혼할 방법은 없었을 겁니다. 그렇다면 다른 방법을 썼을지도 모르겠군요."

레이철은 자리에서 그를 향해 몸을 기울였는데, 그녀의 얼굴이 새로 떠오른 아이디어 덕분에 밝아져 있었다. "형사님은 영화 잡지를 자주 읽으시나요?" 메이휴가 살짝 모욕당한 표정으로 고개를 흔들자 당황하면서 급히 덧붙여 말했다. "제 말은, 음, 저는 자주 읽거든요. 게다가 영화계 사람들이 결혼 문제로 곤경에 처하는 이야기를 많이 읽었어요. 그들은 여기 캘리포니아에서 첫 번째 판결을 받은 다음 멕시코 티후아나로 쏜살같이 달아나서 새로운 사람과 결혼한대요. 물론 캘리포니아는 그런 결혼을 인정하지 않지만, 확실히 더 품위 있어 보이잖아요. 이제 멀로이가 배우였다는 걸 기억해보세요. 연극을 했던 사람들도 영화계 사람들과 비슷할지 모르죠. 어쩌면 그는 릴리를 데리고 멕시코에 가서 결혼했을지도 몰라요!"

메이휴는 급히 무슨 말을 하려다가 삼키고는 앞에 있는 작은 노부인을 꼼꼼히 뜯어보았다. "조카분이 그런 일을 하셨을까요?"

"그 아이는 낭만적이고 대담한 걸 좋아했어요. 한 가지만 말씀드리죠. 릴리는 전에도 그런 식으로 결혼한 적이 있었는데, 결국 좋지 않게 끝났어요." 레이철은 릴리의 불행하면서도 대가가 컸던 스티클먼과의 중혼과 릴리에게서 돈을 뜯어내려던 스티클먼의 대단히 성공적이었던 노력에 관해 천천히 이야기했다. 경위는 스티클먼이 죽었다는 대목까지 흥미롭게 들었다.

대화는 표류하다가 다시 해변에서 목격된 손으로 돌아왔다. "그건 손이었죠, 아시다시피." 그녀가 경위에게 상기시켰다.

"게다가 시체가 아니었어요, 말씀하신 대로." 메이휴가 중얼거렸다. 그의 생각은 그녀를 따라 새로운 경로로 흘러들었다. "만약 손이 원래부터 몸에서 분리됐다면, 그건 말이 될지도 모릅니다. 애초에 손이 떨어져 나왔다는 게 설명이 안 되니까요."

"왜 손이 몸에서 분리됐을까요, 경위님?"

그는 이전 사건들을 떠올려보았다. "보통은 시체의 신원확인을 막으려고 그렇게 하지요."

"하지만 이게 멀로이 손이라는 데에 반대 의견은 없으니까요. 그의 시체는, 가령 시체가 있다고 해도, 아직 발견되지 않았잖아요."

"그게 시체가 곧 나타나지 않는다는 말은 아니죠."

"이 부분에 부주의한 뭔가가 있어요." 레이철이 생각에 잠겨 말했다. "손이 이 사건과 관련이 있는데…… 마치 쓸모없는 듯 버려진 것 같잖아요."

경위는 잠시 조용히 앉아 있었는데, 깊은 생각에 잠겨 있는 것이 분명해 보였다. 그가 마침내 입을 열었다. "두 손이 완전히 쓸모없는 경우가 딱 하나 있지요. 그걸로 지문을 입히는 거죠. 누군가가 만약 미친 생각을 하고……."

"흐음." 레이철이 고양이에 대고 웅얼댔다.

메이휴는 걱정스러운 듯 목청을 가다듬으며 선언했다. "이 사건은 대단히, 완전히 엉망진창입니다. 전혀 진전을 보이지 않고 있어요."

"모호하긴 하죠." 레이철이 그를 위로했다.

메이휴는 해변에 있던 손의 결말에 관해 듣지 못했다.

당일 늦은 시각 어떤 어린 소년이 보기 드물게 멋지고 통통한 불가사리라고 생각한 것을 집으로 가져와 자랑스럽게 엄마에게 내밀었다. 소년의 엄마는 작은 양동이 안을 들여다본 후 크고 길게 비명을 질러 옆집 사람들을 불러 모은 다음 기절해버렸다. 이웃들은 양동이를 경찰에게 가지고 갔다.

그 안에는 불쾌할 정도로 부패한 사람의 손 하나가 놓여 있었다.

메이휴는 즉시 사우사트 박사를 소환했다. 사우사트는 침울하게 불평하면서, 메이휴에게 그 망할 것의 냄새를 맡아보라고 권했다. 그러면서 왜 시체들은 단정하고 온전하게 땅에 묻혀 있을 수 없느냐고 투덜거렸다. 그러나 박사는 일을 잘 해냈다. 메이휴가 저녁을 먹고 돌아오니 간략히 보고할 준비를 마친 뒤였다.

"손은 손목 부분에서, 능숙하지는 않지만 어떤 날카로운 도구로 잘렸네. 아마 손도끼 같아." 그는 메이휴에게 개요를 설명했다. "남자 손이네. 영양 상태도 좋고, 잘 관리되었고, 굳은살이 박일 만한 노동도 하지 않았지. 더 연구해보지 않고는 아직 연령대를 식별할 수는 없네." 그는 찌푸린 얼굴로 기구들과 빛나는 유리 도구가 가득 찬 깔끔한 작은 방을 둘러보며, 꽤 또렷한 목소리로 말했다. "가끔은 이 일이 진절머리 나게 싫을 때가 있다네, 메이휴."

메이휴가 어깨를 으쓱했다. 그는 후각이 예민한 사우사트 박사가 경찰 일에 적합하지 않다고 생각한다. "죄송합니다. 그런 시절은 다 지나간 줄 알았어요."

사우사트 박사가 버럭 화를 내며 대꾸했다. "냄새 때문에 불평하는 게 아닐세. 이 빌어먹을 손에는 냄새보다 훨씬 더 심한 게 있거든."

"그게 뭡니까?" 흥미가 동한 메이휴가 물었다.

"이리 와서 손톱 밑에 있는 걸 보게나." 박사는 그를 테이블로 이끌었는데, 테이블 위에 놓인 특대형 현미경은 밝게 빛나는 슬라이드에 초점이 맞춰져 있었다. 천으로 감싸인 무엇인가가 슬라이드 위에 일부분 놓여 있었다. 메이휴가 기계에 눈을 대자, 박사가 핀셋과 메스로 그것을 조절했다.

"맙소사!" 메이휴의 낯빛이 살짝 창백해졌다. 그는 테이블 가장자리를 잡고 사우사트 박사를 향해 얼굴을 들어 올리며 외쳤다. "도대체 이렇게 지독한 아이디어는 어디에서 얻는 거죠?"

사우사트는 참을 수 없다는 듯 한 손을 성급하게 움직였다. "그 아이디어는 지금쯤 꽤 흔한 사실이 되었다고 생각하네. 〈인도의 국경〉이라는 영화 기억나나? 그 영화에 나오는 전대미문의 사건에서 그걸 세심하게 설명했지. 게다가 꽤 인기를 끈 영화라네. 인도의 왕이 주인공을 묶어놓고 작은 은을 손톱 밑에 찔러 넣은 다음 불을 붙인 장면 기억나나? 멋진 아이디어였지."

메이휴는 윗입술 위의 인중을 만지고는 갑자기 송골송골 맺힌 땀을 닦아냈다. "하지만, 빌어먹을, 여기는 미국이잖습니까!"

"친애하는 브레이커스비치지." 박사는 놀리듯 말했다. "서기 1938년이고. 더군다나 인도의 왕이 되어 사람들 손가락 밑에 은을 찔러 넣고 불을 붙이는 기발한 사람들도 있고 말이야. 그런 부류의 고문은 효과도 틀림없이 좋았을 게야."

메이휴는 지푸라기라도 잡고 싶었다. "어쩌면 손이 잘린 후에 한 거 아닐까요?" 그가 자신 없게 내뱉었다.

박사는 가소롭다는 듯 함박웃음을 지었다. "그랬을까?"

12장

흉기

인정하고 싶지는 않지만 메이휴는 잘린 손이라는 증거가 나오자 심란했다. 이전에도 폭력적인 죽음을 여러 번 접해봤고, 계획적 살인이든 우발적 살인이든 대부분 끔찍하게 끝난 죽음을 종종 봐왔다. 하지만 노골적이고 냉혈한 같은 고문은 그에게도 접하기 힘든 사건이었다. 그 손과 손의 주인이었던 사람이 궁금했다. 극도의 고통 속에서 어떻게 초인적인 통제력을 발휘했으며, 얼마나 끓어오르는 분노에 사로잡혔을까? 그보다 고문의 목적은 무엇이었을까?

더욱이 터무니없는 가설이긴 하지만, 그건 정말 멀로이의 손이었을까?

사우사트는 그날 밤 메이휴에게 손을 더 연구해보겠노라고 약속했다. 박사는 손에 난 털을 조사하고, 손가락에서 지문을 채취할 수 있는지 알아보겠다고 말했다. 당연히 지문이 완벽할 리는 없겠지만 말이다. 메이휴는 여전히 바다 안개에 가려져 있는 음울하고 불길한 '서프 하우스'를 급히 방문했고 멀로이의 방에서 그의 것이 확실한 머리카락 샘플을 채취했다. 그 머리카락을 잘린 손에서 발견된 털과 비교하면 신원확인이 확실해질 것이다. 메이휴는 또한 지문을 확보하기 위해 멀로이의 머리빗과 그가 만졌던 것이 분명한 면도용 컵을 챙겼다.

방에서 가져온 물품들과 잘린 손에서 나온 지문들이 사진으로 현상된 지 몇 분 후, 메이휴는 결과를 받아보았다. 둘은 거의 확실히 같았다. 부패한 손가락에서 나온 지문이 다소 왜곡됐기 때문에 추가의 조사가 필요했지만 말이다. 사우사트 박사는 손에서 나온 털과 멀로이의 방에서 나온 머리카락이 색깔과 구조가 비슷해서 같은 몸에서 나온 것으로 추정한다는 의견을 밝혔다.

메이휴는 책상 위에 매달린 램프에 불을 밝힌 채 사무실에 앉아 있었다. 그는 앞에 빈 종이 한 장을 놓고 그 위에 가끔 의미 없는 삼각형과 원을 그렸다. 작은 수첩이 종이 옆에 펼쳐져 있어서, 그는 두어 번 특별한 목적 없이 수첩을 휙휙 넘겨보았다.

멀로이를 제외하고, 해변에 있는 낡은 집의 주민 한 명당 수첩의 한 페이지씩을 할당해 기록했던 것이 문득 떠올랐다.

그는 깨끗한 페이지를 골라 멀로이에 관해 알아낸 사실 등을 간략히 기록하기 시작했다. 멀로이는 50세 남짓에, 생애의 거의 절반을 멀로이 부인과 혼인한 상태로서 둘 사이에 딸 셋이라를 두었다. 마지막에 등장한 이름을 쓰는 중에 메이휴는 망설였다. 예쁜 이름이라고 생각하면서 자기가 무엇을 하고 있는지 의식하지 못한 채, 낙서용 종이에 이름을 썼다. 원과 삼각형 가운데 쓴 이름 주위에는 맵시 있는 하트를 하나 그려 넣었다. 소년들이나 아주 젊은 남자들이 나무에 즐겨 새기는 종류의 하트였다. 메이휴는 예술 작품을 감상하듯 그것을 멍하니 뜯어보다가, 종이를 구겨서 쓰레기통에 던져 넣고는 멀로이에 관해 고민했다.

멀로이는 부인과 별거할 당시 서프 하우스로 이사 왔는데, 그게 거의 1년 전이었다. 막 연락하고 지내게 된 사촌 터너 부인이 그 집을 인수할 당시와 거의 비슷한 시기에 입주했다. 유흥 구역과 가까운 집의 위치가 지긋지긋했던 결혼 생활에서 막 벗어난 사람에게는 틀림없이 매력적으로 보였을 것이다. 그 집에서 멀로이는 딱 두 명, 터너 부인과 스티클먼 부인하고만 가깝게 지냈다. 또한 그는 스컬록 부부와 카드놀이를 했다.

스티클먼 부인은 죽었고, 스컬록 부부는 유력한 용의자로 혐의를 받고 있다. 날카로운 집주인 터너 부인은 어떤가?

살인 사건이 벌어지던 시간 그녀의 알리바이는 가장 평범한 것으로 즉시 밝혀졌고, 입주민 중 누구보다도 가장 잘 입증

되었다. 그녀는 재봉틀을 돌리고 있었다. 레이철도 의식이 안개 속으로 사라지던 마지막 순간에 복도 끝에서 울리는 재봉틀 소리를 들었다. 자기 방 창문으로 나가 멀로이 방 창문으로 들어간 세라를 위해 망을 보며 창문을 열어둔 채 앉아 있던 멀로이 부인도 터너 부인의 재봉틀 소리를 들었다. 메이휴는 멀로이 부인이 왜 그 소리에 특별히 주목했는지 추리했다. 또한 레이철이 들은 대로, 재봉틀이 멈췄을 때 흔들의자 소리가 함께 멈춘 이유도 추리했다. 멀로이 부인은 터너 부인이 세라의 움직임을 듣고 살펴보러 나올까 봐 두려웠던 것이다.

이 시점에서 메이휴는 그가 거의 생각하고 싶지 않았던 문제를 떠올렸다. 세라는 **정말로** 그녀의 아버지 방에 있었고, **다른 곳에는 없었을까?** 세라에게는 동기가 없을 것이다. 하지만 그 사건이 이해할 수 없는 것투성이로 보일지라도, 틀림없이 어딘가에는 살해 동기가 있다.

스컬록 부부에게는 훌륭한 살해 동기가 있었다. 돈을 갚지 않는 자에 대한 도박꾼의 복수. 하지만 레이철은 그 주장에 관한 허점을 지적했고, 사실상 스컬록이 드라이버의 구매자가 아님을 증명했다. 노련한 피고 측 변호인 또한 그 점을 확실히 강조하면서, 스컬록 부부는 혐의를 완전히 벗지는 못했지만 석방되었다. 그들은 시내를 벗어나지 말고 그 낡은 집으로 돌아가라는 명령을 받았는데, 메이휴가 알기로는 그 이후로 집 밖으로 나오지 않고 있었다.

사건과의 유일한 접점이 실종된 남자와 친척이라는 점뿐인 터너 부인은 메이휴의 관점에서는 어떤 동기도 찾을 수 없었다.

하지만 멀로이와 관련된 다른 사람들은 타당한 동기가 있었을지 모른다. 스티클먼 부인을 질투한 멀로이 부인과 어쩌면 세라가 그녀를 죽였을 수 있다. 멀로이의 딸과 대학 친구였던 것으로 밝혀진(그녀의 부모님은 그 관계를 모르고 있었지만) 렌스터는 세라에 대한 호의로 그녀의 아버지가 무엇을 하며 지내는지 살펴보러 이곳 서프 하우스로 내려왔을 것이다. 알 수 없는 복잡한 관계 때문에 렌스터가 스티클먼 부인을 죽였다는 추측도 억지스럽기는 하지만 불가능하지도 않았다.

메이휴는 수첩을 침울하게 바라보면서 머릿속에서 그 사건을 둘러싸고 안개처럼 내려앉은 모순을 걷어내려 애쓰고 있었다. 그는 스티클먼 부인을 허영심 많고 어리석으며, 뭔가를 잘 숨기고 작은 음모를 꾸미길 좋아하는 성격으로 여겼다. 그녀의 성격이 모든 문제의 전면에 떠올랐다. 그 사건 또한 그녀의 성격과 전체적으로 비슷했다. 희생자만큼이나 어리석고, 충분히 고려되지 않았으며, 어설픈 속임수와 관련되어 있었다.

전반적으로 서투른 범죄였으나 그 기괴함은 메이휴도 이해할 수 없었다.

아무리 우발적이라 하더라도, 무의미하게 남자의 손을 잘라낸 점, 그걸 발견되도록 방치한 점은 생각해보면 불가사의한 일이었다.

메이휴는 불편한지 자세를 고쳐 앉았다. 지금 이 순간에 바닷가 그 낡은 집에서 무슨 일이 일어나고 있을까 궁금했다.

밤 9시 사무실을 나서려는데 서프 하우스에서 전화가 한 통 왔다. 레이철의 또렷한 목소리가 전화선 너머로 들려왔다. "우리가 뭔가를 발견했어요. 손잡이가 짧은 도끼예요. 그게 멀로이 부인의 방 매트리스 안에 꿰매져 있었어요."

"곧장 그리로 가겠습니다." 메이휴는 잠시 생각에 잠겨 멈칫했다가 물었다. "그런데 그걸 어떻게 발견하셨습니까?"

"멀로이 부인이 오늘 매트리스를 뒤집었대요. 몇 분 전에 부인이 잠자리에 들었는데 세라가 곧장 그걸 알아차렸답니다. 매트리스 가장자리 근처 매트리스 커버에 꿰매어져 있더래요."

"거기 손대면 안 됩니다." 메이휴는 경고한 후 전화를 끊었다.

그는 멀로이 가족의 방에서 세라 멀로이와 그녀의 어머니, 그리고 레이철을 만났다. 세라와 어머니는 가운과 헐렁한 원피스를 입고 있었는데, 세라의 허리를 따라 딱 붙어 있는 머리칼이 황금빛으로 눈이 부시게 빛났다. 레이철은 평소대로 깔끔한 태피터 드레스를 입은 채였다. 그들 모두 불편한 심기로 조용히 서 있었다. 멀로이 부인에게 인사를 건넨 메이휴의 시선은 사랑스럽지만 불안해하는 세라의 얼굴에 잠시 머물렀다가 설명을 요구하듯 레이철을 향했다. 그녀는 침대로 그를 안내했다. 찢겨서 입을 벌린 침대 옆 부분으로 매트리스 속이 튀어나와 있었다.

레이철이 재빨리 말했다. "여기 있었어요. 아무도 만지지 않았어요. 멀로이 부인과 세라는 보시다시피 누군가 꿰매놓은 여기, 크게 바느질된 부분을 뜯었답니다. 안에 들어 있는 걸 보자마자, 저를 불렀어요. 그리고 제가 형사님께 전화한 거고요."

매트리스 커버를 들어 올린 메이휴는 안에서 손잡이가 짧은 도끼를 발견했다. 도끼의 날은 어두운 갈색 물질인 피로 얼룩져 있었고, 말라붙은 지 오래되어 딱지가 앉았지만 메이휴는 같은 얼룩이 매트리스 속에는 묻지 않았음을 곧바로 알아차렸다. 그렇다면 이 도끼는 마른 후에 매트리스로 들어갔다고 볼 수 있었다. 도끼를 꺼낸 후 멀로이 모녀에게 어떻게 그것이 매트리스에 들어가게 됐는지 자세히 질문했다. 그들은 모르겠다고 확언했다. 평소처럼 집 밖으로 외출해 있었기 때문이다. 그렇다, 도끼는 바로 그날 매트리스에 넣어졌을 것이다. 메이휴는 한숨을 쉬었다. 왜 멀로이 부인은 매트리스를 뒤집을 생각을 했을까? 그냥 그런 생각이 들어서? 그렇다면…….

메이휴는 실의 샘플을 채취했다. 평범한 실이라서 기적이 생기지 않는 한 별로 도움이 되지 않을 테지만 말이다. 그리고 도끼를 가져가려고 신문지에 쌌다. 그는 여자들 모두에게 꼭 필요한 경우가 아니라면 방 안에만 머무르라고 경고했고, 밤에는 문을 꼭 잠그고 창문도 사람이 들어올 만큼은 열리지 않도록 확실히 문단속하라고 당부했다. 내리닫는 위쪽 창틀에 못을 박아 창문을 고정하는 단순한 방법을 시범으로 보여주면서 못이 창틀이 올라가는 홈을 막고 있어서 아래쪽 창틀을 들어 올릴 수 없을 것이라고 말했다.

메이휴는 멀로이 부인에게 남편의 사망에 대비할 마음의 준비를 시켜야 한다고 생각했다. 머릿속에서는 잘린 손이 불의의 사고를 암시한다는 생각에 추호의 의심도 없었기 때문이었다. 그 주제를 조심스럽게 꺼내면서 남편의 최근 소식을 들은 바가 있는지, 혹시라도 유쾌하지 못한 소식을 들을 준비가 되어 있는지 물었다. 그건 메이휴가 원래 생각했던 접근법은 아니었으나 다른 방법은 생각이 나지 않았다.

멀로이 부인은 세라가 불운한 일을 당하던 날 밤처럼 벌벌 떨기 시작했고, 그녀의 휘둥그레진 눈에는 두려움과 고통이 가득했다. "그렇다면 그게 사실이군요. 제가 믿을 수 없었던 그 일이!" 그녀는 메이휴의 동정 어린 얼굴을 읽으면서 속삭였다. "남편은 죽었군요!" 그 짧은 말이 허공을 맴돌다 저 멀리 바다에서 들리는 파도 소리 아래로 잠겼다.

메이휴는 고개를 끄덕이며, 자신이 동정심을 말로 쉽게 표현하는 달변가라면 좋겠다고 생각했다. "그것이 지금 우리가 가진 증거에서 유추할 수 있는 결론인 것 같습니다. 사실상 확실합니다, 부인. 그렇지 않았다면 말씀드리지 않았을 겁니다."

고개를 숙인 채 떨고 있는 어머니의 머리 위로 세라의 눈이 덩치 큰 형사의 눈과 마주쳤다. 그녀의 눈에는 서슬 퍼런 분노가 치솟고 있었다. 진한 분홍빛으로 상기된 얼굴이 원래의 창백한 안색을 덮어버렸다. "형사님은 어머니에게 말하지 말았어야 했어요!" 세라가 저항의 의미로 턱을 치켜들고 소리쳤다. "잔인하고, 눈치 없는 짓이었어요. 더 기다렸어도 됐잖아요! 확실하지 않다고 형사님도 인정하셨으면서!"

레이철이 속으로 하려던 생각을 자기도 모르게 크게 내뱉듯 천천히 말했다. "손이 발견됐다고 하셨나요? 그게 형사님 예상대로 멀로이의 손이었나요?"

메이휴가 그 말에 긍정하면서, 어떤 소년이 해변에서 발견한 것을 세라에게 말했다. 그러나 멀로이 부인이 고개를 뻣뻣이 들고 의심의 눈초리로 바라보는 모습을 보고 그는 부인이 모든 사실을 안다고 해도 공포는 그녀의 몫임을 깨달았다. 메이휴는 모녀에게 급히 사과하고 한 명은 미심쩍은 슬픔 속에, 다른 한 명은 분노 속에 내버려둔 채 물러났다.

레이철이 복도까지 그를 따라 나왔다. "잠시 우리 방으로 가실래요? 멀로이에 관해 알게 된 걸 제게 말해주세요."

그는 레이철의 방으로 들어갔다. 방에서는 라벤더 향기가 낡은 집의 퀴퀴한 냄새를 물리치려고 고군분투 중이었다. 메이휴는 의자들을 둘러보다가, 전에 앉은 적이 없었던 등받이가 꼿꼿한 의자를 골라 앉았다. "그 손은 멀로이 손이 거의 확실합니다." 작은 노부인에게 말하는데, 그녀를 보자마자 즉시

한 마리의 쥐와 페럿을 떠올렸다. "우린 손에서 얻은 지문과 여기 그의 소지품에서 나온 지문, 방에서 나온 머리카락과도 대조해봤어요. 우리가 보유한 손이 실종된 남자의 손이 아닐 확률은 천분의 일도 되지 않습니다."

"한쪽만 발견된 거죠?"

"한쪽뿐입니다. 다른 한쪽은 해변 어딘가를 떠돌고 있겠죠. 박사님 말로는 손은 날카로운 도구로 잘렸지만, 신중하지도 않고 어떤 기술도 보이지 않는다고 하더군요. 도끼나 손도끼로 그냥 잘라버린 것 같다고요."

레이철의 눈이 무의식적으로 뭔가를 암시하듯 메이휴의 주머니에서 툭 불거져 나온 꾸러미를 향했다. 생각에 잠긴 듯 말했다. "그 말은, 술에 취한 증인이 제 예감대로 시신을 본 게 아니었다는 뜻이죠. 그 남자는 이 손을 보고는 당연히 모래 아래 묻힌 사람의 손이 튀어나왔다고 생각했고, 그래서 남자가 그 손을 잡았어요. 그런데 자기 손아귀 안에서 그 손이 자유롭게 떨어져 나오자, 모래에 묻힌 사람이 자기 손을 놓아버렸다고 생각한 거로군요."

메이휴가 동의의 뜻으로 음울하게 고개를 끄덕였다. "음주가 사람의 감각에 무슨 짓을 할 수 있는지 여실히 보여주네요."

레이철은 잠시 조용히 생각에 빠졌다가, 이내 입을 열었다. "범인은 도끼를 가지고 작업하는 걸 몹시도 좋아하나 봐요."

"도끼랑, 다른 것들도요." 메이휴가 씁쓸하게 대꾸했다. 그는 잘린 손의 손톱 밑에서 발견된 새까맣게 탄 나뭇조각, 즉 고문의 증거를 계속해서 설명했다.

레이철의 몸은 부들부들 떨렸고, 눈은 휘둥그레졌다. "정말 극악무도하군요." 잠시 후 입을 뗐을 때 목소리는 음이 고르지 않았고, 앙다문 입술에는 하얀 선이 남았다.

"모든 게 괴물 같아요." 메이휴가 간단히 답했다. "그래서 제가 요청을 드리려 합니다. 여사님과 멀로이 모녀는 집에 돌아가셨으면 좋겠습니다. 여사님 같은 분이 여기 있는 건 의미가 없어요. 끔찍한 위험에 처하게 될지도 모르고, 만약 여러분 중 하나에게 무슨 일이라도 벌어진다면, 저 자신을 용서하지 못할 겁니다."

레이철은 미소를 지었다. "하지만 형사님이 여기서 우리를 지켜주고 계시잖아요."

메이휴는 스스로를 비웃었다. "멋진 보호막이긴 하죠. 정말요. 그런데 약간 느려요. 멀로이 양에게 무슨 일이 일어났었는지 기억하시죠? 멀로이 양은 살인이 벌어진 날 밤에 스티클먼 부인의 방에 들어간 사람이 기억날지도 모른다고 거짓으로 증언해서 나를 도와주려 했어요. 그런데 어떻게 됐죠? 그녀는 그 일 때문에 거의 살해될 뻔했고, 제가 가까스로 들어가 살려내긴 했지만, 그런 짓을 한 사람의 머리카락은커녕 뒷모습조차 보지 못했습니다."

"참 이상한 일이에요, 그렇지 않나요? 창문은 단단히 닫힌 채 잠겨 있었고, 복도에는 형사님까지 있었는데요. 게다가 방 안에는 세라와 함께 멀로이 부인밖에 없었는데 말이죠."

다시 한번 반은 믿을 수 없고 반은 분노의 확신이 어린 표정이 메이휴의 얼굴에 드러났다. 하지만 레이철이 그의 머릿속을 불쑥 비집고 들어와 경고했다. "아니에요. 그런 생각은 하지도 마세요. 멀로이 부인은 그런 일을 할 수 있는 사람이 아니에요."

"만약 멀로이 부인이 스티클먼 부인을, 죄송합니다, 조카분을 죽였다면, 세라를 죽일 수도 있잖아요. 그럴 수 있다는 걸 여사님도 아실 텐데요."

하지만 레이철은 고집스럽게 고개를 흔들었다. "부인은 살인자가 아니에요, 경위님. 어떻게 아는지는 묻지 마세요. 그분은 그냥 아니니까요."

그는 잠시 반신반의하는 표정으로 우울하게 그녀를 빤히 쳐다보았다. 레이철이 다시 이야기를 꺼냈을 때는 다른 주제에 관한 것이었다. "멕시코에서 결혼했을 가능성은 조사할 생각이신가요?"

"그건 터무니없는 가설입니다. 저는 그 생각에 전혀 확신이 들지 않습니다."

그녀가 조용히 대답했다. "형사님은 릴리 스티클먼을 모르시잖아요. 그건 그 아이가 좋아했을 만한 모험이에요."

"그들이 캘리포니아에서 결혼하지 않은 건 꽤 확실합니다.

우린 모든 자치주 등기소에서 보고받았습니다. 심지어 애리조 나주 국경에 가까운 시골 마을에서도요. 어쨌든 전 결혼에 관한 생각은 무시하는 쪽으로 기울었습니다. 그게 다 무슨 소용이 있겠습니까?"

"살인은 무슨 소용이 있겠어요?" 레이철이 벌처럼 쏘아붙였다. 메이휴는 화가 나는지 두껍고 어두운 머리칼을 헝클며 솔직하게 내뱉었다. "제가 알 리가 없죠."

레이철은 허리를 똑바로 세우고 강렬한 감정을 담아 그를 보면서 열성적인 어조로 말했다. "난 우리 조카가 왜 살해됐는지 알 것 같아요." 논리정연하고 체계적으로 사고하는 메이휴는 갑자기 비약적으로 가설을 제시하는 그녀의 방식에 짜증이 나서 그냥 레이철을 바라보기만 했다. "모든 게 돈을 중심으로 돌아가고 있는 것 같아요. 유산을 상속받으려는 희망으로요."

그는 명백한 불신의 제스처로 어깨를 으쓱했다. "그럴 리가요. 여사님과 동생분이 조카분의 재산을 물려받지 않습니까. 물론." 그가 웃음기 없이 미소를 지으며 말했다. "여사님이 조카분을 죽이지 않았다면요."

레이철은 이 잔혹하고 황당한 말에 거의 모욕당한 듯 보였다. "잘 들어요." 그녀는 그를 향해 손가락을 두 번 흔들었다. "그리고 농담하지 말아요. 내 여동생과 내가 조카의 돈을 상속받는 건 사실이에요. 그 아이의 유언이 그렇게 처리될 테니까요. 하지만 조카가 그 유언장을 죽던 날 아침에 작성하지 않았다고 가정해보죠. 그때는 누가 그 아이의 돈을 물려받을까요? 지금쯤 그 돈을 받을 것으로 기대하는 사람이 있겠죠. 릴리가 마지막 순간에 유언장을 남겼다는 걸 모르는 사람이요."

메이휴는 논리적인 전개에 관심이 끌렸다. "좋아요. 그렇다면 조카분이 누구에게 유산을 남겼다고 생각하시죠?"

"분명히 내 여동생이나 나는 아니죠. 그랬다면 새로운 유언장을 작성할 필요가 없었을 테니까요. 릴리가 결혼했다는 가설을 전제로 했을 때, 유산을 찰스 멀로이에게 남겼다고 생각해요. 릴리가 그 유언장을 작성한 후에 그가 사라졌고, 그 아이는 죽을 때까지 여기서 그를 기다렸어요. 그러다 점점 더 뭔가 심각하게 잘못 돌아가고 있다는 걸 깨닫게 됐을 거예요."

"하지만 여사님은 고모님이잖습니까. 스티클먼 부인이 이 남자랑 결혼했다면, 여사님께 말하지 않았을까요?"

"그러지 않았을 겁니다. 그게 엄밀한 법률혼이 아니라면, 처음부터 알고 있었든 결혼식 후에 알게 됐든 간에, 그 결혼에 관해 저에게는 계속 숨겼을 거예요. 사실 둘이 친구 이상의 관계냐고 내가 넌지시 떠봤을 때 릴리는 소스라치게 놀라더군요. 사실 너무 두려워하기에 그 후로도 계속 생각했었어요. 난 그 아이와 멀로이가 어떤 식으로든 친밀했고, 그 아이에겐 그걸 감춰야 할 이유가 있었다고 확신해요. 그래서 추정해보자면 ······."

이쯤에서 메이휴는 얼굴에 당혹스러운 표정을 드러냈고 큰 다리를 인내심 없이 쭉 뻗었다. 이 대목에서 레이철의 허황된 상상에 점점 짜증이 났다고 주장한다. 한편 레이철은 메이휴의 공무원다운 사고방식에서 불신을 느꼈지만, 말을 이었다.

"릴리가 멀로이와의 결혼이 예상대로 흘러가지 않았다는 걸 몰랐다고 가정해보자고요. 릴리는 자기가 사망 시 멀로이에게 유산을 주겠다는 유언장을 작성한 後에 그걸 알았다고 가정해보면요. 그다음에 어떻게든, 아마 멀로이에게서 직접 들었겠지만, 그의 이혼 절차가 끝나지 않았다는 걸 알게 된 거죠. 멀로이가 릴리를 붙잡으려 했을 거예요. 릴리는 자신이 엉망진창인 상황에 놓인 걸 알았을 테고 상황이 정리돼서 법률혼이 성사될 때까지 입을 다물기로 했을 거고요. 그런데 어떻게 된 영문인지 멀로이의 부재가 이상하게 길어지자 겁을 먹게 된 거죠. 이 가설이 형사님에게는 내가 아무 근거 없이 이어붙인 것처럼 억지스럽게 들릴 걸 알아요. 하지만 난 그렇게 골라잡은 게 아니에요. 그건 내가 여기 있는 동안, 그리고 릴리가 죽음에 이르기 전에 일어났던 명백하게 사소한 것들을 전체적으로 종합해봤을 때 얻은 가설이에요."

메이휴는 어깨를 으쓱하며 지적했다. "우리에겐 그들이 결혼했다는 어떤 증거도 없습니다."

"멕시코에 가보지는 않을 건가요?"

그는 자리에서 일어나 코트를 넓은 어깨 위로 걸쳐 입었는데, 주머니에 넣은 도끼의 무게 때문에 코트가 한쪽으로 축 처졌다. "그러죠, 멕시코에 가보겠습니다." 선뜻 대답했다. "여사님은 피해자의 고모님이시니, 다른 사람들보다 조카에 관해 더 많이 아시겠죠. 내일 티후아나로 떠날 겁니다. 남쪽으로 가고 싶은 다른 이유도 있으니까요. 멀로이의 친한 친구라는 변호사가 샌디에이고에 사는데, 그가 멀로이와 어린 시절부터 알고 지냈다네요. 지금까지 멀로이 부인이 우리에게 준 명단에서는 하나도 건진 게 없었어요. 내일 제가 니컬슨이라는 이 남자와 얘기를 나눈 후에 국경을 넘어서 티후아나의 결혼 등기소도 들러보겠습니다."

"좋아요."

메이휴는 나갈 채비를 했다.

"이제야 조금 진전이 있겠군요"라고 말을 건네며 레이철은 그를 배웅했다.

13장
렌터카

날은 시원하고 해도 나오지 않았다. 안개가 작은 해변 도시에 낮게 깔려, 건물의 윤곽을 흐리게 했다. 상업 구역에서는 교통의 흐름이 조심스러웠고 느렸다. 메이휴는 자신의 작은 승용차에 앉아 앞에 있는 트럭이 길을 건널지 말지 결정하기를 기다렸다. 트럭은 안개 속에 갇힌 거대한 벌레마냥 머뭇거렸다. 헤드라이트는 노란 더듬이처럼 앞을 비추고 있었으나 길은 보이지 않았고, 짐칸에는 방수포로 덮은 짐을 높이 실어서 마치 점프할 준비가 된 메뚜기 같았다. 이런 공상에 멍하니 잠겨 메이휴가 신호를 놓칠 뻔하자, 동료 교통 경찰관이 그에게 신호를 보냈다.

미로처럼 구불구불한 길을 남쪽으로 헤쳐나가다가, 마침내 샌디에이고로 가는 해안 고속도로를 타고 나서야 더 확 트인 길이 나왔다. 길은 넓었고, 포장이 매끄럽게 되어 있어 절로 속도가 붙었다. 자동차에 있는 속도계 바늘이 시속 60킬로미터에서 80킬로미터, 90킬로미터까지 올라갔다가 산후안카피스트라노에서 안개가 걷히자, 시속 100킬로미터까지 올라갔다. 속도는 이쯤에서 계속 맴돌다가, 가끔 110킬로미터까지 치솟기도 했다. 메이휴는 운전대 뒤에서 긴장을 풀었다. 그날 아침은 캘리포니아 남부 해변에서 흔히 볼 수 있는 눈부시게 반짝이는 맑은 날이었는데, 바다의 푸른 광채에서 반사되는 대기 덕분이기도 했다. 메이휴는 해변 너머로 바람에 일렁이는 파도를 보면서, 또는 낙타의 등과 같은 갈색 언덕을 빨리 넘어갔다가 다시 바다 쪽으로 이어지는 내리막길을 달리면서 마음속에서 솟구치는 알 수 없는 행복감을 느꼈다. 갑자기 그리고 뚜렷한 이유 없이 세라 멀로이가 떠올랐다.

그녀는 그날 아침의 세상처럼 신선하고 건강했으며, 머리카락은 햇살처럼 아름다운 노란색이었다. 그런 여자들은 보통 여자를 기쁘게 하는 방법보다는 죽음과 범죄를 더 잘 아는 무뚝뚝하고 세련되지 못한 형사와는 결혼하지 않을 거라는 생각이 들었다. 그렇다, 그녀는 다른 부류의 남자들 차지가 될 터이다. 여자를 행복하게 해주는 법에 관해 메이휴보다는 더 소질 있는 눈치 빠르고 세심한 남자들 말이다. 이런 생각을 하니 불편해졌고 도로를 주시하면서 마음 한편으로 바보 같은 자신을 꾸짖었다.

메이휴는 사랑과 죽음이 어울리지 않는 조합이라고 결론 내렸다.

그의 차는 브레이커스비치와 샌디에이고 사이의 해안에 점점이 놓인 작은 동네들을 통과해서 지나고 있었다. 그 마을 중 하나를 막 지나치자 갈라지는 도로가 나왔다. 가로수가 높은 아치를 이루고 있었고 '산디마스 동굴 가는 길'이라고 쓰인 표지판이 있었다. 어떤 기억의 잔물결이 일렁였고 그는 아치형 도로를 지나치면서 인상을 찌푸리며 지나온 길을 다시 돌아보았다. 트럭 한 대가 시야에 들어왔는데, 도로 한가운데를 따라 느릿느릿 움직이고 있었다. 지하 세계의 경이로움으로 전 세계에 명성이 자자한 그 동굴은 이내 머릿속에서 사라졌고, 더는 동굴을 생각하지 않았다.

샌디에이고에서 그는 니컬슨이라는 남자를 먼저 만나러 갈지, 아니면 티후아나를 먼저 갈지 곰곰이 생각했다. 결국 약간 짜증은 나지만, 제대로 된 자기 업무를 하러 가기 전에 레이철의 터무니없는 공상을 먼저 처리하기로 했다. 매우 좋아하는 멕시코 요리를 양껏 먹고서 국경을 향해 갔다.

티후아나는 결코 예쁜 도시가 아니었다. 강렬한 햇빛으로 도시 전체의 색이 바랬고, 주민들의 무관심 탓에 건물들은 눈에 띄게 혼란스러웠다. 기울어진 건물들이 산들바람에도 흔들렸으며, 문들은 축 처져 있어서 바람은 물론이고 행인들의 시선도 아무런 방해 없이 자유롭게 드나들었다. 금주법이 폐지될 때까지 그곳은 적어도 긴장감이 감도는 곳이었고, 남의 시선을 의식하는 위험한 마을이었다. 티후아나는 술에 취한 미국인, 나른한 멕시코인들로 가득했으며, 시세 차익을 노리는 기타 다양한 국적의 약삭빠른 투자가들로 붐볐다. 이제 그곳은 무기력하게 가라앉아 더 호화로운 아구아 칼리엔테 지구의 관문으로 전락했다. 아구아 칼리엔테는 현지 당국의 허가를 받아 경마의 중심지로 성장하고 있다.

그러나 티후아나에는 아직 전 세계의 주목을 받는 면이 하나 남아 있다. 그곳은 가끔 잡다한 영화계 유명 인사들이 결혼식을 올리는 장소로 사용되었다. 영화계 스타들의 자취를 따라 이 그레트나그린*으로 몰려오는 보통 사람들은 셀 수 없이 많다. 메이휴는 급히 결혼하려는 충동에 사로잡힌 사람들의 이름으로 넘쳐나는 혼인 허가서 명부를 보았다. 마음이 너무 급해 캘리포니아에서 필요한 사흘을 기다릴 여유가 없는 이들이었다. 작고 낯빛이 누런 멕시코 서기가 메이휴의 검색을 도와주었는데, 그들이 찾던 이름을 발견하자 메이휴는 소스라치게 놀랐다. 릴리 스티클먼과 찰스 멀로이가 석 달 반 전에 티후아나에서 결혼식을 올린 것이다.

* 과거 잉글랜드에서 결혼할 수 없던 커플들이 찾아가 결혼식을 올린 곳으로 유명한 스코틀랜드 마을.

메이휴는 조심스럽게 그 페이지에서 날짜와 시간을 옮겨 적고는 검은 눈의 서기에게 팁을 준 후 샌디에이고로 운전해 갔다.

운전하는 동안 이 정보가 주는 모든 가능성을 고려하지는 않았다. 다만 릴리가 레이철에게 유언장을 주기 전에, 이미 다른 유언장이 있었을 것이라는 레이철의 가정을 진지하게 고려하기 시작했다. 릴리와 멀로이가 결혼식을 올렸고, 멀로이의 입장에서는 그것이 절반쯤 중혼이었다는 사실이 드러났다. 그리고 레이철은 멀로이와 조카 사이에 겉으로 보이는 것보다 더 깊은 관계가 있음을 어떤 식으로든 직감했다. 게다가 그녀는 릴리가 사망할 경우 멀로이에게 유산이 넘어가도록 하는 다른 유언장이 있을지도 모른다고 생각했다. 메이휴는 이 마지막 주장을 어떻게 입증하거나 반증할지를 궁리했지만 뚜렷한 방법은 보이지 않았다.

이 문제를 잠시 덮어놓고 재스퍼 니컬슨의 집으로 운전해 갔다. 그 남자는 샌디에이고의 오래된 구역에 자리 잡은 어마어마하게 크고 하얀 저택에 살고 있었다. 집은 잘 관리되어 있었고 정원은 넓었다. 언덕의 경사면에서는 만이 내려다보였다. 집사의 안내를 받은 메이휴는 얼마 후 서재에서 니컬슨과 만났다.

메이휴는 남자의 이상한 외모를 보자마자 깊은 인상을 받아 그를 자세히 뜯어보았다. 남자는 키가 크고 여위었으며, 큰 얼굴은 뼈가 앙상했고 머리는 완전히 백발이었다. 끝이 뾰족하게 올라간 반다이크 수염은 턱을 따라 고르게 분포되지 않았고, 콧수염은 축 늘어져 있었으며 눈썹은 비스듬하고 힘차게 위로 솟아 약간 사악해 보이는 얼굴이었다. 메이휴는 남자가 직접 면도한다는 인상을 받았고, 그의 눈과 손이 모두 불안하게 흔들린다고 느꼈다. 사냥개 두 마리가 주인과 함께 방으로 들어왔고, 그가 메이휴의 맞은편 의자에 앉자 개들이 주인 옆에 앉았다. 개들은 앞발 위에 고개를 올려놓고서 음침하고 차분하게 방문객을 살폈다.

메이휴가 멀로이에 관해 처음 질문을 보냈을 때 니컬슨이 답장을 했기 때문에 니컬슨은 이번 방문의 목적을 알고 있다. 니컬슨은 멀로이를 특정한 날짜에 만났다고 답했는데, 서프 하우스 주민들이 기억하는 날짜와 비교해보니 정확히 멀로이가 실종된 시기에 니컬슨이 그를 만난 것이 확실해졌다.

니컬슨은 옛 친구에 관해 깊고 허스키한 목소리로 이야기하기 시작했고 멀로이를 만났던 날짜를 다시 언급했다. 메이휴는 어떻게 그리도 또렷하게 해당 날짜를 기억하는지 물었다. 늙은 남자의 눈이 번쩍이며 날카로운 답이 돌아왔다. "날짜를 적어두었소. 난 그런 것들을 일일이 기록하는 습관이 있소. 내 직업은 변호사요. 지금은 친구들의 법적 문제를 처리해주는 것 외에는 변호사 업무를 수행하지 않지만, 오래된 습관이 여태 남아 있소이다. 그래서 모든 약속을 심지어 시각까지

으레 적어두오."

"그렇다면 멀로이는 몇 시에 왔습니까?"

"오후 4시경이었소. 15분도 채 머물지 않다가 다른 약속이 있다면서 나갔소만."

메이휴가 상황의 심각성을 노인에게 주지시키려는 듯 진지하게 말했다. "니컬슨 씨. 저는 선생께서 멀로이가 살아 있는 모습을 본 마지막 사람이라고 확신합니다. 멀로이는 선생과 여기서 만난 날 브레이커스비치에서 사라졌습니다. 그러니 이제 선생과의 용무가 무엇이었는지 알고 싶군요."

니컬슨은 뼈가 앙상하고 푸른 정맥이 비치는 손을 짜증 난다는 듯 흔들면서, 톱 소리만큼 거슬리는 목소리로 말했다. "내 생각에는 그가 헛걸음했던 것 같소. 멀로이는 결혼 당사자의 일방이 캘리포니아에서 법률적으로 이혼이 완성되지 않았다고 가정할 때, 멕시코에서 한 결혼이 유효한지 내 의견을 물었소. 나는 서슴없이 그런 결혼은 웃음거리밖에 되지 않는다고 말해 줬고, 그런 경우 혼인 관계가 시작된다면 법적 기준으로는 부도덕한 행동이라고도 말했소." 니컬슨은 말을 끝낸 후에 머리를 계속 흔들었고, 하얀 눈썹에 힘을 주며 인상을 썼다.

말을 이어갈수록 메이휴는 흥분되는 마음을 감출 수가 없었다. "멀로이가 본인이 바로 그런 결혼의 당사자라고 말했습니까?"

"그렇게 말하지는 않았소. 다만 멀로이의 태도에서 개인적으로 관심이 있다고 짐작했을 뿐이오."

"멀로이가 선생께 원했던 건 그게 답니까?"

"그렇지는 않소. 녀석은 내게 어떤 유언장을 살펴봐달라고 부탁하면서, 그게 법정에서 효력을 인정받을 수 있도록 적법하게 작성되었는지 물었소."

"유언장이요? 그의 유언장이었습니까?"

니컬슨이 고개를 흔들자, 볼품없이 자란 하얀 콧수염이 좌우로 흔들렸다. "아니요, 그의 것이 아니었소. 어떤 사람이 유산을 멀로이에게 남긴다는 유언장이었는데, 어떤 여자가 작성한 것이었소. 이름은 생각나지 않소만."

"그 유언장은 제대로 작성되었습니까?"

"유언장은 완벽했소. 전부 손으로 작성한 자필 유언장이었는데, 다시 말해 캘리포니아 법에 따르면 증인이 필요하지 않다는 뜻이오. 그 사람의 모든 재산을 멀로이에게 남긴다고 쓰여 있었소."

"이름이 뭐였는지는 생각나지 않으십니까? 혹시 스티클먼, 릴리 스티클먼 같은 이름이 아니었을까요?"

노인은 의자에 몸을 묻고 조용히 앉아 생각에 잠긴 채 긴 손가락으로 기분 좋아 보이는 사냥개의 부드러운 귀를 쓰다듬었다. 그는 찰스 멀로이가 그를 만나러 왔던 날의 사건에 집중하려 애쓰는 듯 보였다. 그러나 결국 여전히 혼란스러운 표정으로 고개를 흔들며 말했다. "아니요, 모르겠소. 이름을 완전히 잊어버린 것 같소."

"이건 그냥 넘어가죠. 다음 며칠간 혹시라도 유언장에 서명한 이름이 떠오르시거든, 브레이커스비치로 전화하셔서 제게 알려주십시오. 이제 다른 세부 질문으로 들어가겠습니다. 멀로이에게서 선생님 집을 떠난 후에 다른 약속이 있다는 말을 들었다고 하셨는데요. 그 약속이 어디에서 있었고, 누구와의 약속이었는지 기억나십니까?"

"기억나지 않소. 멀로이가 내게 말하지 않았으니까. 내 기억으로는 그 약속 때문에, 눈에 띄게 넋이 나간 듯 보였고, 떠날 때 급히 서두르는 것 같았소."

"멀로이는 택시를 타고 왔나요, 아니면 걸어왔나요?"

"둘 다 아니었소. 내가 문으로 안내할 때 연석에 차가 한 대 보여서 그에게 차에 관해 물었소. 녀석이 렌터카라고 말하면서, 샌디에이고에 있는 대리점에서 빌렸다고 말했던 건 똑똑히 기억나오."

메이휴는 이 마지막 사실을 머릿속에 신중하게 기록해두었다. 그런 일은 쉽게 확인할 수 있기 때문이다. 니컬슨에게 몇 분간 더 질문했지만, 노인에게서는 이미 들은 내용 말고는 추가 단서를 건질 수가 없었다.

니컬슨의 집을 떠날 때는 거의 저녁이 되었다. 샌디에이고만의 잔잔한 수면을 가로질러 태양이 붉은 장관을 이루며 바닷속으로 가라앉고 있었고, 바다 위의 하늘은 밤이 내리기 전

특유의 희미해지는 빛깔로 물들었다. 바닷바람에서는 소금 냄새가 났다. 상쾌하고 서늘한 바람이었다. 메이휴는 시내로 차를 몰고 가다가 레스토랑을 하나 발견해 저녁을 먹은 다음, 렌터카 대리점을 돌기 시작했다.

밤 9시가 다 됐을 무렵, 세 권의 대여 장부를 헛되이 훑어본 후 그는 멀로이가 차를 빌린 기록을 찾아냈다. 대리점 사무실은 크지도, 눈에 잘 띄지도 않았다. 대리점이 보유한 자동차도 소형으로 고급 자동차가 아니었다. 그곳은 남의 눈에 띄고 싶지 않은 남자, 그다지 주목받지 않은 채 누군가를 만나고 싶은 남자들이나 애용할 만한 대리점이었다. 메이휴의 머릿속에서는 니컬슨을 방문한 후 예정된 멀로이의 약속이 살인자와의 약속이었을 거라는 확신이 자라고 있었다.

약속 장소는 샌디에이고 근방이 틀림없었다. 다른 곳이었다면 거기서 차를 빌릴 필요가 없을 테니 말이다. 하지만 그것이 사실이라면 그래서 멀로이가 약속된 장소에서 죽음을 맞았다면 그의 시신은 어디에 있을까?

렌터카 대리점의 기록은 날짜와 마일리지에 따라 부과된 청구 금액 이외에 메이휴에 관한 세부적인 정보를 주지 못했다. 대리점의 지배인은 멀로이가 지급한 금액으로 계산컨대, 렌터카로 이동한 거리가 60에서 80킬로미터 사이라고 추정했다. 지배인은 차가 반납될 때 근무하고 있지 않았으므로, 메이휴에게 야간 근무 직원이 오는 밤 9시 30분까지 기다려달라고 부탁했다. 그 직원이 멀로이 혹은 다른 사람에게서 차를 받은 장본인이었다.

야간 근무 직원은 정확한 시간에 때맞추어 도착했다. 빨간 머리의 온화해 보이는 호리호리한 남자로, 똑똑해 보이기도 했다. 메이휴의 질문에 그는 날짜와 청구 금액이 적힌 장부를 꼼꼼히 확인하더니, 차가 반납됐던 때가 기억난다고 말했다.

그가 그 일을 기억하는 이유는 뒷바퀴 하나가 손상되어 수리 비용으로 1달러를 청구해야 했기 때문이었다. 깨진 조개껍데기가 타이어에 박혀 있어서 펑크가 나긴 했지만, 조개가 박혀 있었던 덕분에 타이어가 완전히 구멍 나지는 않고 서서히 바람이 빠지기만 했다고 말했다. 그 남자가 흔쾌히 수리 비용을 냈다고 한다. 남자라는 말에 메이휴는 고개를 홱 돌려 열렬한 관심을 보였다.

그렇다, 다른 남자가 있었다. 운전기사 제복을 입은 어떤 남자가 챙이 튀어나온 모자를 푹 눌러쓰고 있어서 이목구비는 거의 보이지 않았다고 했다.

그것이 메이휴가 노리는 사냥감의 첫 인상착의였다. 메이휴가 서프 하우스의 살인자라고 확신하는 사람은 모자로 얼굴을 반쯤 가린 채 운전기사 제복을 입은 남자였다! 메이휴는 즉시 그 의상의 용도를 알아차렸다. 운전기사 제복에는 당연히 챙이 넓은 모자가 포함되기 마련이다.

조개껍데기라는 점도 그의 관심을 사로잡았다. 그건 해변이

나 바닷가 근처의 매립지에 만들어진 도로를 암시했다. 나무숲, 해안가 근처 어딘가의 동굴, 외딴 바닷가 오두막 중 하나는 멀로이의 고문과 죽음을 목격했으리라고 메이휴는 확신했다.

실종된 남자와 관련된 퍼즐을 꿰맞추기 시작했다. 멀로이는 두 가지 이유로 샌디에이고에 왔다. 변호사 니컬슨에게 멕시코에서의 결혼에 관한 의견을 듣고 스티클먼 부인의 유언장이 유효한지를 확인하기 위한 것이 하나이고, 샌디에이고 내에서 또는 근처에서 다른 누군가를 만나는 것이 다른 하나였다. 멀로이는 니컬슨을 방문한 후 이 다른 인물을 만나러 갔다. 그가 남긴 다음 자취는 브레이커스 해변에서 발견된 손으로, 그 손은 끔찍한 고문의 증거를 담고 있었다.

멀로이가 죽었다는 것은 타당한 추정이었다. 손과 관련된 시신이 아직 발견되지 않았기 때문에, 시신이 있을 만한 유력한 장소는 사건 현장일 것이다.

범인이 손을 자른 목적은 그날 아침에야 분명해졌다. 도끼 손잡이에서 발견된 것에 관한 보고서가 그의 책상에 놓여 있었다. 보고서에 따르면 지문을 도끼 손잡이에 입히려는 시도가 있었다고 한다. 경찰 전문가는 손잡이의 지문이 시체의 손으로 입힌 것임을 대번에 알아차렸다. 왜냐하면 사망하자마자 손가락이 쪼글쪼글해지면서 망자의 지문에는 전형적으로 긴 틈이 보이기 때문이다.

바보 같은 살인자만이 쓸모없는 지문을 흉기에 남길 것이다. 그런 지문을 남긴 손으로는 범죄나 그 외의 어떤 짓도 할 수 없음을 명백히 드러내고 있기 때문이다. 메이휴는 속으로 욕설을 퍼부었다. 살인범을 어리석다고 생각했고, 살인자가 저지른 많은 행동 또한 어리석었다. 그러나 범죄의 밑바닥에는, 살인범이 미리 범죄를 능숙하게 계획하고 구성할 만큼 분명 빈틈없는 인물이지만 단지 그 계획을 실현할 전문 지식이 없었을 뿐이라는 사실이 도사리고 있었다.

메이휴는 렌터카 대리점에 도와줘서 고맙다고 인사한 후 자리를 떴다. 차를 틀어 집으로 이어지는 붐비는 고속도로로 들어섰다.

방향을 바꿔 오션사이드시 라호이아를 지나쳐 샌클레멘테와 산후안카피스트라노 쪽으로 오르면서 메이휴는 머릿속에서 퍼즐 조각을 알아내려 안간힘을 썼다. 그는 이 사건에서 두 명의 불운한 인물인 릴리 스티클먼과 찰스 멀로이를 훨씬 더 분명하게 그리고 있었다. 그는 그 여자의 멍청하고 비밀을 좋아하는 성격에다 이제는 낭만을 좇는 무분별함까지 더해야 했다. 그녀는 멀로이에 관해 분명히 알지도 못하면서 그와 결혼했기 때문이다. 멀로이의 그다지 훌륭하지 못한 성품도 분명하게 보였다. 그는 돈이 된다면 기꺼이 비열해져서 수상한 짓도 서슴지 않았고, 여자에게 돈만 있다면 법적인 권리 없이도 선뜻 결혼하는 사람이었다.

멀로이는 그 돈에 관심이 있었던 게 틀림없다!

레이철의 말대로 사건의 배후에는 다른 사람이 있었던 것이 분명하다!

유언장에 서명할 때 멀로이는 배후에 다른 사람이 있다는 걸 알고 있었을까? 그래서 중혼을 폭로하겠다는 협박을 받거나 고문을 받아 강제로 서명했을까?

샌클레멘테의 불빛이 뒤로 멀어져갔다. 저 멀리 라구나비치의 불빛이 어두운 밤하늘에 반짝였다.

멀로이는 자발적으로 니컬슨에게 갔을까, 아니면 누군가가 그를 보냈을까? 멀로이가 릴리 스티클먼과의 복잡한 관계 뒤에 숨은 주동자가 아니라는 점, 그가 도구로 이용됐었다는 점, 심지어 결혼조차 미리 계획된 것이라는 점은 가능한 시나리오였다.

메이휴는 재산을 노린 결혼 원정에 남편을 내보내는 멀로이 부인의 모습을 상상해보았다. 겁 많은 그녀의 성격으로 보아 가능할 것 같지 않았지만, 메이휴의 경험상 범죄에서 불가능한 일은 없었다.

멀로이가 릴리 스티클먼으로부터 받기로 되어 있던 유산의 필연적인 상속자는 두 명이었다. 멀로이 부인과 그녀의 딸인 세라였다.

14장

두려움에 떠는 레이철

메이휴의 달리는 작은 차에는 간헐적으로 달빛이 비치기는 했지만, 그날 밤 해안가 저 아래쪽 브레이커스비치에는 달이 뜨지 않았다. 안개가 정오쯤 거의 사라질 듯이 살짝 내려앉았다가 오후 내내 서서히 자욱해지더니 그새 축축하게 해안가를 내리덮었다. 저녁 6시쯤 되자 더욱 짙고 두텁게 가라앉아 완전히 우울한 분위기를 조성했다. 레이철은 안개가 창틀 너머로 내려앉는 모습과 서서히 짙어지는 안개를 보았으며, 마침내 옆 건물의 벽이 희미하게 사라지는 걸 지켜봤다. 저녁 6시 30분이 되자 그녀는 식사를 하러 밖으로 나갔다.

그날 밤 아무도 즐거워 보이지 않는, 착 가라앉고 음울한 놀이공원 자욱한 안개 속을 조심조심 걸어가면서 조카의 살인을 떠올렸다. 으스스한 흰 물결이 하얗게 일렁이며 내는 우르릉 거리는 소리가 폭력적이고 미스터리한 죽음의 고유한 서곡 같다고, 그것들이 분명히 범죄를 불러왔다고 생각했다. 저녁을 빨리 먹고 집으로 돌아갈 수 있어서 다행이라고도 생각했다.

문을 열고 손을 안쪽으로 뻗어 불을 켠 다음 안으로 들어갔다. 거실 가운데에 서서 황금빛 눈으로 짜증을 드러내며 통통한 꼬리를 흔들고 있는 서맨사를 발견했다. 레이철은 길목에 서서 고양이를 신중하게 살펴보았다. 무엇인가가 고양이를 불안하게 했음을 즉시 알아차렸다. 서맨사는 보통 레이철이 없는 동안 바구니 안에서 순순히 몸을 말고 조용히 지냈기 때문이다.

"아가?" 레이철이 손을 뻗으며 머뭇거리듯 말했다. 꼬리가 더 큰 아치를 이루면서 눈에서는 불을 뿜었고, 내뱉는 울음에는 괴로움이 가득했다.

어떤 생각이 레이철의 머릿속을 스쳤는데 그 생각이 곧바로 무릎에 영향을 준 듯했다. 무릎이 젤리처럼 흐물흐물해지며 다리가 풀렸기 때문이다. 레이철은 늙고 작지만 배짱이 있었다. 그녀는 벽장으로 성큼 다가가 문을 확 열어젖힌 후 우묵한 곳을 구석구석 살폈다. 그 후에는 벽장 옆 작은 화장실로 가서 똑같이 살폈다. 두 곳 모두 다른 사람은 없었다.

침대로 돌아와 가장자리에 걸터앉아 고양이를 지켜봤다.

고양이가 침대 아래 어느 지점을 유난히 증오의 눈으로 노려 보았고, 레이철은 잠시 숨이 멎을 정도로 두려웠다. 그녀는 바닥을 철저히 조사한 후 방 안 어느 곳에도 숨어 있는 사람이 없음을 재차 확인했다.

그러나 고양이는 여전히 화가 난 듯 방을 돌아다니면서 꼬리를 흔들었다. 노여운 눈으로 레이철의 모자란 지능을 모욕하듯 매섭게 바라봤다.

마침내 레이철은, 지금은 방에 아무도 없지만 그녀가 저녁 먹으러 나갔던 동안 누군가가 들어왔을 수도 있겠다는 생각을 번득 떠올렸다. 다른 사람이 침입했다면 서맨사의 행동이 이해됐다. 아마 누군가가 방에 들어와 고양이를 거칠게 대했을 수 있고, 고양이의 반감을 샀을지 모른다. 레이철은 서둘러 서맨사를 살펴봤지만, 고양이에게서는 어떤 폭력의 흔적도 찾을 수 없었다. 서맨사가 사람들을 따르기 좋아한다는 것을 알고 있었고, 그래서 릴리가 살해될 때도 서맨사는 방에 있을 수 있었다. 그렇다면 만약 방문객이(정말로 방문객이 있었다면) 고양이가 그와 함께 밖으로 나가지 못하게 막느라고 악랄한 방법을 쓰지 않았을까, 생각했다. 그녀 생각으로는 매우 그럴싸한 가설이었다.

또한 누군가가 그녀의 방에 있었다면, 틀림없이 어떤 목적이 있어서였을 것이다. 생각이 거기까지 미치자 레이철은 방을 돌아다니면서 물건들을 조사했다. 모든 것이 정확히 있던 그대로였다. 창문을 보기 전까지는. 그녀는 얼떨떨한 기분으로 못을 만졌다. 창문은 5센티미터 이상 들어 올릴 수 없도록 고정되어 있었는데, 그마저도 환기를 위한 것이었다. 아래 창틀에 박았던 못 중 하나를 살짝 건드리자 못이 손안으로 쉽게 떨어져 나왔다.

깜짝 놀랐다. 설명할 수 없는 이유로 못이 느슨해졌다는 건 곧, 어마어마하게 두려운 일을 내포하고 있다는 뜻이었다. 안개가 내린 창틀 옆에 조용히 서서 시선을 손에 든 못에서 못이 원래 있었던 창틀의 구멍으로 옮겼다. 그런 다음 까치발로 조심스럽게 다가가 못이 떨어져 나온 곳을 자세히 살펴보았다. 다른 못 하나는 여전히 창문의 반대쪽에 있었는데, 보자마자 손을 댄 자국이 분명히 보였다. 누군가 못을 앞뒤로 꿈틀꿈틀 움직여 느슨해져 있었고, 그런 다음 그것들을 원래 자리에 조심스럽게, 하지만 위태롭게 올려놓았다. 레이철은 천천히 창틀을 들어 올렸다. 아래쪽 유리창은 남아 있는 못이 닿는 곳까지 올라갔다. 약간 더 힘을 줘서 밀자, 못이 제자리를 벗어나 밖으로 튕기더니 거의 소리도 없이 카펫 위로 떨어졌다. 그러고 나니 창틀은 누구나 마음먹은 대로 높이 들어 올릴 수 있는 상태가 되었다.

못을 박는 예방책은 메이휴의 아이디어였다. 하지만 못을 **빼낸** 것은 누구의 아이디어였을까? 레이철은 이 마지막 질문에 답을 찾을 수 없었다. 하지만 메이휴가 그런 걱정에 사로잡혔을 때, 실제로 누군가가 못을 헐겁게 만든 일이 발생했고, 그녀의 창문을 열려고 조심스럽게 준비했다는 사실이 레이철을 몹시 숨 막히고 불안하게 했다.

처음에는 못을 박는 일이 다소 불필요하게 여겨지기도 했다. 누군가가 방으로 들어오고 싶었다면, 문에 달린 자물쇠에 손대면 되지 않는가? 혼란스러운 레이철의 머릿속에 현실적인 생각이 하나 떠올랐다. 어쩌면 살인범도 그랬겠지만, 복도에서 목격될 가능성이 있으므로 문은 고려하지 않았을 것이다. 게다가 문에 손을 대려던 사람은 어떤 방식으로, 아마도 밤에 문을 열려다가 깨달았겠지만, 잠들기 전에 손잡이 밑에 의자를 단단히 괴어놓는 레이철의 습관을 학습했을 가능성이 높다.

이런 생각을 하자 그녀가 확실히 자리를 비웠거나 잠든 사이에 방으로 들어오려 했던 사람이 있다는 전제에 이르렀다. 게다가 낮에는 레이철이 거의 집을 비우지 않고, 용무를 보러 외출할 때에도 금방 돌아오기 때문에, 밤에 침입할 계획을 짰을 것이다.

무서운 결론에 이른 레이철은 침대 위에 멍하니 앉아서 두 개의 불길한 금속 조각을 빤히 보았다. 창문에서 빼낸 못이었다. 가슴속에 도망가고 싶은 충동이 솟구치고 있었다. 갑작스레 불안이 덮쳐와 그녀는 침대에서 벌떡 일어나 소지품들을 여행 가방에 던져 넣었다. 하지만, 약간 소심하면서도 '이상한 나라의 앨리스'만큼이나 호기심 넘치는 레이철은 짐을 싸면서 은밀한 방식으로 방에 들어오려던 사람이 누구였을지 궁금해지기 시작했다. 이 궁금함이 점점 그녀의 머릿속을 장악했고 짐을 싸는 손이 서서히 느려지다가 결국에는 손을 멈추고 유리창을 오랫동안 가만히 바라보았다. 화들짝 놀란 듯 몽상에서 빠져나와 손에 든 물건들을 내려다보다가 물건을 여행 가방에 넣었다. 그러고는 다시 가방에서 꺼내기를 반복하더니 마침내 짐싸는 일을 완전히 그만두고 방을 다시 기웃거리기 시작했다.

벽장에 가장 큰 흥미가 느껴졌다. 벽장의 끝에는 붙박이 서랍장이 있었는데, 그녀는 이 서랍장을 다 꺼낸 후 뼈대에 커튼처럼 천을 단 후에 그 안으로 들어갔다. 그러자 널찍하고 접근이 쉬운 훌륭한 은신처가 되었다. 하지만 은신처로 사용하기에는 바꿀 수 없는 두 가지 결함이 있었다. 그 장소가 약간 눈에 잘 띄었고, 빼낸 서랍장을 보관할 장소가 없다는 점이었다. 레이철은 그 결함에 유감스러워하며 밖으로 나와 서랍을 원래대로 돌려놓았다.

침대 밑에 숨는 아이디어는 고려하지도 않았다. 그렇게 뻔한 은신처를 선택한 결과로 한쪽 발이나 목덜미를 잡혀 끌려나오는 자기 모습이 그려졌다.

방을 계속 조사했다. 화장실은 들어가보지 않았지만 애초에 무시했다. 그런 장소에는 기본적인 용품들이 있는 것은 물론이고, 커튼조차 달리지 않은 샤워 부스가 시멘트로 고정되어 있기 때문이었다. 생각에 잠겨 이리저리 기웃거렸지만 결국 숨어서 한밤의 방문객을 감시할 적당한 장소를 찾지 못했다. 그러다 다시 벽장으로 들어갔다가 아주 우연하게도 위쪽 천장을 보게 됐다.

머리 위 천장에 작은 구멍이 보였다.

현재 캘리포니아 남부에서는 집이 미국의 다른 지역에서처럼 진지한 관심의 대상이 아니라서, 일정한 양식을 갖춘 다락방은 사실상 알려지지 않았다. 아주 큰 저택이나 동부 사람들이 동부식 양식으로 지은 집을 제외하고는 말이다. 그러나 보통의 다락방이라고 부를 수 있는 것들은 꽤 흔하다. 평평한 천장과 뾰족한 지붕 사이에는 반드시 공간이 있기 마련이니까. 그런 다락방은 지붕을 수리할 때나 잡동사니들을 보이지 않는 곳에 보관할 때는 요긴하지만, 그곳으로 출입하려고 계단을 만드는 등의 열의까지는 흔히 보이지 않는다. 계단 대신 보통은 벽장 천장에 구멍을 남겨놓고, 구멍 위에 그냥 사각형의 나무판자를 덮어서 가려둔다.

레이철의 벽장 천장에도 그런 구멍이 있었고 그걸 보자마자 그녀의 심장은 탐정이 된 듯 흥분돼 주체할 수 없이 쿵쾅거렸다. 그런 은신처에서는 몸을 숨기고 아래를 내려다볼 수 있고, 운이 좋으면 방문객을 직접 볼 수도 있음을 간파했다.

많은 의자를 동원하거나 위로 올라가는 걸 도와줄 비슷한 도구를 눈에 띄지 않게 배치하면서 다락방으로 들어갈 방법이 처음에는 꽤 고민이었으나, 곧 매우 쉽게 해결되었다. 레이철은 붙박이 서랍 가장자리를 단단히 밟고 올라설 수 있도록 서랍장을 일일이 살짝 바깥으로 끌어당겼고, 이 준비가 끝나자 대담하게 밟고 올라섰다. 맨 위 서랍장을 밟고 서자 몸을 똑바로 세울 수가 없어서 다락방 입구를 덮은 판자를 옆으로 치웠다. 그런 후에야 머리와 어깨가 다락방 바닥 위로 올라갔다.

다락방 안은 하데스*에서도 가장 깊은 곳이 그러하리라 여겨질 만큼 어두웠다. 나무에 핀 곰팡내 같은 눅눅하고 퀴퀴한 냄새가 났고, 다락방의 한기가 레이철의 피부에 스멀스멀 기어올랐다. 그런 불쾌한 장소에 있자니 잠시 심장이 철렁 내려앉았고 다시 내려와 계속 짐을 쌌다. 칫솔과 잠옷을 여행 가방 안에 넣다가 문득 오늘 밤 제니퍼가 기다리는 집으로 돌아가는 건 별로 신나지 않을 것이며, 그 오싹하고 어두운 다락방에 머무는 편이 (침입자가 들어오기만 한다면!) 그간 봤던 어느 영화보다도 흥미진진할 것이라는 데 생각이 모였다.

몸이 살짝 오싹하면서 소름이 돋았다. 팔을 타고 돋은 닭살을 크고 밝은 눈으로 바라보았다. 그러다가 냉철한 결단을 내렸는지, 모든 소지품을 넓고 허름한 서랍장에 다시 갖다 놓았다.

하지만 오늘 밤 방문객이 온다면 그녀의 행방을 어떻게 설명할 것인가? 그녀가 부재중이라는 사실을 예상치 못했다면

* 죽은 자들의 세계.

그녀를 찾지 않을까?

레이철은 한동안 이 문제를 골똘히 생각했다. 그러다 어깨에 숄을 두르고 옆 블록에 있는 간이식당에 잠깐 들렀다. 그곳에서 일하는 뻐드렁니의 웨이트리스가 아침 식사 때 친절하게 대해주었던 것이 생각났다. 레이철의 손에서 동전 하나가 웨이트리스의 간절한 손으로 전해졌다. 둘 사이에 속삭임이 오고 갔다. 뻐드렁니 웨이트리스는 당황스러워하면서도 선뜻 요청에 응했고, 레이철은 서프 하우스로 돌아왔다.

한 시간 후에 레이철을 찾는 전화가 왔다.

복도의 앞쪽에 놓인 전화기에서 레이철은 놀라울 정도로 품위 없는 대화를 선보였다. 그녀는 큰 목소리로 통화를 했는데, 밤공기가 얼마나 위험한지 아느냐고 불쾌하게 언성을 높였다. 새벽 2시는 그녀가 외출하기에 너무 늦은 시간이라고 말했다. 물론 초대는 감사하지만…….

수화기 너머에서 잡음과 함께 레이철의 귀에 들리는 소리는 이러했다. "하지만 부인, 저는 부인께서 부탁하신 대도 하고 있어요. 정확한 시간에요. 다든 말씀은 이해가 안 되는데요……." 뻐드렁니 때문에 혀 짧은 발음의 목소리가 들렸다.

레이철의 태도가 갑자기 돌변했다. "음, 그쪽에서 차로 집까지 확실히 데려다주신다면, 가죠. 마지막 교령회 모임*이 언제

---

* 산 사람들이 죽은 이의 혼령과 교류를 시도하는 모임.

였나요? 2주 전이요? 아버님께는 소식을 받았나요?"

그녀는 아버님과 관련된 자세한 내용을 귀 기울여 듣는 것 같았다.

웨이트리스는 인내심 있게 말했다. "저는 제 역할을 하고 있습니다, 부인. 정확히 밤 9시 15분이니까요. 아까도 말씀드렸지만요."

레이철은 까다롭게 굴며 물었다. "그런데 이 여자가 진짜 신기가 있나요? 죽은 사람한테서 뭘 받는 게 확실해요? 그게 정말로 아버님이었는지 너무 궁금하군요."

1분 정도 침묵이 흘렀다. 웨이트리스는 결국 전화를 끊어버렸다.

"음, 그렇다면 가야죠, 심스 부인. 당장 출발할게요." 레이철은 몸을 옆으로 돌리면서, 경계 태세를 갖춘 한쪽 눈으로 복도를 두리번거렸다. 심스 부인이 청각 장애가 있다고 속으로 생각하며, 훨씬 더 큰 소리로 말했다. "지금 당장 출발할게요. 그러면 그쪽에서는 2시에 차로 꼭 집까지 데려다준다고 약속하셔야 합니다."

수화기를 내려놓고 방으로 돌아갔다. 밤 9시 30분, 레이철은 팔에 든 서맨사의 바구니를 유난히 덜거덕거리며 집을 나섰다.

그녀는 10분 후에 쥐 죽은 듯이 복도로 살금살금 돌아와 자물쇠를 긁거나 열쇠를 짤랑대는 소리 없이 방으로 돌아왔다.

(이때 자기 방이 얼마나 두려웠는지 모른다!) 어둠에 맞서 두려운 마음을 단단히 부여잡고 벽장으로 들어갔다.

위로 기어오르는 도중 살짝 어지러웠고, 서맨사가 '야옹' 하고 울었다. 다락방의 한기가 서서히 레이철의 옷 밑으로 파고들었다.

레이철은 섬세한 손끝으로 다락방 입구의 가장자리를 조절해 틈새로 아래를 내려다볼 수 있게 했다. 아래 보이는 방은 무덤처럼 고요했다.

이제야 생각할 여유가 생긴 레이철은 이런 일 뒤에 숨은 동기를 궁리하기 시작했다. 타당한 추론을 거쳐 가능한 동기가 두 가지 있다고 결론 내렸다. 이 사람이 그녀와 볼일이 있거나 아니면 그녀의 소지품에 볼일이 있는 것이다. 그 동기가 레이철과 관련되어 있다면 어떤 위해가, 아마도 죽음이 의도됐을 가능성이 높다고 생각했다. 놈은 레이철이 격렬하게 반항하지 못하도록, 자는 동안 불시에 덮쳐 죽음에 이르게 할 것이다.

그렇다면 이 문제는 해결되었다. 만약 침입자가 레이철이 외출했다고 생각하면서 집 안으로 들어온다면, 그 자체로 사실상 첫 번째 동기, 즉 신체적 위해가 목적이 아님을 증명하는 셈이다.

레이철이 교령회 모임에 갔다고 추정되는 오늘 밤, 누군가 그녀의 방에 침입한다면, 그건 침입자가 원하는 무엇인가가 방이나 소지품 안에 있기 때문일 터이다.

어둠 속에서 영겁 같은 시간이 흘렀다. 레이철은 다락방 입구의 딱딱한 나무판자 위에서 몸을 꼼지락거렸다.

모임에서 돌아오기로 예정된 새벽 2시가 되었음을 어떻게 알 수 있을까? 가장 좋은 방법은 다락방에서 안전하게 밤새 지내는 것뿐이라고 생각했다.

칠흑 같은 어둠 속에서 자세를 바꿨다. 꿈틀거리는 주인이 못마땅한지 고양이는 불쾌하게 야옹거렸다.

다시 오랜 시간이 흘렀다. 피곤한 머릿속에서는 시간이 미칠 듯이 천천히 흐르는 것 같았고, 결국 확실히 잠들어버렸다. 아래 보이는 방의 유리창이 들어 올려질 때도 그녀는 깨지 않았고, 조심스럽게 내딛는 첫 발소리조차 듣지 못했다. 하지만 벽장 입구에 남겨두었던 좁은 틈새로 쏟아져 들어오는 빛줄기가 그녀의 섬세한 눈꺼풀에 닿아 뇌에까지 신호를 보냈다.

잠시 그녀는 자기가 어디 있는지 깨닫지 못하고 혼란스러워했다. 그러다가 모든 일이 순식간에 이해되었다. 그녀는 눈에 들어오는 빛줄기가 무슨 의미인지를 알아차렸고, 그 위로 몸을 기울여 아래를 보았다. 노란 빛줄기를 뿜어내는 손전등이 여유롭게 벽장 주위를 비추며 신발과 옷, 고양이 바구니, 구석에 놓인 그녀의 여행 가방으로 차례대로 향하는 모습을 지켜보았다. 아주 희미하게 손전등을 든 손도 보였지만, 그 사람의 몸과 얼굴은 벽장 문 가장자리 뒤로 가려져 보이지 않았다. 레이철은 숨을 참으며 침입자가 벽장 안으로 발을 내디뎌 그녀가 얼굴을 볼 수 있기를 기다렸지만, 침입자는 친절하게도 모습을 드러내는 행동까지는 하지 않았다.

오히려 불빛이 갑자기 밖을 향했고 아래에서 무엇인가를 질질 끄는 소리가 들렸다. 레이철이 듣기에는 여행 가방을 밖으로 끌고 나가는 것 같았다.

침입자는 조명을 비추는 데 신중했다. 레이철은 그 후로 손전등이 움직이는 불빛을 딱 한두 번 어렴풋이 보았다. 방문객은 어둠 속에서 움직이는 것이 분명했지만, 확실히 뭔가를 하고 있었다. 연속적인 작은 소리가 들렸다. 찢고 은밀하게 두드리고, 신중하게 움직이며 부스럭거리는 소리가 이어졌다. 매우 효율적이고 느긋하며 꽤 철저하게 움직이는 것 같았다.

흥분이 고조되는 가운데 레이철은 재채기가 나오려는 걷잡을 수 없는 본능을 느꼈다.

재채기를 막으려고 별스러운 미친 짓을 다 해보았다. 코를 잡고 입으로 깊게 호흡했고, 목덜미를 꼬집기도 했으며, 결국 소리를 듣지 않으면 재채기가 부끄러워 도망가기라도 한다는 듯 손가락 두 개를 귀에 단단히 꽂아 넣기까지 했다. 하지만 이 모든 짓이 소용없었다. 재채기는 몸 안에서 점점 더 커졌다. 레이철은 그것이 지금껏 경험했던 재채기 중 가장 크고 요란할 것임을 직감했다. 하지만 마지막 순간에 고개가 뒤로 젖혀지면서 입이 추하게 벌어졌을 때, 그녀는 침착하게 귀에서 손을 떼어 코를 막아 소리를 죽였다. 결과는 꽤 고통스러웠다. 재채기가 발작하듯 거꾸로 역류하여 몸 안에서 폭발하는 것 같았다. 눈물이 찔끔 터져 나온 그녀는 작게 신음하며 태피터 소매에 대고 코를 훌쩍였다.

그녀의 몸을 감싸고 그녀의 영혼을 육체와 분리했던 어둠은 이제 손으로도 만져질 듯 분명하고 사악해져 그 자체로 생명력을 지닌 것 같았다. 그녀 위에 모여든 어둠이 인상을 찌푸리며 재채기를 뿜었던 요란한 생명체를 굽어보는 듯했다. 게다가 방에 있던 사람이 재채기 소리를 들었을까 봐 두려웠다. 콧물이 멈추고 어둠의 곤두선 신경이 누그러진 듯 느껴지자 다시 아래를 엿보며 귀를 기울였다.

숨을 참고 귀를 쫑긋 세웠다. 얼마간 무서운 침묵이 계속되었고, 1분이, 어쩌면 2분이 흘렀다. 그러다가 속삭이듯 부스럭거리는 소리가 계속되자 레이철은 다시 숨을 쉬었다.

고양이는 레이철이 몸을 오들오들 떨자 잠에서 깼는지, 이제는 온몸을 비틀면서 입을 벌리고는 작고 축축한 소리를 냈다. 그 찰나에 두려움이 다시 레이철의 심장으로 밀려들었다. 고양이는 울부짖은 걸까, 아니면 그냥 하품한 걸까? 그녀는 잠시 기다렸다. 고양이는 불만 섞인 콧방귀 소리를 작게 냈다가 반대로 기분 좋게 가르랑거리더니 다시 몸을 둥글게 말고 잠이 들었다.

수색은 아래에서 계속되었다. 몇 시간이 흐른 것 같았다. 물결치듯 퍼지며 그녀의 신경을 관통했던 흥분도 차츰 잦아들었

다. 레이철은 솔직히 노곤해졌고, 졸음이 걷잡을 수 없이 몰려
왔다. 그래서 아래로 떨어지지 않도록 다락방 입구 뚜껑 위에
몸을 말고는 불안한 잠의 세계로 빠져들었다.

이른 새벽의 가는 햇살이 다락방의 좁은 유리창을 뚫고 들
어올 때 잠에서 깼다. 이번에는 화들짝 놀라지 않았다. 잠에서
완전히 깨기도 전에, 뻣뻣해진 몸이 그녀가 지난밤 어디서 잤
었는지를 상기시켜주었다.

귀를 기울였다. 방에서는 아무 소리도 들리지 않았지만, 한
동안 고요함이 지속되는 걸 확인한 후 은신처에서 내려왔다.
아래로 내려온 레이철은 대혼란에 빠졌다.

각종 소지품과 방에 있던 가구의 물품들이 원재료의 상태
로 돌아가 있었다. 다시 말해 여행 가방은 이제 잘린 사각형 모
양의 가죽과 섬유판 몇 조각, 그리고 비단 안감 한 장으로 분리
되어 있었다. 신발은 염소 가죽과 천, 뒤꿈치를 덮었던 이상한
나뭇조각들로 분해되었다. 매트리스는 느슨하게 풀린 솜뭉치
와 찢긴 매트리스 커버로 분리돼 불쾌하게 흐트러져 있었다.
방 안에 있는 다른 물품들도 하나같이 제조업자가 재료들을
조립하기 전의 모습으로 되돌려져 있었다. 마치 악의를 품은
마법사가 손가락을 튕겨 그 방의 네 벽 안에 있는 모든 물건에
주문을 걸어 만들어지기 전으로 되돌린 것 같았다.

전에는 벽지에 틈이 있었지만, 이제는 벽지 아래 썩은 회반
죽이 드러나 있었고, 벽지 자체는 장식의 목적과는 가장 거리

가 먼 모습으로 바닥에 널브러져 있었다.

레이철은 위에 머무르는 동안 상당히 지쳐 있어서 방을 다시 정리하려는 헛된 시도는 하지 않았고, 만신창이가 된 매트리스 위에 울적하게 앉아 눈을 감았다. 가만히 앉아 있자니 노크 소리가 들렸다. 살금살금 문으로 다가가 열쇠 구멍을 들여다보았다. 그러자 유난히 큰 손이 문고리를 잡을 준비를 하고 있었다. 그녀는 잠금장치를 풀고 문을 열었다. 메이휴가 안을 살펴보고는 깜짝 놀라서 소리쳤다.

"지옥이 따로 없군요! 이번엔 누가 살해당했습니까?"

15장

엿듣는 레이철

몇 분간 설명하고 나서야 레이철은 메이휴에게 추가의 살인이 일어나지 않았음을 이해시킬 수 있었다.

일단 그 점을 이해하자, 메이휴는 방을 엉망으로 만든 목적에 매우 관심을 보였다. 그는 쓰레기 속을 어슬렁거리다가 여행 가방의 외피였던 너덜너덜한 가죽 쪼가리를 집어 들었다. "이건 뭐였습니까?" 그가 물었다.

"가방이요."

"그 안에는 뭐가 들어 있었습니까?"

"아무것도 없었어요."

그는 가죽을 짜증스럽게 흔들며 물었다. "그렇다면 왜 이랬을까요? 비어 있었다면 왜 찢어버렸죠?"

"놈은 안감과 가죽 사이에 뭔가 있을지도 모른다고 생각한 것 같아요."

"놈이요?"

"어젯밤에 여기 온 사람 말이에요."

"흐음. 없어진 물건은 없나요? 놈은 뭘 원했을까요?"

"유언장이었을 거예요. 없어진 건 없어요. 그냥 다 찢어버렸어요. 새 물건들을 사야겠네요." 레이철은 불쾌해 보이지 않았다. 흥청망청 쇼핑할 생각에 기분이 좋아졌는지도 모른다.

"그렇다면, 여사님은 조카분이 새로운 유언장을 작성했다는 사실을 다른 사람에게 말한 적이 있습니까?"

"오, 그럴 리가요. 내가 왜 그러겠어요? 릴리는 분명히 그걸 비밀로 했어요. 내 생각엔 살인범이 겁먹은 것 같아요. 아무 일도 일어나지 않았고, 유산을 정리하는 어떤 움직임도 없으니까요. 틀림없이 그 이유가 궁금해졌을 거예요. 유언장을 찾을 수 있을지도 모른다고 여겼을 테고, 유언장을 발견하면 없애버리면 된다고 생각했겠죠."

메이휴는 이리저리 배회하는 걸 그만두고 의자에 앉았다. 의자 깊숙한 어딘가에서 귀에 거슬리는 딱딱 소리가 나더니, 나사 두 개가 엄청난 위력으로 튕겨 나가면서 의자가 쿵 소리를 내며 바닥에 부딪쳤다. 메이휴는 바닥에서 일어나 몸에 묻은 먼지를 털었다.

레이철은 의자의 망가진 잔해를 별 관심 없이 바라보았다. 중얼거리듯 사과하는 그에게 말했다. "괜찮아요. 방이 이미 엉망진창인걸요." 하지만 곁눈으로는 그가 침대 프레임의 모서리 위에서 더 안전하게 앉을 자리를 찾는 모습을 조심스럽게 지켜봤다. 그녀도 분해된 매트리스 더미 위에 앉을 자리를 찾아 물에 젖은 작은 암탉처럼 축 늘어졌다.

메이휴는 그때 레이철에게 조카와 멀로이가 거의 4개월 전에 티후아나에서 결혼했음을 알아냈다고 말했다. 그녀는 자기의 가설이 확인되어 만족스럽고 흥미롭다는 내색을 하고 싶었지만, 피로 때문에 머리가 흐릿했다. 메이휴는 좀 더 이야기하다가 피곤해하는 레이철을 보고는 다른 곳으로 가서 좀 주무시라고 권했다.

레이철은 절대 다른 곳으로 가서 잘 리가 없었다. 메이휴는 복도를 건너가 멀로이 부인과 몇 분간 이야기를 나눴다. 그는 멀로이가 서프 하우스를 출발한 정확한 날짜를 알고 싶었다. 부인은 렌스터가 정보를 더 잘 줄 수 있으리라고 대답했다. 렌스터는 당시 그 집에 있었고, (부인 입으로 그렇게 말하지는 않았지만) 분명히 그녀의 남편을 꽤 가까이서 지켜봤을 것이다.

메이휴가 세라의 어머니와 면담을 끝낸 후 복도로 나설 때, 레이철과 터너 부인은 레이철의 방으로 새 매트리스를 나르고 있었다.

"원래는 옆방에 피범벅이 된 매트리스를 바꾸려고 샀죠."

수척한 붉은 머리의 집주인이 큰 목소리로 눈치 없이 말했다. "이제 새 매트리스를 또 사야겠군요. 매트리스가 하나에 4달러 50센트랍니다. 정말이지, 버는 족족 유지비로 다 나간다고요."

레이철은 대답하지 않았다. 열린 방문을 통해 메이휴는 집주인 여자가 방에 어질러진 물건들을 정리하는 모습을 보았다. 터너 부인은 호기심도, 놀라움도 드러내지 않았다. 그녀는 그저 노여움이 완연한 태도로 갖가지 흩어진 물건들을 모아서 복도를 지나쳐 뒷문에 있는 쓰레기통으로 나르느라 바빴다. 레이철은 도우려고 했지만, 키 큰 여자가 에너지와 힘에서 무안할 정도로 우월해서 자기가 별 도움이 되지 않자, 침대를 정리하는 쪽으로 마음을 바꿨다.

메이휴는 무례하고 의심스러운 렌스터를 면담했다. 젊은이는 멀로이의 방에서 몸싸움을 벌였던 밤 이후로 형사에 대한 반감을 굳이 숨기려 하지 않았지만, 멀로이가 마지막으로 서프 하우스를 떠났던 날을 콕 집어 말해주었다.

오후 늦게 깨어났을 때 레이철은 몸이 훨씬 나아졌음을 느꼈다. 팔다리의 뻣뻣함은 대부분 사라졌고, 딱딱한 다락방 바닥에 몇 시간이고 누워 있느라 욱신거렸던 허리도 아프지 않았다. 그녀는 몇 분간 가만히 누워서 햇살이 쏟아져 들어오는 헐벗고 추한 방을 바라보았다.

생각은 이 집에 사는 다른 사람들에게 향했고, 그들이 이 순간에 각자 무엇을 하고 있을지 궁금해졌다. 그녀는 그들을 하나하나 곰곰이 떠올려보았다. 마블 부인, 터너 부인, 멀로이 모녀, 렌스터, 티머슨 부부와 스컬록 부부. 한숨이 가늘게 새어나왔다. '우린 그들을 잘 몰라.' 그녀는 속으로 불평했다. '그들을 잘 안다면, 이 살인 사건은 전혀 미스터리가 아닐 텐데.'

일어나서 옷을 입으면서 서프 하우스의 주민들을 계속 생각했다. 이들에 관해 그들이 자발적으로 말하는 정보보다 더 많은 정보를 얻어낼 방법이 필요했다. 아무도 듣고 있지 않다고 생각할 때 그들이 나누는 대화를 엿들을 수 있다면, 그들을 몰래 염탐할 수 있다면 좋을 텐데. 한 달 전만 해도 레이철은 이렇게 저급한 생각을 떠올리기만 해도 뺨이 달아올랐을 테지만, 그때 이후로 그녀는 탐정이 되었으므로 이제 못 할 일이 없었다. 그녀는 사람들이 외출했을 때 방에 심어두었다가 원할 때 대화를 들을 수 있는 녹음기라는 기계가 생각나 안타까웠다. 하지만 그런 장비는 어디서 구하는지 알 수 없었을뿐더러, 있다고 해도 어차피 사용하는 법을 몰랐다.

이렇게 반쯤 실망감에 곤혹스러워하다가 그녀는 다락방이 생각났고, 다락방이 떠오르자마자 그 문제에 이미 답이 나와 있음을 깨달았다. 그녀의 벽장에 다락으로 통하는 구멍이 있다면, 다른 방에도 다락방이 있으리라고 추정하는 것이 타당하지 않은가? 게다가 이 구멍을 통해 엿들을 수고를 감내할 수만 있다면 매우 놀라운 사실들을 들을 수 있지 않을까? 황홀한 기분이 서서히 밀려왔고, 다락방에서 정보를 캐낼 방법을 상상했다. 흥분을 가라앉힌 채로 6시에 저녁을 먹었다. 7시에는 그녀의 벽장에 놓인 서랍장을 밟고 올라섰고, 7시 5분에 다락방으로 연결된 첫 번째 다른 입구를 발견했다. 입구는 그녀의 방에서 건물의 앞쪽을 향해 있었고, 잠시 소리를 들어보니 렌스터의 방으로 연결되는 것이 분명했다.

다락방 입구의 뚜껑을 살짝 옆으로 밀어보았는데, 벽장 문이 살짝 열려 있어서 아래 보이는 방에서부터 들어오는 띠 모양의 빛줄기를 보았다. 귀에 렌스터와 세라 멀로이의 목소리가 들렸다.

렌스터는 빠르고 감정이 실리지 않은 어조로 무엇인가를 크게 읽고 있었다. 가끔 세라가 끼어들어 "좋아요" 또는 "너무 서두르고 있어요"와 같은 논평을 했다.

갑자기 렌스터가 읽기를 멈추더니, "레이철도 죽여야겠어요"라고 지극히 평범한 어조로 말했다.

레이철은 다음 몇 초간 세라가 충격을 받고 놀라서 대응하기를 바랐다. 하지만 세라가 렌스터에게 답하는 어조에는 그런 감정이 전혀 드러나지 않았다. 다만 유감스럽게 항의하는 어조만 비쳤다.

"오, 나라면 그러지 않겠어요."

렌스터의 목소리는 더 단호해졌다. "아니에요, 난 그래야겠어요. 그게 꼭 필요하니까."

"하지만 당신은 이미 우리 아버지를 죽였잖아요."

"상관없어요. 레이철도 죽어야 해요."

"하지만 그분은 정말 사랑스럽고 작은 숙녀분이에요, 제럴드."

렌스터는 목구멍 깊은 곳에서 경멸하는 소리를 내며 느긋하게 말했다. "잘 들어요, 세라. 난 여태껏 그 여자와 같은 사람들을 수십 명은 죽였어요. 그건 아무것도 아니에요, 식은 죽 먹기죠. 그 여자를 죽여야겠어요."

"어떻게 죽일 건데요?" 세라가 너무 쉽게 쟁점을 양보했다. 살짝 호기심을 드러내며 물었다. "독살할 건가요?"

"아뇨." 렌스터는 즉시 결정을 내렸다. "이걸로 쏠 거예요. 그러면 지금까지의 정황에 작은 변화가 생기는 거죠."

"그렇다면 손에 총을 들어야만 하잖아요." 멀로이 양이 지적하며 도움을 주었다.

레이철은 평생 그렇게 냉혈한 같은 계획을 들어본 적이 없었고, 범죄 앞에서 그토록 태연한 태도는 꿈도 꿔본 적이 없다고 생각하며 몸을 떨었다. 동시에 전체적으로 의심쩍은 구석이 있었다. 그녀가 알던 두 젊은이의 성격과는 어딘지 맞아떨어지지 않았기 때문이다. 렌스터가 살인범이고, 세라 멀로이가 공범이다? 그럴 리 없었다. 하지만 레이철은 계속 들었다.

그들은 레이철의 지문을 묻힌 총을 그녀의 시신 옆에 놔두어 범행 도구를 깔끔하게 처리했다. "그러면 그 얼간이 같은 형사가 레이철을 살인범으로 단정 짓고 더 이상 단서를 찾지 않을 거예요. 놈은 여자가 죄책감 때문에 자살했다고 생각할 테니까요." 렌스터가 결론 내렸다.

세라가 약간 열을 올리며 반박했다. "형사님은 그러지 않을 거예요. 그분은 당신 생각만큼 어리석지 않아요."

그 후로 침묵이 이어졌다. 렌스터가 생각에 잠겨 있느라 침묵하고 있으리라고 레이철은 추측했다. "세라, 그 남자한테 빠진 거요?" 그가 물었다.

"오, 말도 안 돼요!" 세라가 조심성 없이 소리쳤다. "살인 이야기나 계속해요."

이 냉담한 촉구에 레이철의 흰 머리카락이 목뒤로 곤두섰다. 그런 이야기를 듣고 나서도 달리 생각할 수가 있을까?

하지만 렌스터는 그가 증오하는 대상으로부터 화제를 돌리려 하지 않았다. "놈은 바보예요, 세라. 그런 놈한테 홀딱 반하면 안 돼요."

세라는 차분하면서도 감정이 실린 어조로 대답했다. "당신이 베벌리 바스토라는 필명으로 추리소설을 쓴다는 걸 조만간 형사님이 알아낼 거예요. 게다가 형사님은 틀림없이 신문사가 그 사실을 보도하게 허락할 거예요. 그러면 당신은 어떻게 될까요? 헤드라인이 눈에 보이지 않나요? '살인 전문가가 해변 사건에서 무능하게 시간을 허비하다', 아니면 '좌절 속에 울고 있는 바스토', 그것도 아니면……."

"그만해요." 렌스터가 약간 가라앉은 목소리로 말했다.

"당신은 형사님이 이 사건을 해결하게 내버려둬야 해요." 세라가 강력히 말했다.

"절대 그렇게는 못 해요." 렌스터가 발끈 화내며 소리쳤다.

"그렇다면 당신이 누군지 내가 폭로할 거예요."

더 긴 침묵이 흘렀는데, 이번에는 분노의 침묵이라고 레이철은 생각했다. 그러더니 아까보다 훨씬 더 낮은 어조로 렌스터가 답했다. "좋아요. 내가 쓰고 있는 소설에서는 형사가 사건을 해결할 수도 있겠죠. 하지만 실제로는 십중팔구 해결하지 못할 거요."

"그렇다면 누가 해결하죠?" 그녀가 놀리듯 물었다.

"당연히 나죠." 단호한 답이 돌아왔다.

레이철은 그들의 대화를 조금 더 들었다. 달콤한 안도감이 그녀를 사로잡았다. 이제 렌스터의 살해 의도라는 수수께끼의 답을 알고 나니, 그에게 진짜로 살해될지도 모른다는 두려움은 사라졌다. 그의 살인은 독자들의 흥미를 위해 아낌없이 주는 오락거리로, 종이 위에서만 존재했다. 레이철도 베벌리 바스토의 《교활한 살인》을 읽고 정말 훌륭한 소설이라고 생각했었다. 그 소설에서는 자그마치 일곱 명이나 끔찍한 죽음을 맞았다. 레이철은 어두운 밤에 펜으로 난도질당해 차가운 피투성이가 된 할머니와 반려 토끼를 어린 소년이 발견하는 대목을 아직도 기억한다. 어리석게도 그 부분을 제니퍼에게 큰 소리로 읽어줬는데 제니퍼는 그 후로 거의 한 달간 문 옆에 놓인 침대에서 레이철 바로 옆에 붙어 자야만 했다.

스컬록의 벽장으로는 입구가 없었다. 레이철은 이 사실을 놓고 많은 생각을 했다.

그러나 티머슨 부부의 소리는 쉽게 들을 수 있었다. 그들의 벽장 문은 활짝 열려 있어서, 레이철은 다락방 입구의 틈새로 아래를 내려다보았다. 심지어 티머슨 부인의 신발 한 짝과 그녀 옆에 놓인 가스히터의 귀퉁이도 얼핏 볼 수 있었다.

그들은 레이철이 엿들은 처음 30분간은 말을 많이 하지 않았다. 각자 책이나 잡지를 들고 있는 것이 분명했다. 레이철은 부부가 종이를 규칙적으로 넘길 때 나는 바스락 소리를 똑똑히 들었다. 그중 기이하거나 흥미로운 대화가 딱 한 대목 있었다. 그 대화는 티머슨이 마실 물을 가지러 주방에 갔다가 아내를 위해 물을 가져온 후에 일어났다.

"고마워요, 여보." 티머슨 부인이 유쾌하게 말했다. 희미하게 꼼지락거리는 소리가 들렸다. "목이 **말랐어요**. 이 지루한* 책 때문이었나 봐요." 잠시 즐긴 유머가 즐거웠던지 둘 다 한바탕 웃고 나서, 티머슨 부인이 갑자기 진지하게 말했다. "여보, 그게 어디서 났는지 당신이 그 사람에게 말해야 할 것 같아요."

그것이란 티머슨에게는 익숙한 주제임이 분명했다. 듣자마

---

* 'dry'는 '건조한'과 '지루한'이라는 뜻이 있다.

자 그게 무엇을 가리키는지 아는 것 같았기 때문이다. 그는 꽤 진지하게 대답했다. "아니, 난 그래야 한다고 생각하지 않아. 당신이 생각하는 것 이상으로 의심만 불러올 거야." 고개를 저으면서 습관대로 두 겹이 된 턱을 만지작거리는 키가 작고 통통한 남자가 레이철의 머릿속에 떠올랐다.

부인의 목소리도 진지한 면에서는 남편 못지않았다. "하지만 금방 들통날 거예요. 게다가 멀로이가 이렇게 실종됐으니, 당신이 그걸 가진 게 좋아 보이지는 않을 거고요. 당신은 정말로 그에게 전부 다 말해야 해요. 그렇지 않으면 곤란해질 거라는 끔찍한 예감이 들어요."

"말도 안 되는 소리." 티머슨은 단호하게 말하려고 애썼으나 목소리에 확신을 담지는 못했다.

"그 문제로 다투기까지 했잖아요. 다른 사람들이 다투는 소리를 들었을지도 몰라요, 여보. 위조지폐는……."

위조지폐에 관한 티머슨 부인의 생각이 무엇이었든, 레이철은 결국 알 수 없었다. 티머슨이 아내의 말에 끼어들어 그 문제를 다시는 언급하지 못하게 했기 때문이다. 그가 상당히 화를 내면서 말했으므로 레이철은 티머슨이 아내에게 이 주제에 관해 여러 번 말을 들었으며, 자신도 그 문제를 꽤 많이 걱정하고 있음을 감지했다. 티머슨 부인은 순종적이었다. 누군가에게 (아마도 메이휴?) 위조지폐와 말다툼, 실종된 멀로이와 관련된 것이 분명한 어떤 일을 말하라던 요청을 그만두었다. 부부는 다시 각자 책을 읽기 시작했고, 레이철은 그들에게서 이 이상의 정보를 얻지는 못했다.

페이지 넘기는 소리만 듣는 일은 지루했기에, 레이철은 다락방 뚜껑을 원래대로 돌려놓고 다른 다락방을 계속 탐색했다.

멀로이 부인의 벽장도 다락방으로 이어지는 입구가 있었다. 이 사실은 레이철에게 상당한 깨달음을 주었다. 그녀는 세라 멀로이의 폭행범이 어떻게 창문을 열지도 않고, 또는 복도에 있는 메이휴에게 잡히지 않고 방에서 빠져나갔는지 늘 궁금했었다. 그녀는 멀로이 부인을 향한 메이휴의 의심에 동의하지 않았었는데, 이제 보니 동의하지 않았던 게 옳았다. 멀로이 부인의 벽장에도 그녀의 방에서 발견한 종류와 같은 붙박이 서랍장이 있었다. 비록 세라의 폭행범이 레이철의 방식대로 서랍을 열어 계단을 만들 시간이 없었다고 해도, 서랍장 꼭대기까지 올라가서 다락방으로 들어가는 일은 활동적인 사람이나 건장한 사람에게는 걱정할 만한 일이 아닐 것이다.

레이철의 귀에 아무런 목소리도 들리지 않았으므로, 부인이 방에 혼자 있는 것이 분명했다. 그녀는 귀에 들리는 소리를 식별하는 데 한참이 걸렸다. 부드럽게 쉬쉬하면서 딸깍거리는 소리, 종이 넘기는 소리와는 다른 부스럭거리는 소리였다. 마침내 벽장 입구를 꽤 넓게 열고 고개를 아래로 내밀고 나서야 벽장 너머 방에 있는 멀로이 부인의 모습이 보였다. 벽장 문은 아주 조금밖에 열려 있지 않았다. 그녀가 볼 수 있는 것이라고는 테이블 다리와 멀로이 부인이 입은 드레스의 한쪽 면뿐이었지만, 그 소리의 의미가 갑자기 분명해졌다. 멀로이 부인이 카드 한 벌을 섞고 나누는 것으로 보아 솔리테르* 게임을 하는 것이 분명했다.

다락방의 바닥은 전체가 판자로 마감되어 있지 않았다. 어떤 부분은 천장의 대들보가 노출되어 있어서, 어둠 속에서 발에 걸려 넘어지지 않도록 이런 곳에서는 특히 조심해서 지나갔다. 한기와 먼지를 무릅쓰고 다락방과 연결된 모든 입구를 찾아냈는지 확인할 때까지 끈질기게 정찰 원정을 계속했다. 모든 방에 입구가 있지는 않았고, 입구가 있는 방도 마구잡이로 만들어놓은 것 같았다. 전부 다섯 개의 방에 다락방이 있었다. 레이철, 렌스터, 티머슨 부부, 멀로이 부인과 마블 부인의 방이었다.

마블 부인의 방에서는 아무 소득이 없었다. 벽장 문이 완전히 닫혀 있어서 그 밑으로 어떤 빛도 들어오지 않았다. 보통 마블 부인이 일하러 가고 어린 딸은 잠들었을 시간이라 빛이 보이지 않는 것은 예상했던 바였다.

자기 방으로 돌아온 레이철은 메이휴가 검은 수첩에 그렸던 것과 비슷한 서프 하우스의 평면도를 그렸다. 그녀는 각각의 방에 세입자의 이름을 써넣은 다음, 다락방으로 접근할 수

* 혼자서 하는 카드놀이.

있는 방에 작은 X자 표시를 했다.

　그런 다음 이 평면도를 상당히 오래 살펴보았다. 어떤 방에는 다락방으로 이어지는 입구가 있고 어떤 방은 없다는 사실이 상당히 중요한 의미가 있는 것 같았다. 하지만 세라 멀로이의 폭행범이 그 입구를 통해 도망갈 수 있었다는 사실 외에 달리 알아낸 것은 없었다. 그러나 어떤 애매한 아이디어가 신경을 긁으면서, 떠오를 듯 떠오르지 않았다. 그 생각이 무엇이었는지 끝내 알아낼 수 없었던 레이철은 그만 포기하고 잠자리에 들었다.

　내일은 정말로 열심히 고민해봐야겠다고 마음먹었다. 훌륭한 탐정이라면 다들 열심히 고민하고, 머리를 쥐어짜면서 사실과 씨름하다가 결국 범죄의 해결 방법이 어디선가 번뜩이며 떠오르지 않겠는가?

　레이철은 자기도 그렇게 할 수 있다고 생각했다.

16장
자살

레이철은 아침에 우울한 기분으로 잠에서 깼다. 창문으로 내다본 하늘은 짙은 구름에 가려 잔뜩 찌뿌둥했고, 밖에서는 거센 바람이 휘몰아치며 휘파람 소리를 냈다. 유리창에 얼굴을 바짝 대고 오른쪽으로 멀리 바라보자 바다가 좁게 보였다. 이날 아침은 침울하고 칙칙했으며 어딘지 모르게 하늘은 성나 보였다.

약간 쓸쓸한 기분이 들어서 원래 계획했던 대로 진지한 고민에 빠져들 기분이 아니었다. 아침 먹으러 가기 전 그녀는 제니퍼에게 짧은 편지를 썼고, 시간을 보내려고 서맨사의 털을 10분간 빗겼다. 털을 빗기면서 우울한 날씨에 영향을 받은 울적한 기분을 고양이와 놀면서 떨쳐버리려 했다. 서맨사의 귀를 간지럽히자 고양이가 기분 좋게 가르랑댔고, 레이철의 기분도 조금 밝아졌다. 마침내 너무 배가 고파지자, 고양이를 바구니에 넣어두고는 고양이를 빗겼던 빗을 청소하려고 창가로 가지고 갔다.

그녀는 창문을 5센티미터 이상 열리지 않게 고정했던 못을 원래대로 돌려놓았었다. 방충망의 잠금장치를 풀고 좁은 공간으로 손을 집어넣어 브러시의 돌기에서 고양이 털을 뜯어냈다. 무수한 털이 바람에 날렸다. 그러다 회오리바람을 만난 털 뭉텅이가 안쪽으로 밀려와 레이철의 코끝에서 불과 몇 센티미터도 되지 않는 곳의 창틀에 꽂혔다. 한동안 그걸 가만히 바라보고 있자, 다시 바람이 불어와 털 뭉텅이를 데려갔다. 하지만 털이 시야에서 사라지자마자 레이철은 털이 예전과 똑같지 않아 보였음을 알아차렸다. 살짝 색이 바래지 않았나? 원래 색깔인 칠흑 같은 까만색이 아니라 약간 색이 빠진 듯한 회색 같았는데?

내가 잘못 본 걸까?

레이철은 뭔가 착각한 게 틀림없다고 생각했다. 하지만 날아가는 털 무더기의 평소보다 연한 색만큼은 분명히 기억에 남았다. 브러시를 조심스럽게 살펴보았지만 털 대부분이 날아가버렸고, 남아 있는 털은 지극히 정상으로 보였다. 당혹스러워하는 가운데 가끔 그녀를 감질나게 했던 반쯤 남은 기억이 떠올랐다. 그것은 모르핀으로 유발된 무의식에서 막 빠져나왔을 때의 느낌으로, 당시 고양이를 만지면서 뭔가가 이상하다고 생각했었다.

지금까지는 그 느낌이 무엇인지 알아낼 수 없었다. 머릿속 어딘가에서 기억이 닿지 않는 곳으로 숨어버렸다. 고양이가 달랐다고, 어떤 면에서인지 바뀌었다고 확신했지만, 정확히 어떻게 달라졌는지는 끝내 기억하지 못했다.

레이철은 천천히 침대로 가서 그 위에 앉아 릴리는 죽고 자신은 거의 죽을 뻔했던 그날로 머릿속 기억을 감아보려 했다. 그녀는 침대에 누워 있었고 의사와 간호사들이 옆에 있었는데, 누군가가 그녀가 앉는 걸 도와주었다. 바로 그때 다가온 고양이를 만지려고 손을 뻗었다. 기억이 소용돌이치는 와중에 익숙한 기분을 느끼고 싶어 손을 뻗었는데…….

조카가 죽던 날 밤, 그녀가 했던 것과 똑같은 제스처로 자기도 모르게 손가락을 미끄러뜨리고 있었다. 손가락은 침대보를 가로질러 살금살금 움직였고, 반짝이는 눈은 손가락을 보지도 않은 채 정면을 빤히 응시하고 있었다. 고양이가 뛰어올라 쾌활하게 장난을 치면서 손으로 다가오는 것조차 보지 못했다. 하지만 손가락이 부드러운 털에 닿아 잠시 옆으로 쓸려 넘길 때, 그 짧은 순간 레이철은 고양이에 관해 이상했던 점이 무엇이었는지를 깨달았다.

전에 그걸 기억하지 못했다는 것이 너무 이상했고, 어떻게 그리도 깡그리 잊었는지 놀라울 뿐이었다! 왜냐하면 그날 밤 고양이의 가죽에 가까운 부분의 털이 **젖어** 있었기 때문이다!

즉시 침대에서 내려왔고, 몇 분 후에 아침을 먹으러 나갈 때 바구니에 담긴 고양이도 함께 데리고 나갔다.

대략 한 시간 후에 자기 사무실로 들어온 메이휴는 거기 앉아서 그를 기다리고 있는 레이철을 발견했다. 레이철에게 보기 드문 미소를 보였고, 책상 뒤에 놓인 거대한 의자에 앉으며 유쾌하게 인사했다. "안녕하세요." 그는 자신이 이렇게 작은 노부인을 진심으로 좋아하게 되어 속으로 놀랐다. 매우 현명해 보이는 회색 올빼미처럼 앉아 있는 레이철을 보자 확실히 기분이 좋았다. "새로운 소식이라도 있습니까?" 그가 희망을 담아 물었다.

"그런 것 같아요." 그녀는 잠시 뜸을 들이다가 머릿속에 있는 생각을 정리해서 그날 아침에 있었던 일을 일일이 그에게 전했다. 색이 바랜 털 뭉텅이가 바람에 날렸고, 살인이 벌어진 날 밤 고양이에 관해 이상했던 점을 기억하려고 애를 쓴 결과, 갑자기 고양이 털이 젖어 있었다는 사실을 깨달았다고 말이다.

메이휴는 잠시 골똘히 생각에 잠긴 듯하다가 물었다. "그걸로 어떤 결론을 내렸습니까?"

그녀는 살짝 이마를 찌푸리며 대답했다. "내 생각엔 어떤 이유에서인지 고양이 털이 염색된 것 같아요. 살인 사건이 벌어진 그날 밤에요."

그가 천천히 대답했다. "분명한 결론이로군요. 만약 고양이가 염색되었다면, 그건 이 고양이가 여사님의 고양이가 아니라는, 그러니까 유산을 상속받을 고양이가 아니라는 뜻이 되네요. 다른 동물이 진짜 동물과 바뀌었다는 건데요. 이제 털이 자라나면서 진짜 색이 드러났다는 말씀이로군요. 제 말이 맞습니까?"

그녀는 재빨리 고개를 끄덕이면서 사무실 바닥에 놓인 고양이 바구니를 열었다. 까만 머리가 나타나더니, 노여움이 가득한 노란 눈이 메이휴 경위를 노려보았고, 빨간 입은 울부짖었다. 메이휴가 네모난 갈색 손을 내밀자 고양이가 손에 침을 뱉었다. 레이철이 곧바로 뚜껑을 다시 닫으며 말했다. "털이 염색되었는지 테스트해볼 방법이 없나요? 있다면 확실히 알 수 있을 텐데요."

메이휴가 고개를 끄덕였다.

경찰 실험실은 평범한 범죄 조사를 위한 훌륭한 장비를 갖추고는 있지만, 염색약 성분을 위한 복잡한 테스트를 수행하기는 힘들 것이라고 설명했다. 가끔 수행되어야 하는 이런 복잡한 유형의 검사는 경찰들도 옆 블록의 폭스 빌딩에 있는 한 상업 실험실에 의뢰한다고 덧붙였다.

메이휴와 레이철은 이 실험실의 작은 접수실에서 결과가 나올 때까지 기다렸다. 메이휴는 심하게 긁힌 손을 감쌌다. 분노에 차 적극적으로 방어하는 고양이에게서 그가 털을 뽑는 바람에, 고양이가 그의 피부에서 살점을 뜯어내어 보복했다.

화학 성분 보고서는 나오는 데 시간이 오래 걸렸다. 하얀 가운을 입은 쌀쌀맞은 젊은이가 보고서를 가지고 왔는데, 그는 털에 있던 것이 무엇이든 염료 성분은 흔적조차 없었다는 의견을 전달했다.

메이휴와 레이철은 급히 상의한 후 아마 고양이가 점박이 고양이라서 필요한 부분만 염색했을지 모른다는 의견을 내놓았다. 메이휴는 다시 털을 뽑아야 했고, 고양이도 다시 응징했다. 그리고 그들은 조용히 몇 분을 더 기다렸다. 하지만 결과는 똑같았다. 털에 염료 성분은 없었다.

메이휴는 하얀 가운을 입은 젊은 남자와 비이성적으로 논쟁을 벌였다. 그는 더 긁힐 위험을 감수하고서 고양이를 집어 들고는 머리 부분의 털을 옆으로 젖히면서 털 아래쪽이 실제로 바래고 있음을 보여주었다. 젊은이는 눈썹을 치켜올린 채 어깨를 으쓱했다. 자기는 화학자이지 고양이 전문가가 아니라고 항변했다.

거의 분노에 가까운 감정에 휩싸인 메이휴는 레이철과 고양이를 데리고 시내 외곽에 있는 동물병원으로 가서 털의 색깔이 변할 때는 동물에게 무슨 문제가 있는 것인지 따져 물었다. 키가 크고 나이가 지긋하며 안경을 낀 수의사가 서맨사를 공손하게 살펴보더니 털이 변색하는 이유는 두 가지가 있다고 말했다. 고양이가 늙었고, 털이 빠지고 있기 때문이라고.

"빠지는 털은 대개 색이 연하고 윤기가 없습니다. 털에서 한동안 생명의 기운이 빠져나갔기 때문이죠. 이 고양이는 이미 느슨하게 빠져나온 털이 엄청 많습니다." 그가 검은 털을 부드럽게 잡자, 털 뭉텅이 몇 개가 떨어져 나왔다. 메이휴는 왜 자기가 뽑은 털은 가죽에 그리도 단단히 박혀 있었던 건지, 왜 자기만 운이 없었는지 속으로 뚱하게 생각했다. 나이 든 수의사는 계속 말했다. "게다가 이 동물은 고양이로서는 수명이 거의 다했습니다. 여기 이빨이 보이시죠?" 그는 앙다물고 있는 고양이의 턱을 억지로 비집어 작은 어금니를 보여주었다. "종종 매우 검은 털의 고양이가 나이가 들면, 털 색깔이 바랜 것처럼 보입니다. 사실, 사람이 흰머리가 나는 것과 똑같은 이치지요." 그는 재빨리 희끗희끗한 자기 머리를 만졌다.

그들이 세운 멋진 추리가 흔적도 없이 무너져 내리자 둘은 착 가라앉은 기분으로 밖으로 나왔다.

운전석 옆에 앉은 레이철은 그날 아침에 떠올린 사실에 고집스럽게 집착하며 말했다. "고양이가 **젖어 있었다**고요. 그건 확실해요. 가죽 바로 옆에 아랫부분을 만졌을 때 털이 흠뻑 젖어 있었어요."

하지만 이제 그 발견이 중요하지 않은 것으로 드러났으므로, 메이휴는 지긋지긋했다. 그래서 답을 하지 않았다.

레이철이 복도에 들어서자 세라가 자기 방문을 두드리며 조용히 "어머니!"라고 부르고 있었다.

젊은 아가씨가 돌아보았다. 미간이 살짝 찌푸려 있었지만, 그녀는 레이철을 보고 순식간에 미소를 지었다. 반쯤 걱정스러운 목소리로 말했다. "어머니가 외출하셨나 봐요. 행선지를 알려주고 가셨더라면 좋았을 텐데요. 하나뿐인 열쇠를 가지고 가셔서, 제가 안으로 들어갈 수가 없네요."

레이철은 자기 방문을 열면서 제안했다. "내 방에 들어가서 어머니를 기다려도 돼요."

"아뇨, 그럴 수는 없어요. 말씀은 감사합니다. 로스앤젤레스 집에 어머니가 심부름 보내신 일이 있어서 아까 집을 나섰어요. 그런데 전차 역에서 기다릴 때에서야 바보같이 미리 만들어놓은 목록을 선반 위에 두고 온 게 생각나는 거예요. 그게 대략 한 시간 전이었어요. 전차가 얼마나 드물게 다니는지 잘 아시잖아요. 여기 다시 오느라 이미 한 대를 놓쳤어요. 엄마가 말씀도 없이 외출하신 게 이상한데……."

세라는 손잡이를 돌렸고 다시 문을 두드렸지만, 답이 없었다.

"상관없어요. 가져올 물건을 다 챙길 수 있을 거예요. 제 기억력을 믿어야 한다면, 믿어야지요." 결국 체념한 듯 세라는 짜증 나고 당황스러운 표정으로 문을 보다가 복도를 따라 정문으로 나갔다.

세라가 나간 후 레이철은 복도에 남았다. 그녀도 문을 보고 있었지만, 세라가 보던 방식과는 달랐다. 세라는 손잡이를 뚫어지게 봤지만, 레이철의 눈은 바닥에 고정되어 있었고 곧 그녀의 얼굴에 두려움이 엄습했다.

무릎을 꿇고서 문 아래에서 얼핏 보았던 것을 만졌다. 그것은 아래 문틈에 뭉쳐 넣은 천 조각이었다. 그 천 조각을 당겨보았지만 단단하게 끼어 있어서 꿈쩍도 하지 않았다. 재빨리 열쇠 구멍으로 안을 들여다보았다. 아무것도 보이지 않았다. 다른 쪽 끝에 무엇인가가 틀어박혀 있었다.

급히 모자 아래를 더듬거려 머리핀을 꺼냈다. 그걸로 열쇠 구멍을 찔러 다른 쪽 구멍을 메운 이물질을 제거했다. 그러고 나서 안을 들여다보는 대신, 구멍에 코를 갖다 대고 킁킁거렸다.

석탄가스의 코를 찌르는 듯한 냄새가 콧구멍으로 들어오자 재채기가 터져 나왔다.

그녀는 혼자 힘으로 문을 감당할 수 없었으므로, 문을 열려고 애쓰며 시간을 낭비하지 않고 곧바로 렌스터와 티머슨을 복도로 불렀다. 그들이 힘을 합쳐 문을 밀고 들어갔다.

멀로이 부인이 가스히터 앞 바닥에 푹 쓰러져 있었다. 접힌 시트가 분명한 하얀 천 조각이 그녀의 머리 위와 히터 위를 뒤덮고 있었다. 부인은 의자 다리에 몸을 기대고 있었고 문이 부서졌는데도 미동조차 없었다. 방은 가스에서 나오는 숨 막힐 듯한 연기로 가득 찼다. 렌스터는 고개를 돌려 복도의 깨끗한 공기를 깊게 들이켠 후에 방으로 들어갔고, 히터를 끈 다음 멀로이 부인을 넝마 꾸러미처럼 밖으로 끌고 나왔다. 그녀의 몸은 축 처졌으며, 얼굴은 죽은 사람처럼 핏기가 없었다.

레이철은 당장 의사가 필요하다는 사실은 알았지만, 브레이커스비치에서 개인적으로 아는 의사가 없었다. 그녀가 하려고 하는 일이 멀로이 모녀에게 불쾌함을 불러오리라는 생각에 괴로웠지만, 메이휴에게 전화해서 급히 사우사트 박사를 데려오는 방법 외에 다른 대안은 떠오르지 않았다.

두 남자는 몇 분 안에 도착했다. 렌스터가 멀로이 부인을 자기 방으로 데려갔고, 그 방의 문은 멀로이 부인을 살리기 위해 분주해지면서 즉시 닫혀버렸다.

레이철이 더 할 일은 없었다. 일단 부인이 보살핌을 받기 시작하자 그녀는 모두에게 완전히 무시되었다. 렌스터가 전화로 간호사 한 명을 소환했고, 정문 옆에 앉아서 들어오려는 세라를 가로막았다. 그는 등이 곧은 의자에 뻣뻣하게 앉아 있었는데, 조금도 입을 떼려 하지 않았다. 멀로이 부인 방의 열린 문에서는 불쾌한 가스 연기가 복도까지 퍼져 나왔다. 흥분이 약간 가라앉은 레이철은 자기 방으로 돌아갔다.

점심시간이 한참 지났지만, 배가 고프지 않았다. 고양이를 바구니 밖으로 꺼내놓자, 아침에 고민했던 문제가 다시 떠올랐다. 이제는 릴리가 죽던 날 밤에 고양이의 털이 젖어 있었다는 기억이 완전히 또렷해졌다. 하지만 왜일까? 색이 바랜 털 뭉치를 보고 내린 결론은 고양이가 염색되었다는 것이었다. 어떤 이유에서인지 원래 서맨사를 닮도록 염색해 동물을 바꿔

놓았다고 짐작했다. 하지만 이제는 고양이가 염색되지 않았다는 사실을 알았으므로 고양이의 털에 묻은 수분은 분명 염색의 결과가 아니었다.

하지만 물기가 있는 데는 틀림없이 다른 이유가 있었다. 그리고 그 이유는 어느 정도 그 물기가 무엇이었는지에 달려 있었다. 그것은 염료가 아니었다. 다음으로 가장 타당한 아이디어는 그것이 물이라는 추측이었다.

하지만 그것이 물이었다면, 대체 이유가 무엇이었을까?

왜 티끌 하나 없이 깨끗한 고양이에게 물을 끼얹었을까? 게다가 메이휴의 말에 따르면 고양이는 정말로 깨끗했었다고 한다. 심지어 피가 사방으로 튀어 있었던 그 방에서도 말이다. 방안의 다른 모든 물건이 피를 뒤집어쓸 때, 어떻게든 고양이는 더러워지는 것을 피할 수 있었다. 레이철은 이 수수께끼에 대해 곰곰이 생각해보았다.

생각은 가설로 살짝 도약했다. 만약 고양이가 **씻겨졌다면**, 그것은 고양이가 경찰관들이 발견했던 만큼 깨끗하지 않았었다는 의미일 것이다. 어쩌면 씻기기 전에 고양이는 기분 나쁠 만큼 아주 심하게 피를 뒤집어쓰고 있었을지 모른다.

하지만 릴리를 손도끼로 때려죽인 성정의 사람이 한낱 고양이가 더러워지는 것이 무슨 대수겠는가?

레이철의 생각은 길을 잃었다. 그녀는 이 살인범이 어떤 유형의 사람일지 골똘히 정리했다. 그의 행동을 우리가 아는 대로 요약해보자고 마음속으로 생각했다. 만약 우리가 지금 보이는 대로 범죄를 재구성한다면, 왜 고양이가 젖었는지 짐작할 수 있으리라.

우선, 이 사람은 서프 하우스에 있는 모든 사람과 긴밀히 접촉하고 있다. 사실 거기 살고 있다고 추정된다. 그는 찰스 멀로이와 릴리가 절반쯤 중혼 상태임을 확실히 알고 있을 확률이 높았다. 여기서 레이철은 엄청난 추리를 해냈다. 살인범은 릴리가 새 남편에게 유리하도록 유언장을 작성했다는 사실도 알고 있었던 것이 틀림없었다.

릴리가 죽기 대략 3주 전에 멀로이가 실종되었다. 그는 샌디에이고 혹은 그 부근에서 실종됐고, 발견된 유일한 흔적은 극심한 고문의 증거를 보여주는 잘린 손뿐이다. 이 마지막 사실에서 그의 죽음은 사실상 확실한 것으로 결론지어졌다. 살인범은 릴리를 죽이는 데 사용했던 흉기에 멀로이의 지문을 입히려고 멀로이의 손(술에 취한 남자가 잘린 두 손을 목격했다)을 사용하려 했다. 레이철은 그 행동이 그다지 영리한 짓은 아니었다고 생각했다.

물론 경찰이 해변에서 손을 발견하도록 내버려둔 것은 가장 간단한 방법이었지만, 살인범의 관점에서는 불필요한 행동이었다. 깔끔하지 못했다. 만약 그렇게 대담한 작전을 수행할 작정이었다면, 적어도 공공 도서관에 가서 자료를 찾아 읽어보고 시체의 지문이 보통의 산 사람과 같은지 다른지 정도는 알았어야 했다.

레이철은 좌절감을 느꼈다. 여기 대단히 무지한 살인범이 버젓이 있는데도 놈을 못 잡고 있다니!

머릿속에서 알고 있는 대로 범죄를 재구성해보았다.

푸른 안개가 그녀를 집어삼킬 준비를 하던 그 순간이 선명하게 기억났다. 시선이 릴리의 방을 향해 있을 때, 등 뒤 열린 문에서 불어오는 한기를 느꼈다. 멜로이 부인의 의자가 삐걱거리는 소리와 터너 부인의 재봉틀 소리를 들었으며, 누군가가 그녀 뒤에서 방으로 들어왔다는 사실도 알았다.

두통 때문에 이마에 올려두었던 젖은 수건이 릴리의 눈 위로 미끄러져 내려왔다.

삭막하고 두려운 침묵이 고였고, 그때 재봉틀과 의자의 삐거덕거리는 소리가 함께 멈췄다. 그러고는 문이 열렸다. 문이 열려 있던 동안, 살인범이 레이철의 의자 뒤로 미끄러지듯 들어왔을 때 재봉틀이 멈추고 의자가 조용해졌다는 사실에 어떤 의미가 있을까?

두 소리 덕분에 멜로이 부인과 터너 부인이 각각 범죄에서 일부 혐의를 벗을 수 있었다는 사실 외에 다른 생각은 떠오르지 않았다.

살인 사건이 벌어진 후, 유리창에 미리 도구 자국을 만들어놓고 그 창문을 열어서 스컬록 부부에게 혐의를 덮어씌우려는 어설픈 시도가 있었다.

조카를 죽인 사람이 이 모든 일을 계획하고 실행에 옮겼다. 그러나 두 가지 사실만은 설명할 수 없었다. 하나는 고양이가 젖은 것이었고 다른 하나는 세라가 들은 바에 따르면 방에 누군가 들어간 횟수가 두 번이라는 점이었다.

레이철은 이제 최고의 탐정이 그러하듯 머리를 쥐어짰다.

그녀는 고집 세고 보수적인 다른 자아에게 말했다. 릴리의 피가 뿜어져 나올 때, 서맨사가 피를 흠뻑 뒤집어썼다고 가정해보자. 게다가 우리의 살인범은 작은 고양이가 더러운 꼴을 그냥 보아 넘기지 못하는 부류의 사람이라고 가정해보자. 그래서 살인범이 고양이를 씻겼다.

레이철은 깜짝 놀랄 만한 점을 깨닫게 됐다. 만약 살인범이 고양이를 씻겼다면, 어디서 씻겼을까? 확실히 릴리의 싱크대는 아니다. 싱크대에는 핏자국이 잔뜩 묻은 접시들이 가득 차 있었다. 화장실에 있는 세면대도 아니었다. 세면대에는 물에 담가둔 스타킹과 속옷이 있었다.

그렇다면 어디였을까?

레이철은 훨씬 중요한 정보가 머릿속에 떠올랐기 때문에 이 문제에 관한 고민을 잠시 내려놓았다. 고양이와 범죄에 관해 알았던 사실을 바탕으로 그녀의 상상 속에서 한 장면이 펼쳐졌다. 레이철은 영화광이었기 때문에 영화의 한 장면처럼 그 장면이 떠올랐다.

어떤 인물이 릴리의 방에서 복도로 조심스럽게 나왔다. 그

인물은 형태나 성별 혹은 레이철이 상상할 수 있는 뚜렷한 특색을 갖추지 않았다. 그의 발치에는 흉측하고 작은 고양이가, 원래는 검은색이었으나 이제는 빨간색이 된 고양이가 눈에 띠지 않은 채 뒤따르고 있었다. 고양이의 녹색을 띤 황금색 눈에 핏줄기가 튀어 있었고, 털에서도 피가 뚝뚝 떨어졌다. 이 형체가 흐릿한 인물은 급히 다른 방으로 달려가 문을 열고 안으로 들어갔다. 그는 전력 질주를 하느라 흥분한 탓에 헐떡이며 잠시 서 있었지만, **무사했다!** 그런데 그때 옆눈으로 어떤 움직임을 감지한 그가 아래를 내려다보았고, 고양이를 발견했다! 예상치 못했던 피투성이의 역겨운 고양이가 그 인물과 범죄를 돌이킬 수 없게 연관 짓고 있었다.

어떻게 해야 하지? 레이철은 패닉이 덮친 그 순간을 상상했다. 순식간에 엄습하는 절망과 그 뒤에 이어지는 미칠 듯한 고군분투를 말이다.

어떻게 해야 하지? 레이철은 스스로 그 살인범의 입장이 되어보았다. 생각이 활기를 띠었다.

고양이를 죽일까? 고양이가 사라지면 주목받을 테고, 그러면 집마다 수색이 이어지겠지. 여기저기 찍힌 그 치명적인 작은 발자국을 닦기도 전에 방이 수색당할지 모른다.

레이철은 작은 고양이가 범인의 낯선 방을 킁킁거리면서 탐색하는 모습이 눈에 훤히 보이는 것 같았다.

그렇다면 가장 간단하고 쉬우면서도 가장 확실한 방법은

고양이를 씻기는 것이다!

　고양이가 피투성이가 아니라면, 그 동물이 살인범의 방에 들어가 발자국을 남겼으리라고 누가 생각하겠는가? 만약 고양이를 깨끗이 씻겨 살해 현장으로 돌려놓는다면, 고양이가 방을 떠났으리라고, 혹은 떠났다고 해도 발자국을 남겼으리라고 누가 생각이나 하겠는가? 그래서 고양이는 씻겨졌고, 곧바로 사건 현장으로 돌아가게 된 것이었다.

　그렇게 살인범은 자기가 입었던 옷을 벗어서 제거하는 뒤처리는 물론이고 자기 방까지 청소할 시간을 번 셈이었다.

　레이철은 자신의 추리가 훌륭하다고 생각했다. 아리송한 한 증거물보다 더 많은 것을 설명할 수 있었으니까. 게다가 그건 사실을 근거로 한 추리였다. 서맨사가 사람들을 따라 방 밖으로 나가는 성향이 있다는 사실, 살인 사건 후에 고양이가 젖어 있었다는 사실, 그리고 릴리가 죽었을 때 방문이 두 번 열렸었다는 사실이 그 근거였다.

17장
무단 침입한 레이철

멀로이 부인은 죽지 않았지만, 이윽고 깨어났을 때는 죽기를 바랐을지도 모른다. 메이휴가 그녀의 자살 시도는 자백이나 다름없다고 공공연하게 선포했기 때문이다. 다행히 의사의 엄격한 명령 덕분에 메이휴는 부인을 붙잡고 오래 심문하지는 못했다.

레이철은 그의 기분을 당혹스러움과 분노로 인식했는데, 그런 기분이 든 이유도 이해했다. 겉으로 드러내지 않았던 세라를 향한 관심, 그의 어머니에게 이전에 품고 있던 의심, 그리고 이제는 멀로이 부인의 죄를 사실상 봉인해버리려던 불쾌한 대단원 때문이었다.

레이철은 그와 이야기를 나누려 하지 않았다. 살인 사건에 관해 세운 마지막 가설이 메이휴가 지금 품고 있는 생각과 일치하지 않다는 것을 알았으므로, 그녀는 스스로 계획한 수사 방법이 그의 승인을 받기란 거의 불가능하다고 결론 내렸다. 고양이가 살인범을 따라 방으로 들어갔다면, 방 안에는 철저하게 증거를 인멸한 흔적이 남았을 확률이 높다고 생각했다.

고양이가 씻겨졌다는 추정은 씻겨야만 할 필요가 있었다는 생각으로 이어졌고, 그래야만 다른 방에 고양이가 남겨둔 핏자국과 고양이를 분리하여 생각할 수 있다는 결론에 이르렀다. 레이철은 고양이의 털에서 피가 떨어졌을 거라고 짐작했다. 그녀는 화학 테스트를 거쳐도 인간의 혈액이 검출되지 않을 정도로 나무나 카펫에서 피를 제거하려면 상당한 시간이 필요하다는 사실을 알고 있었다. 범죄가 일어난 밤에 살인범에겐 그럴 만한 시간이 없었다. 그래서 범인은 그 대신 아무도 복도에서 흔적을 알아차리지 못하거나 다른 방에서 증거를 찾지 못하도록 고양이를 씻겼으리라고 생각했다. 아무도 그렇게 의심하지 않았으므로, 범인은 여유롭고 철저하게 자기 방을 청소할 수 있었을 것이다.

그러나 서프 하우스처럼 낡은 마룻바닥을 철저히 청소하면 눈에 띄게 깨끗한 부분이 남을 것이 분명했다. 그래서 레이철은 그런 부분을 찾아보기로 마음먹었다.

처음에 문제는 실제보다 훨씬 간단한 듯했다. 복도 바닥을 조사하면 릴리의 방에서 살인범의 방까지 이어지는 흔적을 발견할 수 있을 거라 보았다. 그러나 복도를 자세히 살펴본 후 그녀는 낙담했다. 복도는 조명이 어두웠고, 카펫은 믿을 수 없이 얼룩지고 불쾌하게 부패해 있었으며, 들킬 위험이 없다고 생각할 때마다 사람들이 끊임없이 지나갔다. 레이철은 카펫을 자세히 들여다보고 있는 자기 모습이 목격된다면, 빠르고 잔인하게 최후를 맞이할 것을 매우 분명히 인식하고 있었다.

그래서 서프 하우스의 방들을 조사하려고 애썼다. 조사가 진행되는 동안 세입자 각자에게 방을 비우라고 명령할 수 있는 경찰과 같은 권한이 레이철에겐 없었으므로, 은밀히 노고를 기울여야 했다.

첫 번째는 매우 튼튼한 밧줄 한 가닥을 산 후 그것을 새로운 여행 가방 안에 담아서 몰래 들여오는 것이었다. 그런 다음 욕실에서 밧줄로 스툴 다리를 묶었다. 그녀는 이 스툴을 다락방 입구에서 붙박이 서랍장 꼭대기까지 밧줄로 내린 다음 그걸 딛고서 내려올 수 있었다. 붙박이 서랍장은 서프 하우스의 모든 방 벽장에 똑같이 장착돼 있었다. 레이철이 비상한 노력을 기울여 붙박이 서랍장 꼭대기에서 다락방으로 올라갈 방법을 찾았다고는 해도, 심각한 결과를 초래하지 않고 계속 성공한다는 보장이 없다는 걸 알고 있었다. 또한 비상 상황일 때에는 빠르게 해낼 수도 없었다! 따라서 보조 수단으로서 스툴은 꼭 필요했다.

먼지가 쌓인 고요한 다락방으로 스툴을 가지고 갔다. 스툴을 주변에 부딪치거나 바닥에 떨어뜨리지 않기가 어려웠다. 끝없는 주의를 기울여야만 레이철은 고요함을 유지할 수 있었다.

렌스터는 집에 있었다. 타자기에서 나는 탁탁거리는 소리가 닫힌 벽장 문을 통해 레이철의 귀까지 들려왔다.

티머슨 부부는 막 외출하려던 참이었다. 다락방 입구로 아래를 훔쳐보면서(그리고 하얀 모자 꼭대기가 위로 들어 올려지며 티머슨 부인의 따져 묻는 표정을 마주하는 끔찍한 장면을 생각하면서) 레이철은 벽장 문에 서서 코트를 입으며 어깨를 들썩이는 티머슨을 알아보았다.

"서둘러요, 로드니." 재촉하는 티머슨 부인의 목소리가 벽장 너머에서 들렸다. "미스터리 영화가 10분 후에 시작하는데, 난 앞부분을 놓치고 싶지 않다고요. 얼른 모자를 챙겨서 와요."

"다 준비됐소." 그가 아내를 안심시켰다. "열쇠는 갖고 있소?"

열쇠가 자물쇠에 들어맞을 때 금속과 금속이 만나 덜거덕거리는 소리가 복도 쪽에서 들려왔다. 불이 꺼졌고, 문이 닫히고 열쇠가 돌아갔다. 티머슨 부부는 영화를 보러 나갔다.

레이철은 부부가 뭔가를 잊어버려서 그걸 찾으러 다시 돌아오지는 않는지 확인하려고 얼마간 기다린 다음, 어둠 속에서 스툴을 아래로 조금씩 움직였다. 스툴의 다리가 붙박이 서랍장의 꼭대기에 닿아 긁히는 소리가 났다. 레이철은 단단하고 안전한 바닥에 닿을 때까지 스툴을 비스듬히 움직였다. 하지만 내려가는 것도 주의가 필요한 일이었다. 어둠 속에서 티머슨 부부의 옷이 몸에 닿도록 둔 채 마침내 벽장 바닥에 서자, 레이철은 갑자기 깊은 죄책감이 들었다. 주거침입에 대한 양심의 가책이 마음속 깊은 곳에서 느껴졌다. 주거침입이 그냥 엿듣는 것보다 훨씬 나쁜 것 같았다.

티머슨 부부가 갑자기 예상치 못하게 돌아올까 봐 두렵기도 했지만, 마침내 용기를 내어 더 큰 방으로 들어갔다. 복도가 조용한지 확인하려고 문에서 잠시 소리를 들은 후 불을 켰다.

방은 주인의 성격을 고스란히 보여주었다. 요란하기도 했지만, 한편으로는 조잡한 살림살이에 편안한 기분이 들기도 했다. 솜을 넣은 장식용 덮개가 의자 등 부분을 장식하고 있었고, 수를 놓은 쿠션이 의자 위에 놓여 있었다. 깃털 날개를 달고 수줍은 듯 서 있는 석고 큐피드 몇 개는 스트랜드가에서 티머슨이 고리 던지기로 딴 것이 분명했다. 방은 의자 몇 개와 침대 하나로 이루어져 있었는데, 침대는 침상 하나와 테이블 두 개로 구성되었다. 그녀는 이 가구들 주위를 서둘러 둘러보면서 바닥을 살폈다.

방에는 큰 카펫이 없었다. 작은 카펫 두 개가 맨바닥으로부터 물건들을 보호했다. 가스히터 앞에 작은 카펫이 하나 있었고, 더 큰 페르시아 양탄자 모조품은 소파 겸 침대 앞에 있었다. 레이철은 이 주변도 살펴보았다. 그녀는 보자마자 찾고 있던 것을 발견했다.

방구석에 놓인 제일 큰 테이블의 가장자리 밑을 보니, 바닥 일부분이 다른 부분보다 훨씬 하얗고 깨끗했다. 최근에 누군가가 힘을 들여 꾸준히 문지른 것이 분명해 보였다. 레이철이 더 자세히 보려고 몸을 구부리니 흥분한 심장이 이상하게 쿵쾅거렸다. 몸을 숙이자 서늘한 실망감이 밀려들었다. 테이블 옆에 작은 잉크병이 있었는데, 그 주변에 흘린 잉크 자국이 아직도 희미하게 남아 있었고 바닥 위에도 자국이 남았다. 문질러 닦은 자국도 깨끗하게 지워지지는 않았는데, 피 색깔이 아니라 검은색이었다.

티머슨 부부의 방은 확실히 결백했다. 다른 곳에도 지나칠 만큼 깨끗이 청소한 증거는 없었다. 레이철은 티머슨 부부의 살림 실력을 낮게 평가하면서 자기만의 등반 도구인 스툴에 올랐다.

곧장 마블 부인의 방으로 갔다. 아이 엄마는 일하러 갔고, 아이는 잘 시간이었다. 이보다 더 좋은 시간대는 없었다.

레이철은 불을 켜지 않는 편이 나을 때를 대비해 방에서 사용할 작은 손전등을 챙겨 갔다. 이 손전등을 손에 들고 바닥을 조용히 기었다. 증거는커녕 먼지만 잔뜩 수집하는 중이었다.

어둠 속에서 클라라가 갑자기 말을 걸었다. "할머니, 거기서 뭐 해요?"

잠시 레이철의 심장이 철렁 떨어지는 것 같았고 너무 놀란 나머지 꼼짝도 할 수 없었다. 그러다가 떠는 내색 없이 일어나서 불을 켰다. 클라라가 더블베드의 가운데에 앉아 레이철을 보고 있었다.

　　레이철은 꽤 침착한 목소리로 간신히 대답했다. "너희 방문이 약간 열려 있었는데 우리 고양이가 이리로 달려가지 뭐니. 그래서 고양이를 잡고 있었단다."

　　"제가 도와드려도 돼요?" 클라라가 침대에서 기어 내려오며 잔뜩 기대하는 표정으로 물었다.

　　"그럼, 그래도 되지. 넌 옷장 아래를 살펴보렴. 난 침대 밑을 볼게."

　　클라라의 자발적인 도움으로 그녀는 더 밝은 조명을 받으며 방을 살펴볼 수 있었다. 바닥은 똑같이 먼지가 가득했고 수년간 부주의하게 사용한 탓에 얼룩져 있었다. 바닥 어디에서도 유난히 깨끗하게 청소한 흔적은 없었다.

　　"제가 벽장 안을 볼까요?" 클라라가 제안했다.

　　레이철은 태연하게 보이길 바라며 고개를 겨우 가로젓고는 말했다. "거기는 내가 아까 봤어."

　　"그럼, 할머니 고양이는 밖으로 다시 나갔나 봐요. 여기 없네요. 있다면 좋을 텐데. 고양이랑 같이 놀고 싶거든요."

　　"그래?" 여위고 누런 얼굴에서 반짝이는 크고 열렬한 눈을 바라다보며 레이철이 말했다. "너도 고양이를 키우고 싶어?"

276

어린 소녀는 부끄러운 듯 고개를 끄덕였다. "저한테 한 마리 주실 거예요?" 클라라가 잠시 망설인 후에 물었다.

레이철은 클라라가 잠옷이라고 입고 있는, 안쓰럽게 올이 다 나간 의상에서 눈을 떼려 했다. 잠옷은 얇을 뿐만 아니라 길이도 짧아서 뼈만 남은 팔꿈치와 무릎이 다 드러났다. 레이철은 고양이를 갖고 싶다는 클라라에게 이렇게 대답했다. "그럴지도 모르지. 넌 내 고양이처럼 늙은 고양이 말고, 새끼 고양이를 키워야 할 거야. 늙은 고양이는 재미가 없단다. 하지만 새끼 고양이는 같이 놀기에 무척 사랑스럽지."

클라라의 눈이 반짝였다. "어쩌면 할머니 고양이가 새끼를 낳을 수도 있잖아요!"

레이철은 서맨사가 오랫동안 자부심 넘치는 독신이었음을 기억하면서 그럴 가능성은 없다고 생각했다. "다른 곳에서 새끼 고양이를 찾을 거야." 그녀가 약속했다. 발톱처럼 가느다란 손가락이 그녀의 손을 잡았다.

"정말 금방이죠?"

레이철은 문으로 가다가 잠시 멈춰서 헝클어진 흰머리를 매만졌다. "아주 금방이지." 꽉 움켜쥔 아이의 손가락을 느슨하게 풀며 동의했다.

"할머니는 이제 가셔야 해요?"

"그래. 그러니 너는 침대로 돌아가서 자렴."

그녀는 불을 끄고 복도로 나왔다. 자기 방으로 돌아간 후 서둘러 다락방으로 올라가서는 스툴을 회수했다. 그날 밤은 더 조사할 수 있다 하더라도 그럴 기분이 아니었다. 그 대신 가스 히터 옆에 앉아서 발가락을 불에 쬐며 마지막 방에 있던 어린 소녀를 생각했다.

스컬록 부부의 방에 들어가는 건 확실히 두려웠다. 그들은 레이철에게 가장 불쾌한 사람들일 뿐만 아니라, 그들의 방은 문으로만 들어가야 했기 때문이다. 레이철은 창문을 타고 올라가는 능력에는 자신이 없었다.

최근 스컬록 부부는 일상으로 돌아왔고 두려울 게 없음을 과시하고 있었다. 체포당할 때 느꼈던 두려움에서 회복 중이었고, 그래서 세상이 그들의 모습을 보기를 바랐다. 그들이 매일 아침 일찍 파도에 몸을 담그는 것은 모두 허세 때문이었다. 자기 방문에서 작은 틈으로 염탐하던 레이철은 다음 날 아침 부부가 수영복과 비치가운을 입고 수건을 든 채 집을 나서는 모습을 보았다.

추측하기로 그때가 그들의 문이 잠기지 않았을지도 모르는 유일한 시간이었다. 열쇠는 모래사장에서 쉽게 잃어버릴 수 있기 때문에 열쇠를 집 안에 두었을 수도 있다.

부부 뒤로 건물의 정문이 닫히자, 그녀는 회색 태피터를 입은 쥐처럼 복도를 미끄러져 내려갔다. 눈을 크게 뜨고 위아래를 훑어보면서 문을 살짝 밀었더니 문이 열렸다.

스컬록 부부의 방 안은 몹시 어수선했다. 두 사람이 방을 꾸미는 취향은 기이한 쪽에 가까웠다. 중국산 도자기와 벽화를 갈망하는 것 같다가도, 소파와 의자 위에는 세라피*가 놓여 있었고, 서랍장 위에는 잔인하게도 조개껍데기를 한 줄로 늘어놓았다. 방에는 가운데 놓인 큰 테이블 외에도 작은 테이블이 네 개 있었는데, 모두 장식품들로 가득했다. 레이철은 물건들을 바닥에 떨어뜨리지 않으려고 조심스럽게 움직이면서 작업해야 했고, 따라서 수색이 느려질 수밖에 없었다. 적어도 한 세대 이내에는 스컬록 부부의 방바닥을 대규모로 청소한 흔적이 없다고 확신함과 거의 동시에 스컬록 부부가 왁자지껄하게 기침을 하면서 건물의 정문으로 들어왔다.

그들이 곧바로 들어왔더라면 방 한가운데서 눈을 크게 뜬 채로 속수무책인 레이철과 틀림없이 맞닥뜨렸을 테지만, 다행스럽게도 부부는 정문과 그들의 방 중간에 서서 떨어뜨린 수건을 주제로 논쟁했다. 스컬록 부인은 수건을 잃어버렸다고 확신했다. 스컬록은 수건을 받은 적이 없다고 하면서도 아내의 재촉에 못 이겨 정문으로 돌아가 수건을 찾아보았다. 이 짧은 순간의 지체 덕분에 레이철은 옴짝달싹할 수 없던 궁지에서 벗어나, 믿을 수 없이 좁은 틈새를 비집고 소파 밑 피신처로 숨어들 수 있었다.

스컬록 부부가 곧 들어왔다. 그들은 샤워했고, 부인은 아침

* 멕시코에서 남자가 어깨에 걸치는 기하학무늬의 모포.

을 요리했다. 그때까지 아무것도 먹지 못했던 레이철의 식욕을 자극하는 아침 식사였다. 식사가 끝난 후에 둘은 자리를 잡고 앉아 조간신문을 살펴보았다. 신문을 다 읽은 스컬록 부인은 건성으로 먼지를 털었다. 작은 잡동사니 통의 먼지를 털던 도중에 그녀는 돌연 동작을 멈췄다. 소파 커버에 난 해진 구멍으로 엿보던 레이철은 부인이 놀라는 정도에 주목했다.

"우리가 나가 있던 동안에 누군가가 여기 있었나 봐요." 스컬록 부인이 불길하게도 조용히 말했다.

"뭐?" 스컬록은 스포츠면을 보다가 투덜거리듯 대꾸했다.

"이 테이블에 쌓인 먼지에 엄지손가락 지문이 있어요. 내가 한 게 아니에요." 그녀는 크고 당당한 몸을 똑바로 세우면서 테이블 아래 한 부분을 가리켰다.

스컬록은 기름진 금발을 들어 올려 아내를 보고는 무례하게 대꾸했다. "여편네가 건망증이 있나. 누가 여길 들어오겠어?"

그녀는 경멸로 맞받아쳤다. "여기 누가 들어오고 싶은지 내가 어떻게 알아요? 누군가는 들어왔다니까요. 내가 말했잖아요, 이건 내 지문이 아니에요. 일주일 동안, 난 이 조각품 먼지를 턴 적도 없고, 만지지도 않았어요."

스컬록은 상황을 심각하게 받아들이지 않았다. "음, 누군가가 들어왔으면 어때? 여기 가져갈 게 뭐가 있다고."

스컬록 부인의 못된 얼굴을 보고 있자니 레이철은 단테의

《지옥》이 생각났다. 스컬록 부인은 소리를 죽인 천둥 같은 목소리로 말했다. "누구라도 여기 들어왔다가 나한테 잡히기만 하면, 내가 그놈들 몸뚱이에서 심장을 도려낼 거야."

"그러고 나서 그걸 먹겠지." 스컬록이 경마 결과를 읽으면서 심드렁하게 마무리했다.

소파 밑에서 레이철은 덜덜 떨기 시작했다. 어딘가에서 읽은 바에 따르면 도둑들을 돌봐준다는 성인 비슷한 사람이 있었는데, 그 성인이 불법 침입죄가 있는 사람들에게도 관심이 있을지 모른다는 생각이 들었다. 그리고 막연하게 이 성자가 있을지도 모르는 방향을 향해 작게 기도했다. '성자님. 저기, 제가 누구를 말하는지 아시겠지요……' 그녀는 정말 성자가 알고 있을지 궁금했다. '제발 저를 여기서 꺼내주세요.'

답이 없었다.

정오에 부부는 점심을 먹으러 나갔는데, 스컬록 부인이 요리할 기분이 아니라고 선언했기 때문이었다. 이번에는 문을 매우 단단히 잠그고 열쇠를 가지고 나갔다. 하지만 레이철에게 열쇠 따위는 중요하지 않았다. 그들이 안전하게 사라진 후에 그녀는 밖으로 나와서 창문을 연 다음 그리로 빠져나왔다. 모래 위로 떨어진 충격 때문에 작은 몸의 모든 뼈마디가 아렸다.

한쪽 손바닥에 찢긴 부분을 살펴보면서 잠시 숨을 헐떡거리고 서 있었다. 바로 그때 무엇인가가 그녀를 건드렸고 그녀의 치마를 잡아끌었다. 돌아보지는 않았지만, 레이철의 심장은 그대로 멎어버리는 것 같았다. 설마 스컬록 부부인가?

머릿속 대혼란을 뚫고 메이휴의 깊은 목소리가 굵고 나직하게 들렸다. "대단한 모험을 하고 계시는군요. 스컬록 부부와 같은 사람들에게 장난을 치다니요." 그녀는 대답하지 않고 피곤한 얼굴로 그냥 비난을 삼켰다.

"거기서 뭘 찾고 있었습니까?" 호기심이 동한 그가 물었다.

레이철은 먼지를 뒤집어쓴 채 비통하고 죄책감이 드는 표정으로 "아무것도 아니에요" 하고 간신히 대답했다.

메이휴는 짙은 눈썹을 가운데로 모으며 험악하게 인상을 찌푸렸다. 그러고는 부드럽게 나무라듯 말했다. "이보세요, 여사님. 우린 위험할지도 모르는 곳을 여사님이 들쑤시고 다니게 내버려둘 수가 없어요. 스컬록 부부는 새끼 고양이가 아니라고요. 아시다시피, 그들은 목숨을 담보로 장난을 치는 사람들이에요. 그 사람들이 자기네 방에서 여사님을 잡기라도 한다면……."

"거의 그럴 뻔했어요." 레이철은 숨 쉴 겨를도 없이 인정했다.

"게다가 그들은 살인 혐의를 완전히 벗지도 못했어요." 그가 레이철에게 상기시켰다. "거기서 뭘 찾고 있었는지 말씀해주세요. 어쩌면 제가 처리할 수도 있겠지요."

메이휴의 '어쩌면'이라는 단어가 레이철에게는 매우 불분명하게 들렸을 뿐만 아니라, 그녀가 왜 서프 하우스에서 문질러 닦은 자국을 찾아다니는지를 명쾌하게 설명할 수가 없었다. 이 모든 일이 메이휴 경위의 귀에는 상당히 우스꽝스럽게 들릴 게 뻔했다. 레이철이 잃어버린 서류를 찾고 있었다며 모호하게 설명하자 메이휴가 더 의심스럽게 바라봤다. 레이철을 바라보는 눈빛은 매우 근엄했는데 마치 그녀를 말을 듣지 않는 철부지 어린아이로 대하는 것 같았다.

그는 멀로이 부인과 이야기를 나누러 가는 길이었다. 그와 레이철은 복도에서 헤어졌다. 앞으로는 더 위험하고 의심스러운 단서를 만나더라도 절대 쫓지 않겠다고 약속한 채로. 문 뒤에서 그녀는 렌스터가 자기 방에서 나와 멀로이 부인의 방문을 두드리며, 메이휴와의 면담에 합석하게 해달라고 요구하는 소리를 들었다. 레이철은 두 남자의 불꽃 튀는 대화를 엿듣고 싶은 욕구와 지금이야말로 렌스터의 방을 살펴볼 시간이라는 생각 사이에서 몹시 갈등했다. 그러나 결국 임무가 승리했다. 렌스터가 레이철이 지나쳐온 복도를 가로질러 멀로이 부인의 방으로 들어간 후, 그녀는 다락방과 밧줄에 매달린 스툴을 이용해 그의 방으로 숨어들었다.

렌스터의 방은 극도로 텅 비어 있었고, 더러웠다.

마룻바닥에 대걸레가 지나간다면, 그 자국은 셔먼 해군 제독의 함대가 바다로 행군할 때의 자취만큼 선명할 것이라고 레이철은 생각했다.

그녀는 자기 방으로 물러 나왔다. 그때의 기분을 정확히 말하자면, 실망했다기보다는 자기 가설을 둘러싸고 느꼈던 생생한 열정이 시들해진 상태였다. 이 오래된 건물에서는 어디에서도 문질러 닦은 자국은 고사하고, 깨끗한 바닥 자체를 찾을 수 없을 것만 같았다. 빗자루와 대걸레도 모르는데, 어떻게 청소용 솔을 안다고 기대할 수 있겠는가? 그녀는 자기가 만든 공상에 이리저리 끌려다니는 기분이 들어 한숨을 쉬었다.

노크 소리가 들려 그녀는 주의를 기울였다. 클라라의 헝클어진 머리가 먼저 보였다.

"들어오렴." 레이철이 초대했다.

클라라는 색이 바랜 드레스를 손가락 하나로 배배 꼬면서 들어왔다. 수줍어하며 말했다. "할머니가 약속하신 새끼 고양이를 생각하고 있었어요. 벌써 데려왔어요?"

"아직 못 데려왔어." 레이철이 시인하자, 클라라의 표정에는 대번에 실망하는 기색이 역력했다.

소녀는 발을 질질 끌면서 방 안을 돌아다니다가 몇 개 안 되는 레이철의 소지품을 살펴보았다. 그러다 마침내 날카로운 눈초리로 서둘러 말했다. "할머니가 당장 새끼 고양이를 제게 주시면, 저도 할머니에게 말할 게 있어요."

"그러니? 뭔데?"

클라라는 고개를 떨구고 혀를 한쪽 뺨으로 밀어 넣었다. 레이철은 경계하면서 이것저것 따지고 있는 아이의 생각을 눈치챘다. 아이다운 눈이 그녀를 살피는 동안 1분이 흘렀다. 그러다가 내뱉었다. "그 부인이 죽던 날 밤에 일어난 일이에요."

레이철의 가냘픈 몸이 잔뜩 긴장하면서, 의자에서 튕기듯 반쯤 몸을 세웠다. 하지만 클라라는 나방처럼 문에서 날아갈 준비를 했다. 아이가 마지막 통보를 날렸다. "말 안 할래요. 새끼 고양이를 받을 때까지는."

"클라라, 잠깐만!" 레이철이 소리치며 자리에서 일어났다.

하지만 클라라는 이미 나가버린 뒤였다.

18장

야옹거리는 소리

메이휴가 샌디에이고에서 시작했던 수사는 아무런 결실을 보지 못했다. 일상적인 업무의 일환으로 그곳 경찰관들은 멀로이의 시신이 숨겨져 있을 만한 곳을 찾아 시골 구석구석까지 살펴보았다. 그들은 멀로이가 기름을 넣기 위해 멈췄을지도 모른다는 이유로 외딴 휴게소를 조사하며 그가 렌트한 차의 흔적을 찾으려고 애썼지만, 아무 도움이 되지 않았다. 그날, 그 차를 봤다고 기억하는 사람은 없었고, 어떤 곳에서도 은폐된 멀로이의 시신이 나타나지 않았다.

메이휴는 교착상태에 빠졌다고 생각했다. 하지만 그는 한번 문 고깃덩어리에서 이를 빼지 않는 불도그와 같았다. 그냥 놓아버리는 것은 메이휴에게 불가능했다. 메이휴는 다른 각도에서 사건에 접근해보기로 했고 서프 하우스의 모든 입주민에게 그날 저녁 7시까지 일광욕실로 모이라고 명령했다.

저녁 6시 45분, 그는 일광욕실 안에 놓인 책상에서 자기 수첩을 들여다보며 앉아 있었고, 에드슨은 문가에 느긋하게 서 있었다. 7시가 되기 5분 전 세라 멀로이가 조용히 방으로 들어섰다. 메이휴는 그녀가 들어오자 매너에 신경을 쓰며 반쯤 일어났는데, 보통은 얼빠진 표정의 에드슨도 메이휴의 제스처를 보고 깊은 관심을 보였다.

그녀는 황금빛 머리칼이 닿는 목 부분에 두꺼운 주름 장식이 달린 파란 니티드슈트*를 입고 있었다. 그녀의 평평한 눈썹 아래 놓인 눈이 메이휴의 눈을 똑바로 바라보았다. 메이휴는 그녀와 눈이 마주치기 전에 시선을 아래로 떨구었다. 세라는 메이휴가 쩔쩔매는 것을 알아차리지 못한 채 그를 계속 보았다. 그의 당당한 풍채를 처음 보듯, 믿음직한 정직함, 단도직입적인 성격, 단호한 성품이 깃든 갈색 얼굴을 빤히 보았다. 얼마 전에 메이휴가 어머니에게 했던 딱딱한 심문에 그녀가 분개했다는 걸 떠올려봤을 때 지금 세라에게 그날의 감정은 전혀 보이지 않았다. 그녀의 입은 불안해 보였고, 금방이라도 울음이 터질 듯했지만, 눈에는 분노와 반대되는 어떤 기색이 엿보였다.

* 편물로 만든 정장.

렌스터가 다음으로 방에 들어왔다. 그다음에는 레이철이 왔다. 덩치 큰 형사를 향한 세라의 시선을 반쯤 믿을 수 없다는 듯 바라보는 렌스터의 표정이 곧바로 레이철에게 포착됐다. 순간 렌스터는 눈을 크게 떴고, 세라의 고요한 얼굴을 빤히 바라보면서 매우 느릿느릿 자리에 앉았다. 레이철은 그를 좀먹고 있는 마음의 상처를 추측할 수 있었다. 전에는 짐작만 하면서 비웃었던 세라의 마음을 그가 확실히 알게 된 것 같았다.

스컬록 부부는 방에 살얼음 같은 긴장감을 몰고 왔다. 그들은 누구와도 말하지 않았다. 스컬록은 아내가 앉을 수 있도록 한쪽 구석에 놓인 편안한 의자를 찾아준 뒤 옆으로 물러났다. 스컬록 부인은 모두를 잡아 죽일 듯 노려보았고, 스컬록은 도무지 편해 보이지 않았다. 얼굴을 만지작거리다가, 머리카락을 정돈하다가 넥타이를 고쳐 맸는데, 자기가 뭘 만지고 있는지도 구분하지 못하는 것 같았다. 그는 관심의 대부분을 천장에 두고 있었다.

멀로이 부인이 매우 창백한 얼굴로 메이휴를 보지도 않고 조용히 들어왔다. 그녀는 딸 옆에 자리를 발견하고는 재빨리 앉았다. 뒤를 이어 곧바로 터너 부인이 들어왔다. 그녀는 개인적 원한이라도 있는 듯 나머지 사람들을 하나하나 쩌려보았다. 티머슨 부부는 마블 부인과 클라라 모녀와 동시에 들어왔다. 그들 모두 한자리에 드문드문 떨어져 앉아서, 미소라기보다는 애써 유쾌한 표정을 짓고 있었다.

일광욕실이 가득 찼다. 서로 대단히 불편하고 마음이 맞지 않는 사람들의 모임이었다. 메이휴는 이야기를 꺼내기 전에 침묵 속에서 그들을 살폈다. 각자의 표정에 주의를 기울였다. 렌스터의 상처받은 표정은 이해하지 못했으나, 스컬록 부인의 분노는 이해가 갔다. 그런 다음 본론으로 들어갔다.

입주민들에게 직설적으로 말했다. "저는 알리바이를 확인하고 있습니다. 지금까지 우리는 스티클먼 부인이 살해된 날 저녁의 이야기를 하려고 한자리에 모인 적이 없습니다. 이제 그걸 하려고 합니다. 여러분이 한 명씩 그날 저녁 6시에서 10시까지 무엇을 하고 있었는지를 정확히 다시 말해주시기를 바랍니다. 여러분 중 누구라도 그 진술을 입증할 수 있다면, 그렇게 해주시기를 바랍니다. 하지만 어떤 진술이든 생략됐거나 사실과 다른 부분이 있다면, 여러분께 경고합니다. 제게 진실을 알리는 것이 여러분의 의무이며, 만약 그런 의무를 소홀히 하는 사람은 범죄 혐의를 받게 된다는 것을요. 알아들으셨죠?" 그는 원을 그리며 방에 모인 얼굴들을 하나씩 뜯어보았다. 티머슨은 어떤 망설임으로 고통스럽게 갈팡질팡하고 있었다. 메이휴는 그의 이마에 맺힌 굵은 땀방울을 보았고, 비통하게 아내 쪽으로 향하는 그의 시선을 눈치챘다. 나머지 사람들은 침착하게 그 통보를 받아들였다.

메이휴는 스컬록 부부 쪽으로 몸을 돌렸다. 스컬록 부인은 다른 이들을 보았던 차갑고 사나운 눈초리로 그를 노려보았다. 스컬록은 손을 가만히 놓은 채 똑똑해 보이려고 애썼다.

"당신들 이야기를 먼저 들읍시다." 메이휴가 부부에게 말했다.

스컬록의 입에서 건조하게 킬킬거리는 소리가 새어 나왔는데, 웃으려던 것 같았다. "아니, 우리가 말하지 않았습니까, 경위님. 우리는 집에 있었다고요." 그는 아내를 힐긋 보더니 갑자기 웃음을 뚝 그쳤다. 그녀는 복수심에 불타는 일격의 눈빛을 남편에게 보내고는, 메이휴를 계속 보았다.

"집이라……." 메이휴가 따라 말하며 둥글게 모여 앉은 청중을 둘러보았다. 그는 렌스터에게 시선을 멈추었으나, 그 젊은 남자는 자기 생각에 골몰하느라 메이휴의 시선을 알아차리지 못했다. "렌스터 씨!" 그러자 금발의 렌스터가 고개를 들었다. "스컬록 부부가 살인 사건이 벌어진 날 저녁에 밖으로 나갔습니까?"

렌스터는 잠시 멍하니 바라보다가, 곧 정신을 차리고 대답했다. "아, 무슨 말씀인지 알겠네요. 제가 저 부부의 방 건너편 일광욕실에 있을 때요? 아뇨, 저들은 밖으로 나가지 않았습니다. 어쨌든, 문밖으로는 나오지 않았습니다."

스컬록은 렌스터에게 미소 비슷한 표정을 지어 보였다.

"그렇다면, 스컬록 씨, 당신은 일광욕실에 있었다는 렌스터 씨의 증언을 입증할 수 있습니까?"

"어, 음, 그건 아닙니다. 아시다시피, 저는 밖을 내다보지도 않았어요. 여보, 당신은 밖을 본 적 있소?"

스컬록 부인은 남편에게 눈길조차 주지 않았다.

"여기 렌스터 씨의 진술을 입증하실 분 계십니까?"

그러나 아무도 없는 듯했다. 렌스터가 일광욕실에 있었다는 것을 목격한 사람은 아무도 없었다.

메이휴는 렌스터의 행방에 관한 주제는 그만두고 티머슨 부부를 심문했다. 티머슨 부인은 살해당한 여성의 시체를 발견했던 상황을 다시 말하기 시작했지만, 남편이 그녀의 말을 막고 멀로이와 있었던 언쟁에 관해 대담하게 폭로하기 시작했다.

"멀로이의 실종이 길어지자 이상하다는 생각이 들었습니다. 그래서 우리는 그의 실종이 스티클먼 부인의 사망과 관련이 있을지도 모른다고 생각합니다. 어쨌든, 그날 일어난 일은 이렇습니다. 전체 상황을 알지도 못하는 다른 사람보다 제가 형사님께 직접 말하는 게 낫겠다 싶네요." 그는 손수건을 꺼내서 얼굴을 재빨리 닦았다.

"계속하세요." 메이휴가 그를 격려했다.

"음, 이 멀로이라는 남자가 어느 날 제게 지폐 한 장을 거슬러달라고 하더군요. 20달러짜리 지폐였는데, 그날 우연히도 제게 그 정도의 현금이 있었습니다. 그래서 지폐를 거슬러 줬는데, 나중에 가게 점원이 나더러 그게 위조지폐라더군요. 저는 멀로이에게 제 돈을 돌려달라고 했지만, 자기가 줬던 지폐는 가짜가 아니라면서 부인하더라고요. 오히려 저더러 자기에게 덤터기를 씌운다고 억지를 썼어요. 결국 큰 소동이 일어났지요. 우리가 말다툼하는 소리를 들은 사람이 많을 겁니다."
그는 눈알을 굴리면서 두려운 표정으로 옆을 힐끔거렸다.

메이휴는 긴장한 뚱뚱하고 작은 남자를 향해 몸을 기울였다. "그 지폐가 당신이 사건 당일 밤에 극장에 내밀었다는 지폐입니까?"

티머슨은 화들짝 놀랐고, 마치 최후의 심판을 알리는 천둥소리라도 들은 것처럼 얼굴이 어두워졌다. "네." 그리고 재빨리 덧붙였다. "그런데 그걸 어떻게 아셨습니까?"

메이휴는 티머슨의 건망증에 체념한 듯 고개를 저었다. "제게 말씀하시지 않았습니까. 아니 부인이 말씀하셨지요. 위조지폐로 극장에서 소란을 피웠다고요."

"잘못된 일이지요, 저도 압니다. 하지만 20달러는 제게 꽤 큰돈이라서요. 무사히 돈을 넘겨주고 제 돈을 돌려받을 수 있다면, 큰 해를 입히는 일은 아니라고 생각했어요. 어쨌든, 극장처럼 큰 사업체에는요."

메이휴는 그 행동에 대한 변명을 무시했다. "지폐를 지금 갖고 계십니까?"

얼굴이 꽤 붉게 물든 티머슨이 주머니를 뒤졌다. 축 늘어진 지폐 한 장이 밖으로 나와서 메이휴에게 건네졌고, 그걸 본 메이휴는 비웃음을 참지 못했다. 그가 호통을 치며 다그쳤다. "이걸 보고는 아무도 속지 않을 겁니다. 왜 이런 지폐에 속았다고 거짓 주장을 하는 겁니까?"

티머슨은 두 겹이 된 턱을 떨면서 벌떡 일어나 항변했다. "저는 속았어요! 정말입니다!" 그는 나머지 사람들의 짜증스러운 무관심을 살폈다. 침묵이 몹시 불길하게 느껴졌다.

그를 구하러 나선 사람은 멀로이 부인이었다. 그녀가 소심하게 말했다. "제가 도움이 될지도 모르겠네요. 저희 남편은 한때 꽤 많은 위조지폐를 손에 넣게 됐어요. 무대에서 연기할 때 공연 소품으로 사용했지만, 나중에는 사용해도 되겠다는 생각이 들었나 봐요. 저는 남편이 그냥 장난칠 때만 그걸 사용한 줄 알았어요. 어떤 상황에서 재미있게 놀고 난 후에는 교환의 대가로 받은 진짜 돈을 돌려줬다고 생각했거든요." 남편의 관점에서 그런 행동을 설명하는 일이 부끄러운 게 분명했다. "그건 남편 나름의 유머였어요" 하고 설득력 없는 말투로 끝맺었다.

메이휴는 멀로이 부인과 티머슨이 정의를 타도하기로 공모라도 했다는 듯 둘을 자세히 뜯어보았다. 그러다 마침내 그가 "일단 넘어갑시다"라고 말하자, 티머슨은 마음을 놓았다. "티머슨 씨와 부인은 살인 사건이 벌어진 날 밤에 극장에 있었다고요. 극장 사람들에게 확인할 때까지 그 진술을 받아들이겠습니다. 자, 이제 마블 부인?"

마블 부인은 면 치마의 수선한 부위를 잡아당기고 있었다. 메이휴가 자기 이름을 부르자 그녀는 빠르게 생각을 말했다. "저는 저녁 내내 일하고 있었어요. 형사님은 아주 쉽게 제 진술을 확인하실 수 있을 거예요. 레이븐스우드 암스에 있는 테리 부인이 제가 일하고 있었다고 말해주실 거예요."

메이휴는 엄마가 앉은 의자 팔걸이에 매달려 있는 클라라에게로 천천히 시선을 돌리며 물었다. "자, 이제 클라라? 너는 뭘 했니?"

"제 이름은 치킨이에요."

메이휴는 순간 깜짝 놀라서 검은 눈썹을 찡그렸다가 이내 기억이 되살아났다. 그러고는 아이에게 미소를 지었다. 레이철은 메이휴가 뼈만 앙상하고 예쁘지 않은 어린 클라라에게 보인 자상한 태도를 세라가 절대 잊지 못하리라고 생각한다. 또한 그녀 자신도 그 모습을 절대 잊지 못할 것이다. 그가 커다란 손을 다정하게 내밀자, 클라라가 그에게 다가왔다. "그 숙녀분이 죽던 날 밤에 넌 뭘 하고 있었니?"

클라라는 수줍어하면서도 애정이 묻어나는 눈으로 그를 올려다보았다. "자고 있었을 거예요." 아이는 잠시 망설인 후에 대답했다.

레이철은 두려움에 떨면서 잔뜩 긴장한 채 앉아 있었다. 만약 그 아이가 뭔가를 알고 있다는 힌트를 준다면……. 아이의 안전을 위해서라도 절대 그래서는 안 된다. '지금 형사님에게 말하지 마.' 레이철은 머릿속으로 조용히 간청했다. '여기서는 안 돼. 그게 누가 됐든, 사람들이 보고 듣는 데서는 안 돼.' 둥글게 모인 얼굴들을 보았다. 어둠 속에서 덮쳤던 야수는 어떤 얼굴 뒤에 숨어 있을까?

"내내 자고 있었어?" 메이휴는 조심스럽게 재촉했다.

아이가 레이철과 눈을 마주쳤다. 레이철이 차갑고 단호하게 흰머리를 흔들자 아이의 눈이 커졌다. 그건 무의식적인 제스처로 보일 수도 있지만, 클라라에게는 자기에게 새끼 고양이를 줄 할머니가 내리는 명령이었다. "그냥 잤어요." 클라라는 곧바로 대답했다. 메이휴는 실망스러워 보였다. 클라라가 사건 당일 밤에 관해 얘기할 때 아이의 태도에서 처음부터 억눌린 무엇인가를 감지했기 때문이다. 이제 자기 무릎에 올렸던 아이를 바닥에 내려둔 후, 관심을 어른들에게 다시 돌렸다.

"터너 부인?" 그는 집주인의 크고 여윈 몸매를 보며 저리도 지독하게 못생긴 여자가 어떻게 결혼할 수 있었는지 궁금했다. 길고 거친 코 위로 보이는 여자의 눈이 메이휴와 서슴없이 마주쳤다.

"이건 완전히 말도 안 되는 일이에요!" 그녀가 크게 소리쳤다. "난 재봉질하고 있었다고 전에도 말했잖아요. 저녁 내내 재봉틀을 돌렸다고요."

메이휴가 세라의 어머니를 보았다. "멀로이 부인, 터너 부인의 진술을 입증해주시겠습니까?"

그녀가 고개를 끄덕이며 말했다. "네, 제가 입증할 수 있어요. 우리 방 창가에 앉아 있었는데, 터너 부인의 재봉틀 소리를 똑똑히 들었어요."

공공연하게 경멸을 드러내는 터너 부인의 면전에서 메이휴는 계속 찔러보았다. "혹시 길게 소리가 나지 않았던 때가 있었나요? 이를테면 30분 정도, 기계가 돌아가지 않았던 때 말입니다."

"아뇨, 없었어요. 물론 재봉틀이 계속 돌아가지는 않았어요. 간혹 실을 끊거나, 재료를 고정하든가 할 때 소리가 멈추기는 했지요. 저도 재봉틀을 사용해서 그런 소리는 자연스레 알아차리거든요." 멀로이 부인은 재봉틀 소리에 특별히 주의를 기울였던 진짜 이유만은 조심스럽게 언급을 삼갔다. 세라가 아버지의 빈방을 조사하는 동안 세라의 망을 봐주고 있던 사실 말이다.

"난 새 커튼의 단을 감치고 있었어요." 터너 부인이 끼어들었다. "커튼이 하나같이 몹시 지저분한 상태라서요. 당최 커튼에 조금이라도 신경 쓰는 사람이 없다니까요." 그녀가 깊은 적개심을 드러내며 세입자들을 돌아보자, 세입자들은 저마다 죄책감을 느끼는 듯 보였다.

이제 메이휴는 세라를 봐야만 했는데, 레이철은 메이휴의 감정이 적어도 겉으로 드러나리라고 예상했다. 하지만 그는 다른 이들을 보았던 시선과 똑같이 냉담하게 세라의 젊고 푸른 눈을 마주 보았다. "멀로이 양?"

"저는, 저는 그날 밤에 창문으로 아버지 방에 들어갔어요. 어머니가 아버지 물건 중에서 찾아오라고 하셨던 옛날 편지와

기념품들을 찾고 있었거든요. 아버지가 실종된 지 너무 오래
돼서 뭔가 놓치고 있을까 봐 걱정됐어요. 그래서 제가 찾으러
갔죠."

"그렇다면 당신은 살인범이 스티클먼 부인의 방에 들어가
는 소리를 들었습니까?"

"방문이 열렸다 닫힌 건 들었어요. 레이철 여사님이 들어간
후에요." 그녀는 회색 옷을 입은 작은 노부인을 보았다. 레이
철의 눈은 여우의 눈처럼 날카로웠다. "레이철 여사님이 안으
로 들어가신 후에, 저는 문이 열리거나 닫히는 소리를 네 번 들
었어요. 다시 말해, 누군가가 방에 두 번 들어갔고, 두 번 나왔
어요. 적어도 저는 그렇게 기억하고 있어요. 누군가가 안으로
들어갔다가, 나왔는데……." 그녀의 목소리는 사람들로 들어
찬 방에서 잦아들더니 이내 조용해졌다. 다른 이들의 흥미로
워하는 시선을 느꼈지만, 그걸 내색하지는 않았다. 한 쌍의 반
짝이는 날개 같은 노란 앞머리 밑에 가지런히 놓인 눈썹에 살
짝 주름이 잡혔다. "이제 막 기억난 게 있는데요."

메이휴가 허리를 약간 곧게 펴며 물었다. "뭡니까?"

"전에는 기억나지 않았다는 게 이상하네요! 하지만 **복도에
서 무슨 소리가 들렸던 것 같아요. 잠깐만요!**" 기억에 집중하
면서 그녀는 타원형의 엄지손톱 끝을 물었다. 다른 사람들은
모두 숨을 죽였다. "맞아요. 두 번째로 문소리가 들린 직후였
어요. 그러니까 처음에 들어간 사람이 나온 직후요."

"스티클먼 부인의 방문이 두 번 열렸다 닫혔다고 했는데, 그 중간에 말입니까?"

그녀가 여전히 어리둥절한 표정으로 조용히 고개를 끄덕였다.

"그건 어떤 종류의 소리였습니까?"

"그건……." 더 당혹스러워진 표정으로 말을 이었다. "어떻게 설명해야 할지 모르겠지만, 일종의 **야옹 소리**라고 해야 가장 적당할 것 같아요."

메이휴는 노골적으로 짜증스러워 보였다. 그녀의 진술은 그가 예상했던 만큼 중요한 사실이 아니었다. 하지만 레이철의 가슴 속에서는 천천히 심장이 쿵쾅거리기 시작했다. 그녀는 세라에게 미리 경고했어야 했는데, 그러지 못했다. 이제 상황이 만천하에 드러났으니, 그 방에 있는 누군가의 머릿속에서는 새로운 경계심이 자라나고 있는 게 분명했다.

세라의 말에 실망하는 메이휴를 보면서, 사건에 관한 자기 생각을 그에게 말했어야 했다는 걸 깨달았다. 어쩌면 너무 늦지 않았을지도 모른다고 생각하면서.

하지만 메이휴는 그 면담을 끝냈고, 적어도 그의 눈에는 새로 알게 된 중요한 사실이 전혀 없었다. 내일 이들의 알리바이를 최대한 확인할 것이다.

그는 밖으로 나가면서 레이철을 향해 짧게 고개를 끄덕였고 절박하게 간청하는 그녀의 눈길은 완전히 무시해버렸다.

레이븐스우드 암스에 사는 테리 부인은 시폰으로 만든 라벤더색 모닝가운을 입고서 메이휴를 만났다.

"맞아요. 마블 부인은 사건 당일 밤에 우리 집에서 일하고 있었어요. 그걸 일이라고 부를 수 있다면 말이죠. 부엌에서 그냥 꾸물대기만 하는데, 그런 일에 돈을 줘야 한다니요……. 그런데 그 사건 아주 끔찍한 살인 사건 아니었나요? 형사님은 정말로 어떻게 된 일이라고 생각하세요? 그 살인범이……." 하지만 메이휴는 빨간 매니큐어를 바른 뚱뚱한 여자가 마음에 들지 않았다. 그는 최소한의 예의만 갖춘 채 그 집을 나왔다.

테리 부인은 친구들에게 메이휴가 덩치가 크고 잘생겼지만, 야수처럼 거칠었다고 말했다. 퉁명스럽고 급한 성미에 깜짝 놀란 것이다. 거의 90킬로그램에 달하는 테리 부인이 놀랄 일은 거의 없지만, 메이휴가 그걸 멋지게 해냈다. 쉴 새 없이 재잘거리는 그녀에게 메이휴는 인사 대신 으르렁거림과 비슷한 소리를 내뱉었다. 렌스터가 일찍이 메이휴가 곰이 되려면 필요한 유일한 조건이라고 말했던 그 으르렁거림이었다. 나직한 작별 인사에 테리 부인은 입을 떡 벌리고 말았다.

여전히 이른 아침이었다. 그는 침묵과 고요 속에 휩싸인 스트랜드가에서 극장을 발견했다. 도난 경보기 밑에 압정으로 고정한 작은 명함을 보고 메이휴는 관리자의 이름과 주소를 알아냈고, 남자의 집으로 찾아갔다. 관리자는 덩치가 크고 말쑥했으며, 깔끔하게 면도한 얼굴로 빨간 실크 실내복을 입고 나왔다. 메이휴가 그에게 티머슨의 위조지폐 사건을 설명하면서 기억을 떠올리게 하느라 몇 분이 걸렸지만, 마침내 남자는 그 사건을 제대로 기억해냈다. 부부가 극장에서 끝까지 영화를 관람했는지 확인할 증거는 없었지만, 적어도 그들의 일부 알리바이는 증명되었다.

메이휴는 일광욕실에 있었다고 주장하는 렌스터의 진술을 확인할 방법이 떠오르지 않았고, 세라와 어머니의 주장도 마찬가지였다. 하지만 계속되는 예감에 대한 응답으로 재봉틀 가게를 방문해서, 재봉틀에 앉아 있지 않아도 기계를 작동시킬 방법이 있는지를 알아보기로 했다.

재봉틀 가게를 운영하는 젊은 여자는 매우 세련되고, 똑똑했으며 몹시 거만했다. 그래서 메이휴가 자신을 경찰관이라고 알렸을 때도 별 감흥을 받지 못한 것이 분명한 듯했다. 그의 질문에 그녀는 "자리를 떴는데도 재봉틀을 작동하게 할 방법은 확실히 들어보지 못했어요. 발판에 책을 놓아두는 방법 외에는요. 그런 방법이라면 통할지도 모르죠"라고 대답했다.

메이휴는 그런 방법을 쓰면 재봉틀을 사용할 때 들리는 보통의 소리와 달리, 재봉틀이 계속 돌아가지 않느냐고 물었다.

젊은 여자는 재미있다는 듯 웃었다. 메이휴가 하는 말은 무엇이든 재미있다고 생각하는 모양이었다. "당연히 책을 발판에 올려두면 기계가 계속 돌아가죠. 어렸을 때 이모를 화나게 하려고 그렇게 해본 적이 있어요. 그렇게 했더니 진짜 재봉틀 소리처럼 들리지는 않더라고요. 그런데 이 새 모델을 보셨나요? 이 사랑스러운 작은 기계는……. 그건 그렇고, 결혼은 하셨어요?" 아주 무심하게 툭 질문을 던졌다.

메이휴가 재봉틀을 강매당하기 전에 떠나는 편이 낫겠다고 생각할 때쯤 새로운 아이디어가 떠올랐다. "수리는 어때요? 이 기계들을 다루는 사람이 있습니까?"

"당연히 있지요. 우리는 수리 기사가 있답니다." 그녀의 눈빛이 약간 시들해지는 것 같았다. 메이휴는 그 반응에서 수리로는 푼돈밖에 벌지 못한다는 인상을 받았다.

"제가 수리 기사를 만나도 되겠습니까?"

그녀가 가게 뒤쪽을 짧게 돌아보았다. 그곳에는 섬유판으로 벽을 만들고 회색으로 칠한 뒤, 커튼을 달아놓은 출입구가 있었다. "기사는 저기서 일해요." 기계의 웅웅거리는 소리가 갑자기 커튼 뒤에서 들렸다.

메이휴는 뒤쪽에서 작고 안색이 창백한 남자를 발견했다. 남자는 분해된 재봉틀의 부품 수십 개를 자기 앞에 늘어놓은 채 앉아 있었다. 메이휴는 유쾌하게 인사를 건넨 후 알고 싶은 것을 설명했다.

그 작고 안색이 창백한 남자는 구레나룻을 기른 턱을 긁었다. 메이휴는 그에게서 알고 있는 것을 말하지 않으려는 불안한 기색을 감지했다.

마침내 입을 열었다. "그건 일종의 비밀인데요."

"선생님, 이건 경찰 업무입니다."

"저도 알아요." 작은 남자는 숱이 많은 회색 눈썹 아래 눈으로 약삭빠르게 메이휴를 보았다. "그건 어떤 돈 많은 부인의 파티에서 쓸 핼러윈 장난이라고 했어요. 그 부인은 운전기사를 보내서 비밀을 알아냈죠. 기사에게 많이 말할 필요도 없었어요. 재봉틀에 관해서는 똑똑하게도 제법 알더라고요. 과거에 전기 쪽 일을 한 사람이 틀림없었어요."

한 단어가 메이휴의 귀에 꽂혔다. "누가 왔다고요?"

"운전기사요."

이마에 땀이 송골송골 맺혔다. "계속 말씀하세요."

"그건 영리한 아이디어였어요. 형사님은 자세히 알고 싶으시겠죠?"

메이휴가 조용히 고개를 끄덕였다.

"그 운전기사가 전기 관련 일을 했던 게 틀림없다고 생각한 이유가 그거예요. 계획이 이미 머릿속에 서 있더라고요. 그래서 기사에게 부품을 팔면서 조언 한두 마디를 해줬죠. 그는 그게 비밀이라면서, 제가 한마디라도 발설하면 노부인이 벼락같이 화를 낼 거랬어요. 음, 그러니까 이렇게 하는 거죠. 전기 콘센트에서 재봉틀로 연결되는 코드를 뽑아요. 그걸 분해하면 아시다시피 두 부분으로 되어 있어요. 한 부분을 잘라서 새로운 선과 소켓에 연결하는 거죠. 전구가 들어갈 수 있는 보통 소켓이요. 그 전구 아래에 온도조절기를 놓아야 하거든요."

메이휴에게는 그 설명이 마법사의 간교한 말장난처럼 들렸지만, 결국 확실히 알아듣게 되었고 너무 잘 이해해서 남자가 말을 끝낼 때까지 기다릴 수 없을 정도였다.

"전기가 켜지면 기계가 1분 정도 작동합니다. 소켓에 꽂힌 전구가 전원이 차단될 정도로 온도조절기를 가열하면, 기계가 멈추는 거죠. 당연히 전구의 불도 꺼지겠죠. 그렇게 되면 잠시, 예를 들어 한 1분쯤 전기가 차단될 겁니다. 그러다가 온도조절기가 식으면 다시 불이 켜지죠. 그런 식으로 원하는 만큼 얼마든지 계속할 수 있어요."

"그, 그 운전기사의 인상착의를 설명해봐요."

"어두운 남자였어요. 크고 챙이 긴 모자를 썼죠. 머리를 좀 잘라야겠던데요."

"고마워요." 중얼거리듯 말하며 메이휴는 문으로 향했다.

남자는 메이휴가 서둘러 떠나는 모습을 빤히 바라보다가 명랑하게 말했다. "저한테 고마워하실 건 없죠. 처음부터 그 남자가 생각해낸 건데요."

19장
발자국

그날 아침 7시 30분, 서프 하우스의 공용 전화가 울리기 시작했는데, 아주 묘하게도 전화를 받으려는 사람이 아무도 없었다. 여섯 번이나 일곱 번쯤 큰 소리로 울린 후에야 세라가 침대에서 몸을 일으켜 전화를 받으러 갔다. 복도는 어둡고 황량했으며, 반복되는 전화벨의 시끄러운 소리만 불쾌하게 울려 퍼졌다. 세라가 수화기를 들었다. "여보세요."

누군가가 말했다. "장거리 통화입니다. 샌디에이고에서 세라 멜로이 양을 찾습니다."

"제가 세라 멜로이입니다."

딸깍하는 신호음이 연속해서 들리고, 전화가 연결되자 거친 목소리가 귓전을 울렸다. "멀로이 양? 난 아버지의 오랜 친구인 재스퍼 니컬슨이네. 나를 기억하겠나?"

"아, 물론이죠. 기억하다마다요! 오래전이긴 하지만……."

귀에 거슬리는 목소리가 말을 이었다. "세라, 내가 자네 아버지에 관해 깜짝 놀랄 만한 소식을 알아냈다네."

세라는 간절한 마음에 까치발을 들면서 얼굴을 전화기에 가까이 가져갔다. "아버지는 잘 계시나요?"

"그럼, 그럼! 잘 계시지." 목소리가 그녀를 안심시켰다. "자네를 당장 보고 싶어 하시네. 단둘이 있는 곳에서 말이야."

세라가 잽싸게 대답했다. "아버지만 괜찮으시면, 제가 당장 그리로 내려갈게요. 역마차가 언제 출발하는지 알아보고요. 샌……."

상대방이 매우 다급하게 끼어들었다. "굳이 그럴 필요 없네. 마침 오늘 내 차가 그곳에 있다네. 어제 내가 친구를 차에 태워서 데려다줬거든. 자네는 내 차를 타고 오게나."

"하지만 전 운전을 못해요." 세라가 망설이며 덧붙였다. "더 낫지 않을까요? 제가……."

"자네가 운전할 필요는 없네. 내게 운전기사가 있으니까. 기사가 어디서 자네를 태우면 되는지만 알려주게. 시내 모퉁이면 가장 좋겠지. 차고에 전화를 걸어 차가 어디로 가야 하는지 일러두겠네. 기사가 곧 출발할 걸세. 9시까지 올 수 있겠나?"

세라는 상대방의 초조한 기색을 감지하고 서둘러 동의했

다. "네, 준비할게요. 제임스가와 3번가 모퉁이에 있을게요."

그녀가 재빨리 동의하자 수화기 너머 상대방의 목소리에서 성급한 기색이 사라졌다. "좋아." 그러고 나서 천천히 덧붙였다. "하나가 더 있네."

세라가 주의를 기울여 들었다.

"자네 아버지는 이 사실을 아무도 모르기를 바라네. 알다시피 스티클먼 사건으로 아버지가 불리한 상황에 놓여 있으니, 다시 자유롭게 세상 밖으로 나오려면 자네 도움이 필요하네. 이번 일을 아무에게도 말하지 않겠다고 약속해주겠나?" 이 마지막 말을 할 때 상대의 목소리는 거의 애원에 가까웠고, 귀에 거슬리는 목소리도 어느 정도 사라진 상태였다.

"아무에게도 말하지 않을게요. 기사분께 9시에 데리러 와달라고 전해주세요. 기다리고 있을게요."

"제임스가와 3번가라고 했나?"

"네. 제임스가와 3번가요."

통화를 마친 뒤 그녀는 엄마와 함께 머무는 방으로 돌아갔다. 멀로이 부인은 여전히 잠들어 있었는데, 침대보 아래 웅크리고 있는 작은 몸집은 아이 정도로 보였다. 서프 하우스에 머무는 동안 쇠약해진 탓이었다. 제대로 먹거나 잘 수가 없었던 얼굴에는 걱정과 피로가 절정에 달해 있었다. 눈은 그늘지고 퀭해 보였고, 눈꺼풀은 푸르딩딩했다. 세라는 몸을 구부려 어머니의 이마에 가볍게 키스한 후, 아버지와의 만남을 위해 옷을 챙겨 입었다. 떠날 준비를 하면서 어머니를 보다가, 어머니가 깨서는 뭘 하고 있느냐고 물으면 뭐라 대답해야 할지 궁리했다. 하지만 전날 밤에 수면 유도제를 복용한 멜로이 부인은 깨어나지 않았다.

오전 8시 30분, 모자를 쓰고 장갑을 낀 세라는 문에서 잠시 멈췄다. 어머니가 일어났을 때 딸이 한마디 말도 없이 사라진 걸 발견하면 걱정하실 게 뻔했다. 진퇴양난이었다. 마침내 그녀는 카드에 몇 자 끄적인 후 화장대 위에 받쳐놓았다.

그녀는 쪽지를 쓰면서 속삭였다. "어머니, 저는 놀라운 소식을 좇고 있어요. 저는 갈 거예요, 샌⋯⋯." 거기서 멈추고는 아버지가 사람들에게 알려지길 원치 않았던 부분이 바로 아버지의 행방일지도 모른다는 생각이 들었다. 조심스럽게 마지막 단어를 지웠다. "친구를 만나러 갈 거예요. 걱정하지 마세요." 편지를 다 쓴 후 서명을 남겼다.

레이철은 밤새 한숨도 자지 못했다.

불편한 침대 위에 몸을 쭉 펴고 누워 창문으로 어스레하게 다가오는 새벽을 맞았고, 벽 바깥에서 노랗게 내리쬐는 햇빛을 보았다. 가끔 그녀는 한숨을 쉬었고, 서맨사가 침대 옆에 놓인 바구니 안에서 긁는 소리를 내자 벌떡 일어나서 문을 빤히 바라보았다. 소리를 확인한 다음 다시 자리에 누워서 몸을 떨었다.

전화기가 울리는 소리에 화들짝 놀랐지만 나가서 받고 싶은 마음은 없었다. 서프 하우스와 같은 곳에서는 전화벨이 너무 크게 울리면 안 된다고 생각했다. 둔탁하게 윙윙거리는 소리가 그 불길한 장소의 분위기를 유지하는 데는 더 잘 어울릴 것이다. 아니면 뱀 같은 쉿 소리라든가. 그녀는 뱀처럼 쉿쉿거리는 전화벨 소리를 상상해보았다.

긴 복도와 닫힌 문 때문에 들리지 않던 세라의 목소리가 들렸다. 아무 거리낌도 없이 침대에서 일어나 방문을 열고 문틈 사이로 엿들었다. 세라의 통화 내용이 절반쯤 들렸는데 뚜렷한 이유 없이 그 대화가 그냥 마음에 들지 않았고 매우 불쾌해진 기분으로 침대에 돌아와 생각에 잠겼다.

바깥의 햇빛은 더 넓게 퍼지고 노란빛은 짙어졌지만 그녀는 여전히 침대에 누워 자신의 게으름에 죄책감을 느낄 뿐이었다. 그러다 세라가 방을 나서면서 매우 조용히 문을 닫는 소리를 들었다. 레이철은 돌연 확실한 경보음이라도 들은 듯 당장 일어나 옷을 입었다.

멀로이 부인의 방문을 두드렸지만 응답이 없었다. 파렴치하게도 레이철은 대놓고 문을 열어보았다. 조용히 안으로 들어갔다.

멀로이 부인은 이불 아래 몸을 말고 깊이 잠들어 있었다. 레이철은 그녀를 조심스럽게 살펴보았는데 지친 기색 외에 건강상 문제는 없어 보였다. 그런 다음 방을 훑었다.

세라의 쪽지를 본 그녀의 주름진 이마에는 불안이 드리웠다. 쪽지를 읽은 후 그녀는 그것을 화장대 위 원래 자리에 돌려놓고 자기 방으로 돌아왔다. 겁에 질려 결정을 내리지 못한 채 오랫동안 가만히 서 있었다. 어떻게 해야 할지 몰랐다. 끔찍하고 다급한 일을 미루고 있거나 아니면 별것 아닌 남의 일에 끼어들고 있거나 둘 중 하나라는 생각이 들었다.

어쨌든 해볼 수 있는 매우 단호한 행동 방침이 하나 남아 있었다. 복도를 내려가 마블 부인의 방으로 갔고, 문을 두드렸다. 일에 지친 여자를 깨우는 데는 시간이 걸렸지만, 결국 부인이 졸리고 놀란 표정으로 나왔다. 레이철은 씩씩하게 방으로 들어갔다.

마블 부인에게 말했다. "제가 클라라와 할 얘기가 있어요." 놀려고 몇 시간 전에 일어나 있던 클라라는 잠옷을 입고서 누더기가 된 인형 두 개를 옆에 놓은 채 바닥에 앉아 있었다.

"새끼 고양이 데려왔어요?" 클라라는 열렬하게 관심 있는 눈으로 노부인을 보면서, 손바닥으로 깡마른 무릎을 감싸고 원을 그리면서 물었다.

레이철은 이제 온전한 탐정이 되었으므로, 정보를 얻기 위한 사소한 거짓말쯤은 아무것도 아니라고 생각했다. "그래, 고양이를 구했지. 하지만 아직 가게에 있단다. 우린 오늘 아침에 고양이를 데려올 거야."

"그거 좋네요." 클라라가 무덤덤하게 말했다.

"자, 그러면……." 레이철은 작은 체구였지만, 매우 단호해 보였다. "이제 우리 조카가 죽던 날 밤에 무슨 일이 있었는지 네가 아는 대로 말해줘야 해." 그녀는 의자에 앉아, 마블 부인이 놀라움에 여윈 몸을 떠는 장면을 놓치지 않았다. 클라라는 아직 결정을 내리지 못한 듯 보였다.

"넌 나한테 말해야 해." 레이철이 확고한 투로 반복했다.

클라라는 교활하게 위를 힐끗 쳐다봤지만, 레이철의 조그맣고도 근엄한 얼굴은 어떤 허튼수작도 용납하지 않았다. "말해봐, 클라라."

"음……." 클라라의 눈이 엄마에게로 향했다가 다시 회색 옷을 입은 노부인에게로 향했다. "저는 자고 있지 않았어요." 클라라가 조심스럽게 인정했다.

마블 부인은 절망스러운 표정을 지었지만, 레이철은 이 정보에도 놀라지 않는 것 같았다.

아이 엄마가 딸을 꾸짖었다. "클라라, 만약 네가 이야기를 지어낸다면……."

레이철이 고개를 저었다. "계속해봐. 그날 밤에 뭘 봤지?"

빠르게 문과 복도를 향해 가책을 느끼는 듯한 시선을 보내더니 이내 목소리를 낮추고 엄마와 레이철만 들릴 수 있도록 소리 죽여 말했다. "작은 소리 같은 걸 들었어요. 그래서 밖을 엿봤어요."

"그래서 뭘 봤니?"

"터너 부인이 방에서 나오는 걸 봤어요. 손에 작은 도끼를 들고 있었는데 그 손을 치마 뒤로 감췄어요. 부인은 자기 방문을 잠시 쳐다봤어요. 그러다가 그냥 열어놨어요. 그러기를 바랐던 것처럼요."

"터너 부인의 방 안이 보였니?"

클라라는 장난스럽게 고개를 옆으로 흔들었다. "부인이 사라졌을 때 몰래 빠져나와서, 방 안을 들여다봤어요. 부인의 재봉틀이 안에 있었는데, 저절로 돌아가고 있었어요."

레이철은 깜짝 놀라 잠시 할 말을 잃었다. "저절로 돌아갔다니, 그게 무슨 말이야?"

어리둥절해진 클라라가 말을 멈췄다. "그게 다예요. 그냥 혼자 돌아가고 있었어요. 테이블 아래, 재봉틀 가까이에 불빛이 있었어요. 기계가 잠시 멈출 때, 불이 꺼졌어요." 자세를 바꿔서 자신의 엄마를 보았다. "엄마, 터너 부인이 재봉틀을 작동시킬 때 발을 올려놓는 그 발판 알죠? 그런데, 부인이 계속 누를 수 있도록 그 위에 큰 책을 올려뒀어요. 사람들 이름이 전부 들어 있는 그 큰 책 말예요."

전기 조명의 방식에 관해서 레이철은 아는 바가 전혀 없었지만, 문제의 핵심이, 즉 범죄의 핵심이 바로 여기에 있다는 것은 알 수 있었다. 갑자기 일어나서 태피터 치마를 만지작대더니 터너 부인의 방으로 가자고 제안했다.

안색이 하얗게 질린 마블 부인은 클라라에게 손을 내밀었다. 그녀의 두려움을 본 레이철이 물었다. "안 갈 거예요?" 마블 부인은 말없이 고개만 저었다. 레이철이 계속 말했다. "터너 부인은 지금 집에 없을 거예요. 세라 멀로이와 함께 어딘가로 갔을 거라고요." 레이철은 좁은 복도를 씩씩하게 가로질러 터너 부인의 방문을 톡톡 두드렸다. 적막이 흘렀다.

레이철은 방으로 들어갔다. 바닥을 보기도 전에 책상이 그녀의 관심을 끌었다. 책상 안에는 "앤. S. 터너 부인께"라고 쓰인 편지가 있었다. 레이철이 그걸 오랫동안 살펴보는 사이, 입가에는 씁쓸하고 음울한 기운이 퍼져나갔다. 그러다 갑자기 편지를 던져버리고는 바닥을 내려다보았다.

바닥은 놀랍도록 깨끗했다.

그녀가 무릎을 꿇고 바닥을 손으로 짚고서 침대 아래로 반쯤 들어가 들여다보려는 순간, 거친 손이 그녀의 치맛자락을 잡았다.

"나와요, 당장!" 메이휴가 레이철 위에서 낮고 굵직한 소리로 호통쳤다. "터너 부인은 어디 있습니까?"

레이철은 터너 부인이 대걸레와 솔로 열심히 닦았음에도 놓친 흔적을 찾아냈다. 어둑한 침대 아래에 있던 보푸라기 실에 희미한 고양이의 흔적이 남아 있었다. 당시 서맨사는 잡혀서 강제로 씻기기 전에 그 방에 꽤 열심히 흔적을 남겼던 모양이었다. 레이철은 이것이 릴리의 혈흔이라는 사실에 몸을 떨면서 침대 밑에서 물러 나왔다. 메이휴의 손길에 일어난 레이철은 매우 냉철한 표정이었다.

메이휴를 보면서 그가 정말로 인간 사냥꾼일지도 모른다는 생각이 문득 들었다. 그의 얼굴에는 긴장감이 감돌았고 생기가 있었으며, 가차 없는 결단력도 엿보였다. "터너 부인은 어디 있습니까?" 그가 잇새로 으르렁거리듯 말했다.

레이철의 얼굴은 고통의 완벽한 예시를 보여주었다. 메이휴에게 말했다. "우린 늦었어요. 그 여자가 세라를 데리고 갔어요."

메이휴는 벌떡 일어나 서둘러 문밖으로 뛰쳐나갔고, 레이철이 복도까지 쫓아 나가기도 전에 그가 멀로이 부인의 방문을 두드리는 소리가 들렸다. 그녀가 멀로이 부인의 방에 들어갔을 때 그는 창가에 서서 세라가 남긴 쪽지를 자세히 보는 중이었다. 그의 바로 옆에는 멀로이 부인이 두려움에 입도 뻥긋하지 못한 채 서 있었다. 레이철이 들어서자 둘 다 그녀를 돌아보았다.

"둘이 같이 있는 걸 여사님은 어떻게 아시죠?" 메이휴가 따져 물었다.

레이철은 그가 적대적인 태도로 의심을 드러내는 이유를 알고 있었다. 세라가 터너 부인과 함께 있다는 사실을 믿고 싶지 않은 것이다. 조심스럽고 현명한 태도로 레이철은 메이휴에게 전화 통화에 관해 털어놓았다.

그런데도 그는 여전히 불신의 눈길로 물었다. "하지만 왜요?"

"그거야 꽤 분명하죠. 세라는 우리 조카의 살인에 관해 매우 중요한 뭔가를 알고 있으니까요. 그래서 터너 부인은 형사님이 그걸 알아차리기 전에 그녀를 치워버리고 싶었겠죠."

그는 몸을 돌려 잔뜩 노기 띤 눈으로 그녀를 보았다. "세라가 뭘 알고 있습니까?" 하고는 이내 돌격하듯 덧붙였다. "게다가 도대체 왜 내게는 그 얘기를 하지 않았을까요?"

"세라는 형사님에게 말했어요." 레이철이 서둘러 설명했다. 메이휴는 갑자기 손을 불끈 쥐면서 안색이 창백해졌지만, 아무 말도 하지 않았다. "어젯밤 일광욕실에서 세라가 형사님에게 복도에서 고양이 울음을 들었다고 했던 말 기억나지 않아요?"

"그런데 그게 뭐요?"

이 말에 레이철이 고개를 흔들었다. "여기 서서 이야기할 시간이 없어요. 세라를 찾아야 한다고요."

그가 가까이 다가와서 이번만큼은 부드럽지 않게 그녀의 팔을 잡았다. "그들이 어디로 갔는지 아십니까?" 레이철은 그의 손가락에서 긴장감을 느끼며 신경을 강철처럼 억누르고 있는 자제력을 감지했다. 세라를 정말로 좋아하는 메이휴의 마음을 확실히 알게 된 때가 바로 그때였다. 그 마음을 알게 돼서 좋았지만 물론 당시에는 아무런 도움이 되지 못했다.

"세라가 간 방향은 알 것 같아요. 오늘 아침 전화 통화에서

샌으로 시작하는 도시를 말했었는데, 그러고는 자기가 **내려가겠다**고 했어요. 그 말은 남쪽으로 간다는 의미니까 샌디에이고가 아닐까요?"

메이휴는 당황스럽고 절망스러운 마음에 쪽지를 찢어버렸다. "맙소사, 여사님. 캘리포니아에 '샌'으로 시작하는 도시가 수천 개는 될 겁니다. 게다가 그건 스페인어잖아요, 그러니
……."

"나도 알아요. 하지만 운에 맡겨야죠. 다른 방법이라도 있나요?"

"없죠." 격앙된 감정이 조금 가라앉았는지, 그가 조용히 말했다. 그러고는 방에서 나와 복도에 있는 전화기로 경찰 본부에 전화해 "이 내용을 전보로 보내게, 당장" 하고 명령했다. 위를 올려보다가 레이철의 진지한 시선과 마주쳤다. "제가 지시 내릴 수 있는 게 별로 없네요." 송화구를 손으로 가리면서 그녀에게 말했다. "그들이 어떤 차를 타고 있는지 우린 모르지 않습니까."

레이철이 대답했다. "아마 렌터카일 거예요. 하지만 렌터카 대리점들을 확인할 시간이 없어요."

메이휴는 전화기에 대고 그가 줄 수 있는 정보를 불쑥 말했다. 레이철이 세라의 통화에서 얻은 정보였는데, 젊은 여자를 뒷좌석에 태우고 운전기사가 운전하는 차를 주시하라는 내용이었다. 아마 남쪽으로 향하고 있을 거라고도 덧붙였다. 지시

를 내린 후 시계를 보았다. 오전 9시 40분이었다. "제기랄! 아깝게 놓쳐버렸네요." 그가 으르렁거렸다.

"어쩌면 아직 놓치지 않았을지도 몰라요." 레이철이 씩씩하게 말했다. "형사님 차는 속도가 빠른가요?"

같은 생각이 메이휴의 머릿속에도 떠올랐지만, 지금까지는 동승객들을 만족시키지 못했다. 여자들은 그가 커브를 돌 때 대개 비명을 질러댔다. 하지만 레이철은 모자와 숄을 가지러 갔다가 그가 문밖으로 빠져나가기도 전에 돌아왔다. "나도 갈 거예요." 그 말에 메이휴는 처음부터 레이철이 혼자서 이 사건을 추리해왔다는 생각이 번득 들면서, 그녀의 차분한 결단 앞에 까닭 모를 분노가 치솟았다.

그가 퉁명스럽게 대꾸했다. "여사님은 안 됩니다. 이건 경찰 공무예요. 빠지시죠."

그녀는 문 옆에 서서, 쌀쌀맞고 불쾌한 태도로 그를 보았다. "난 형사님이 뭘 할지 잘 알아요." 메이휴가 답하지 않자 그녀가 계속 말했다. "형사님은 세라를 놓칠 거예요. 모자를 보는 눈썰미가 없으니까요."

메이휴는 평소처럼 예상치 못한 말에 허를 찔렸다. "모자요?" 여전히 화난 목소리였다.

"모자요." 그녀는 같은 말을 반복하면서 가장 멍청하고 제멋대로인 학생에게 잔소리하는 학교 선생님처럼 쏘아붙였다. "우리가 그들을 잡을 절호의 기회는 뒷좌석 창문으로 보이는 세라의 모자를 알아보는 방법밖에 없다는 걸 모르겠어요? 형사님이 따라잡아서 느긋하게 안을 들여다볼 수 있게 그 차가 어슬렁거리며 돌아다닐 것 같아요?" 말을 멈추고 메이휴를 향해 턱을 내밀었다. 그러고는 조심스럽게 덧붙였다. "형사님이 모르실까 봐 하는 말인데, 세라에게는 모자가 세 개 있고, 난 그걸 다 알아볼 수 있어요."

그는 매우 조용히 레이철의 팔을 잡았다. "여사님이 이겼어요. 갑시다."

세라는 제임스가와 3번가 모퉁이에서 3분도 채 기다리지 않았다. 그때 느리게 지나가는 차들 사이에서 길고 검은 차 한 대가 연석을 회전해 다가왔다. 모자와 안경을 쓴 운전기사는 운전석에서 몸을 기울여 세라를 위해 뒷문을 열어주었다. "안녕하세요!" 세라는 차에 올라타며 인사했다. 운전기사는 고개만 끄덕였고, 다시 앞차들로 관심을 돌렸다.

남자는 전문적이고 조심스럽게 차를 몰았다. 남쪽으로 가는 뻥 뚫린 고속도로가 나오기 전까지 기사는 신호등과 교통 신호를 꼼꼼히 잘 지켰다. 그러다가 고속도로가 나오자 서두르기 시작했다.

세라는 호기심 어린 눈으로 운전기사를 뜯어보았다. 남자는 키가 그리 크지 않았고, 운전석에 구부정하게 앉아 운전하는 습관이 있었다. 뒷좌석에서 보이는 건 기사의 어깨 끝부분과 모자 아래 단정치 못하게 삐져나온 머리카락뿐이었지만 말이다. 무엇보다 세라는 기사가 이발부터 해야겠다고 생각했다. 그러고 나서 흥미를 잃은 듯 눈부시게 푸르른 바다로 눈길을 돌렸다.

수 킬로미터를 달렸고, 몇 시간이 흘렀다.

어느 교차로에서 차가 속도를 줄이더니 회전했다. 밖을 내다보던 세라는 아치형으로 키 큰 나무들이 늘어선 도로 위에 '산디마스 동굴'이라고 쓰인 표지판을 보았다. 그녀는 운전기사를 향해 소리쳤다. "제가 아버지를 만날 곳이 여긴가요?"

잠시 앞좌석의 남자는 백미러에 자기 얼굴이 보이도록 고개를 들었다. 안경을 뚫고 보이는 눈이 그녀의 눈과 마주쳤다.

세라가 두려워하기 시작한 건 바로 그때였다.

"지긋지긋해." 메이휴는 잇새로 내뱉듯 옆을 보며 투덜거렸다.

"맞아요. 게다가 무섭기도 하고." 레이철이 그들을 금방이라도 찌를 듯 앞차 가득 실린 파이프의 끝을 보면서 무심코 말했다.

메이휴는 마법사처럼 마지막 순간에 운전대를 홱 틀어서 파이프에 찔릴 위기를 모면했고, 차는 윙윙거리며 트럭을 추월해 앞으로 치고 나갔다. 그가 심드렁하게 말했다. "어쨌든, 남자란 말이지요. 운전기사 제복을 입은 남자. 터너 부인은 어디로 갔을까요? 제기랄, 그 손은 멀로이가 틀림없는데. 그가 여자로 분장했을지도 몰라요. 멀로이는 무대에서 연기를 했으니까요."

하지만 레이철은 동의하지 않았다. "아니에요. 그보다 훨씬 더 간단해요."

메이휴가 눈썹을 치켜올렸다.

그녀가 조심스럽게 이어 말했다. "내 생각에 우리는 오늘 멀로이를 찾을 것 같아요."

20장
모든 것을 알고 있는 레이철

샌디에이고 도심에서 15~20킬로미터쯤 떨어진 위쪽 해안 지대는 바다를 따라 갈라지고 쪼개져 있다. 이곳에는 바위투성이 절벽이 꼭대기에서부터 저 아래 해변까지 갈라진 깊은 틈새를 만들며 서 있고, 바깥쪽으로 튀어나와 있으나 위험하게 허물어지고 있는 둑 모양의 기슭이 있다. 또한 이것들이 형성되면서 파도가 벌집 모양처럼 동굴들을 만들어놓았다. 위쪽 동굴은 먼지가 내려앉아 방치된 땅속 구멍들에 불과하다. 그러나 바다에 면한 아래쪽 동굴들은 바다 생물을 엿볼 수 있어서 세계적으로 명성이 자자했다.

주요 관광 코스로 가는 입구에는 주차된 차들이 무리 지어 있었지만, 세라가 타고 있는 차는 그곳에 멈추지 않았다. 차는 거의 사용되지 않은 듯한 잡초투성이 길을 따라 다른 관광객들의 시야에서 사라질 때까지 절벽 가장자리를 계속 올라갔다. 문득 차가 멈추자, 죽음과 같은 정적이 흘렀고 그동안 세라의 귀에는 자기 심장이 크게 두근거리는 소리만이 들렸다. 운전기사는 그녀에게 눈길조차 주지 않았다.

"여기서 내려도 될까요?" 침묵을 견딜 수 없는 지경이 되자 세라가 물었다. 모자를 쓴 머리는 대답으로 고개를 홱 돌렸다. 세라는 문을 열고 마른 잡초와 먼지 속으로 발을 내디뎠다. 바다에서부터 불어오는 시원한 바람에는 바다 내음이 실려 있었다. 세라는 바닷바람을 마주 보고 깊게 숨을 들이마시면서 덮쳐오는 두려움을 억눌렀다.

"따라오세요." 상대방이 말했다. 어두운 얼굴의 푸른 제복을 입은 기사는 절벽 가장자리를 향해 걸어가더니 안경 너머로 수직 낭떠러지를 살펴보았다. 그는 비스듬히 기울어져 거의 보이지 않는, 동굴로 이어지는 오솔길을 찾아냈다. 하지만 세라는 망설였다.

"저희 아버지가 정말로 여기 계세요?" 햇빛과 침묵만이 내려앉은 공허한 그곳에서는 자기 목소리조차 낯설게 들렸다.

세라는 주위를 둘러보았다. 시야 내에는 다른 사람이 보이지 않아서 말수가 거의 없는 불가사의한 운전기사라도 곁에 있는 편이 이런 낯선 장소에 홀로 있는 것보다는 위로가 됐다.

서둘러 거의 흔적이 지워진 거친 오솔길을 따라갔다. "잠깐만요. 같이 가요." 그녀가 소리쳤다. 하지만 이번에도 대답은 없었다.

길은 급경사를 이루다가, 방향을 틀어 해변에서 보이는 절벽 정면을 돌아가도록 나 있었다. 세라는 아래를 내려다보다가 거친 돌이 튀어나온 부분을 잡고 매달렸다. 저 아래에는 회색 모래사장이 리본처럼 펼쳐져 있었고, 드문드문 녹색 이끼가 낀 바위 사이로 파도가 격렬하게 소용돌이치고 있었다. 파도의 으르렁거리는 소리가 그녀에게는 강풍이 부는 듯 들려서 소리와 함께 두려움이 밀려왔다.

동굴 입구에서 절반쯤 그늘에 걸쳐 서 있는 운전기사를 발견했는데, 장갑 낀 손이 안으로 들어가라고 손짓했다. 안으로 들어서니 갑자기 어둡고 서늘해지면서 흙냄새가 확 끼쳤다. 세라는 몇 발짝 안으로 내딛다가 몸을 돌렸다.

"저희 아버지는 어디 계세요?" 자신감을 불어넣으려고 애쓰는 목소리였다.

운전기사는 말없이 장갑을 벗더니, 차례로 안경도 벗었다. 모자를 들어 올리자 붉은색 머리카락 더미가 흘러내려 제복을 입은 어깨를 가렸다. 세라는 그 동작이 끝날 때까지 할 말을 잃은 채 보고만 있었다.

"이해가 안 돼요." 그녀는 축축한 동굴 벽에 등을 기대면서 마침내 속삭이듯 말했다.

"이해가 안 돼?" 상대방이 불쾌하게 놀리면서 물었다. 금속으로 만든 푸른 무엇인가가 기사 제복 아래에서 반짝이며 모습을 드러냈다. 총열은 동굴 벽에 기대어 떨고 있는 세라를 향했다. "뭘 알고 싶어?"

"저희 아버지는 어디 계세요?" 그녀가 숨을 헐떡이면서 사방을 둘러보았지만, 상대방 눈에서는 번뜩이는 잔혹함밖에 돌아오지 않았다.

"네 아버지는 여기 있어!"

그녀는 이리저리 두리번거리며 당혹스러워했다. "어디요?"

"네 바로 뒤에. 이제는 땅속에 묻혔지. 내가 너라면 시체를 파내진 않을 거야. 유쾌한 장면은 아닐 테니까."

세라의 휘몰아치는 머릿속으로 고통이 파고들었다. "아버지는 돌아가셨군요!" 그녀의 외침이 어두운 동굴 속에서 메아리가 되어 울렸다.

그녀 맞은편의 앙상한 입이 능글맞게 웃었다. "당연히 죽었지." 신중하게 말했다.

새로운 생각이 떠오른 세라는 뒤에 놓인 우묵한 곳을 다시 유심히 보았다. "니컬슨, 니컬슨 씨!" 필요할 때 부르기만 하면 그 남자가 소환되기라도 하듯 소리쳤다.

다시 한번 비웃음이 이어지면서 생기 없고 귀에 거슬리는 목소리가 말했다. "니컬슨 씨는, 이를테면, 꾸며냈다고 할까? 그자는 우리가 여기 있는지도 몰라."

"하지만 전화가 왔잖아요!" 고집을 부리면 사실이 되기라도 하듯 외쳤다. "그분이 샌디에이고에서 제게 전화했어요. 아니면…… 다른 사람일지 몰라도 아무튼 제게 전화했다고요."

"아무도 샌디에이고에서 너한테 전화하지 않았어. 난 해변에 있는 공중전화에서 네게 전화했지. 장거리 통화인 척 흉내 내는 건 식은 죽 먹기야."

그자는 이제 세라 가까이 다가왔다. 대걸레 같은 붉은 머리다발 아래 보이는 앙상한 얼굴에는 살인에 굶주린 욕망이, 사람을 죽이고 싶은 욕망이 가득했다. 세라는 동굴 벽에 몸을 바짝 붙였다. 그녀가 꽉 잡은 바위 아래로 자갈이 바스러지며 굴러떨어졌다.

"넌 너무 많이 알고 있어. 대단한 건 아니지만." 거슬리는 목소리로 말했다. "그래도 그 정도면 네가 죽는 게 제일 낫긴 해."

"왜, 대체 왜 우리 아버지를 죽였어요? 왜요?"

"네 아버지는 스티클먼 때문에 날 배신하려 했어. 내가 그 결혼을 계획했지. 해변에서 그 여자한테 네 아버지를 찍어준 사람도 나야. 네 아버지에게는 어떻게 하면 그 여자를 사로잡을 수 있는지 알려줬어. 그랬는데, 우리가 여자를 손에 넣고 나서 그년에게서 돈을 쥐어짜기만 하면 되는데, 네 아버지가 발을 빼겠다는 거야. 둘이 진짜로 결혼하면 모든 재산을 가로챌 수 있다는 걸 알아버린 거지."

세라의 눈에서 천천히 눈물이 뺨을 타고 흘러내렸다.

"너희 아버지랑 나는 여기서 만나기로 되어 있었지. 그게 몇 주 전이었어. 아무 의심도 없이 왔더군." 여기서 여자는 더 활짝 능글맞게 웃었으나, 소리 없는 웃음에는 교활함이 그대로 드러났다. "내가 렌치로 네 아버지를 쓰러뜨렸지. 바로 죽일 기회가 있었지만, 운이 좋았어. 네 아버지가 의식을 찾은 후에 그를 **설득해서** 전 재산을 내게 남긴다는 유언장을 쓰게 했지."

흉포한 눈이 세라를 훑어보았다. "네 아버지를 설득하는 건 재미있더군. 너랑 좀 더 오래 같이 있을 수 있다면 좋을 텐데."

세라는 두려움에 천천히 숨이 막혀 호흡을 골랐다.

"놈을 렌치로 죽인 후에는 손을 잘라냈지. 그걸로 스티클먼 살인 사건에 지문을 심을 수 있을 줄 알았어. 나중에 알고 보니⋯⋯. 하지만 상관없어. 난 여전히 스티클먼 부인의 재산을 물려받을 수 있으니까. 네 아버지를 거쳐서 말이야. 전에 네 아버지 넥타이로 네 목을 졸랐던 밤에는 너를 죽일 기회도 있었는데. 메이휴가 문을 두드리는 바람에 다락방 입구로 빠져나와야만 했지."

못생긴 얼굴에 진짜 분노가 서린 으르렁거리는 표정이 드러났다. "네 아버지는 그래도 싸. 나를 배신한 쥐새끼였으니까. 네 아버지가 여기서 내가 너에게 무슨 짓을 하는지 똑똑히 보면 좋을 텐데. 릴리를 알고 있던 사람은 **나**였어. 그 여자를 다루는 법을 아는 것도 **나**였다고. 그랬는데 결국에 놈이 돌아서서⋯⋯."

"당신이 릴리를 알았다고?" 세라는 가쁜 숨을 몰아쉬며 길게 한숨을 지으며 그 말을 내뱉었다. 하얀 얼굴을 들어 올려 상대의 얼굴을 들여다보다가, 부들부들 떨리는 두려움에 가득 차 갑자기 그 자리에 얼어붙어 버렸다. "당신 누구야?"

"난……." 상대방이 말을 멈췄다. 경계하며 주위를 살피는 기색이 역력했다.

레이철은 길게 열 지어 주차된 차량을 한 대씩 열심히 뜯어보았다. "여긴 없네요." 그녀가 헐떡이면서 말했다.

메이휴는 햇살에 눈이 부셔 검은 눈을 가늘게 떴다. "절벽을 따라 이어진 길이 있습니다. 사람이 다니는 길 같지 않은데, 혹시 착각하지는 않으셨겠죠?"

"그럴 리가요. 뒤쪽에 빨간 깃털이 튀어나와 있는 파란 모자였어요. 저 도로를 따라가보는 게 좋겠어요."

자동차 뒤로 뿌옇게 먼지가 일었고, 마른 잡초가 바퀴 덮개 밑면에 긁히는 소리가 들렸다. "여긴 수년간 아무도 다니지 않은 것 같은데요." 메이휴가 말했다. 그때 우뚝 솟은 돌무더기를 돌자 버려진 자동차가 보였다.

메이휴는 튕기듯이 운전석에서 뛰쳐나가 버려진 차의 내부를 살펴보았다. "여긴 아무도 없습니다!" 그가 레이철에게 소리쳤다. 레이철은 덤불 사이로 구불구불하게 뻗어 절벽까지 이어진 울퉁불퉁한 길을 따라 조심스럽게 걷고 있었다. 아래를 내려다보면서 바람에 맞서 작은 몸을 버티고 있었다. 돛처럼 펄럭이는 태피터 스커트가 눈에 띄었다. 그러다 서둘러 아래쪽으로 내려갔다.

그 모습에 메이휴는 다급해졌다. 레이철을 따라 돌진하다가, 좁은 바위틈 가장자리 어디쯤에서 발을 헛디뎠다. 레이철은 그가 돌무더기랑 먼지와 함께 버둥거리며 쓸려가는 모습을 보았다. 절벽 끝에서 몇 발짝 떨어진 곳에 튼튼해 보이는 덤불이 있었지만, 메이휴가 그것을 잡았는지 확인할 여유가 없었다. 길을 뱅 돌아 마침내 동굴에 도달했다.

그녀가 예견된 손님인 것은 분명했다. 쥐 죽은 듯 조용히 접근하지는 않았으니 말이다. 안으로 들어가자, 사악해 보이는 자동 권총의 주둥이가 그녀를 반겼다.

세라는 그 순간 레이철이 정말이지 굉장했다고 말한다. 어떻게 그렇게 몸집이 작고 풍파를 겪어보지 않은 분이 총을 맞닥뜨리고도 냉정하고 침착할 수 있는지 이해할 수가 없다고도 했다. 그러나 그건 세라가 〈보랏빛 공포〉를 보지 않았기 때문이다. 그 영화를 본 후에도 침착함을 배울 수 없다면 절대 침착함을 배우지 못하리라.

레이철은 튀어나온 총구를 못 본 체하면서 푸른 운전기사 유니폼을 입은 일그러진 얼굴 너머를 보며 말했다. "세라! 괜찮아요?"

세라가 흐느끼면서 소리쳤다. "돌아가세요!"

레이철은 그제야 총을 들고 있는 예상 밖의 인물을 향해 눈길을 돌렸다. 그녀의 눈빛에는 비난이 묻어났다. "너는 부끄러운 줄 알아야 해." 감정을 실어 힐난했다. 그러고는 더 가까이 몸을 기울여 눈앞에 선 사람을 대놓고 살펴보았다. "지금은 괴물같이 변했지만, 난 네가 누군지 알아."

총을 든 인물은 대답하기 전부터 잔혹한 만족감이 서린 미소를 짓고 있었다. "그래?"

레이철은 자세를 바로 했다. "그래. 우린 전에 만난 적이 있잖아. 네가 누굴까 하고 지난 며칠간 생각했지. 예전과 너무나 비슷한 계략이라서 더 일찍 알아내지 못한 게 신기할 정도야. 릴리의 결혼이 당당하지 못했기 때문에, 릴리에게서 돈을 뜯어내려는 속셈이었겠지. 누가 그걸 생각해냈지? 너? 아니면 멀로이?"

"물론 나지. 어느 날 해변에서 릴리를 봤어. 릴리는 나를 보지 못했지만, 나는 그 뒤를 따라가서 어디에 사는지를 알아냈지. 당시 나는 해변에 있는 그 집을 막 인수했던 참이었어. 돈이 완전히 거덜 난 거야. 우리 남편이 멀로이의 지인과 아는 사이였는데, 멀로이가 방을 얻었을 때, 그가 내게 필요한 사람이란 걸 알아차렸어. 이혼 절차가 아직 끝나지 않은 남자였으니까. 멀로이가 얼마나 딱 들어맞는 사람이었는지는 잘 알겠지."

"그래." 레이철의 침착한 시선은 광기와 살기가 가득한 눈을 꿰뚫어 보았다. "앤 스티클먼, 터너와는 언제 결혼했지?"

여자가 활짝 웃자 이가 고스란히 드러났다. "오빠가 죽은 지 1년쯤 후에." 본명을 듣자 분노가 치솟는지 푸른 옷의 여자는 미소를 서서히 거두면서 앞으로 다가섰다. 방아쇠를 잡은 손가락이 천천히 하얘졌다.

레이철은 몸이 굳어버린 듯 보였다. 바로 그때, 그녀는 밖에서 무슨 소리를 들은 듯 뒤를 돌아보았다. 여자도 마찬가지였다. 레이철이 황급히 몸을 숙였고, 일어나면서 정수리로 여자의 손목을 들이받았다. 총이 회전하면서 뒤쪽 어둠 속으로 떨어졌다.

앤 스티클먼은 하얗게 질린 입술로 "빌어먹을"이라고 내뱉으면서 맨손으로 레이철을 뒤쫓았다.

하지만 이번엔 정말로 누군가가 오고 있었다. 진청색 팔이 허둥대는 레이철의 몸에 거의 닿을 때쯤, 메이휴가 다가오는 소리가 우레와 같이 들렸다. 마치 두세 명이 달려오는 것 같았다.

푸른 옷의 여자는 입구로 달려 나갔고, 벼랑 끝에서 메이휴를 맞닥뜨렸다.

메이휴는 여자가 가속도를 실어 기습했기 때문에 뒤로 밀려났다. 이제 그는 벼랑 끝에 매달려 몸을 동그랗게 만 채 안간힘을 쓰고 있었다. 별안간 그의 손이 푸른 코트를 붙잡았다. 세라는 도망치려다가 돌부리에 걸려 넘어지면서 비명을 지르며 누워 있었다. 레이철은 화강암 하나를 집어 들고는(나중에 그 크기를 보고 깜짝 놀라기는 했다), 엉겨 붙어 안간힘을 쓰는 두 사람을 향해 신중하게 다가갔다.

터너 부인은 미친 여자의 괴력을 제대로 보여주었다.

메이휴의 네모난 얼굴에 비친 햇빛 덕분에 그의 꽉 다문 입술과 여자의 어깨 위를 노려보는 이글거리는 눈빛이 돋보였다. 그가 가쁜 숨을 내쉬며 진심으로 내뱉는 욕설이 바닷바람을 타고 동굴 안까지 전해졌다. 레이철은 들고 있던 돌을 적절한 위치에 내려놓았다.

푸른 옷을 입은 여자의 발뒤꿈치 아래 작은 자갈 하나가 흔들렸다. 자갈은 한순간에 그녀의 균형을 무너뜨렸고, 그 찰나에 메이휴가 힘을 발휘했다. 그는 그녀를 잡았었고, 잡고 있었지만, 옷이 찢어지면서 그만 놓쳐버렸다. 동물 소리 같은 맹렬한 고음의 비명이 들렸다. 어두운 형체는 새처럼 가슴으로 바람을 헤치면서 버둥거리더니 팔다리를 허우적거리며 아래로 곤두박질쳤다.

나머지 사람 중 그 광경을 본 사람은 아무도 없었다. 마치 백 년처럼 느껴지는 짧은 순간이 흐른 후, 인체가 바닥에 부딪쳐 생기는 축축하고 둔탁한 소리가 들렸다.

메이휴는 극도의 고통을 느끼는 사람처럼 심하게 숨을 헐떡였다. 그의 얼굴과 손과 옷은 추락의 흔적과 절벽을 타고 기어 올라오는 과정이 여실히 드러나 있었다. 그는 돌멩이를 갖다 놓은 후 힘이 풀려 있는 레이철 뒤쪽에서 막 일어서려는 세라를 보았다. 젊은 여자는 미친 듯이 웃기 시작했다. "당신, 진짜 웃겨 보여요." 그녀가 불안정한 정신으로 내뱉었다. 그리고 세라가 무슨 말을 하고 있는지 본인조차 모르리라고 생각한 사람은 그 셋 중에 레이철뿐이었다.

제정신이 아닌 채로 자신을 놀리고 있는 여자에게 메이휴는 두 걸음 성큼 다가갔다. 그는 갈색 손가락으로 여자의 블라우스 앞섶을 잡더니 다른 손으로 여자의 얼굴을 힘껏 때렸다. 그가 분노를 폭발하며 소리쳤다. "제기랄! 우리를 여기까지 끌고 와놓고는 비웃어? 당신은 하이에나만큼도 눈치가 없어."

레이철은 소리치면서 앞으로 다가왔다. "안 돼요!" 그들 가까이 다가갔을 땐 이미 너무 늦어버렸다. 세라는 순식간에 제정신으로 돌아왔다. 냉담하고 경멸스러운 감정이 그녀의 이목구비에 드러났다. 뺨에는 맞은 자국이 벌겋게 부어올랐다.

메이휴는 세라를 내버려둔 채 지치고 어리둥절한 표정으로 눈을 비볐다. 그러더니 절벽의 가장자리로 가서 밖을 내려다보았다. "이제 저걸 어떻게든 끌어 올려야겠군요." 그는 자리를 떴고, 침묵 속에 두 여자만 남았다.

저녁 식사 후에 레이철의 방에 방문한 메이휴는 분주한 그녀의 모습을 보았다. 그녀는 소지품을 하나도 빠뜨리지 않고 단정하게 쌓아 올리면서 여행 가방을 싸고 있었다. 메이휴가 노크하자 문까지 나와 그를 맞이했다.

처음에는 잡담으로 대화를 시작했다.

날씨에 관한 대화가 한창일 때 레이철이 불쑥 화제를 바꿨다. "세라와 어머니는 이미 떠났어요. 형사님은 그러지 말았어야 했어요, 잘 아시겠지만. 세라는 그 여자와 거기 한동안 같이 있었잖아요. 여자가 세라에게 했을 말들을 한번 상상해보세요." 레이철은 잠시 기다렸다. 메이휴는 아무 말도 하지 않았다. "세라는 자기가 무슨 짓을 하는지, 무슨 말을 하는지도 몰랐을 거예요."

메이휴는 의자 위에서 절망적인 자세를 취했다. 레이철은 짐 싸는 동작을 멈추고 그를 바라봤다.

"저는 바보예요." 메이휴가 투덜거리면서 자세를 똑바로 하자, 의자는 망가질 위기에서 겨우 벗어났다. 그가 추레한 방을 서성거렸다. 방은 맨살의 회반죽 벽에 띠 모양의 벽지가 여전히 드문드문 매달려 있었다.

"현명하진 못했어요." 레이철은 하던 일을 계속했다.

"이걸 좀 보세요." 그는 불룩 튀어나온 주머니에서 단단히 감은 긴 전깃줄과 전구가 들어 있는 소켓을 꺼냈다. "이게 모두 분해돼 있었어요, 아파트 여기저기에 흩어져 있더군요. 온도조절기는 사라지고 없었어요."

레이철은 그 장치를 잠깐 보았다. "어떤 식으로든 그걸 재봉틀에 사용했겠군요, 그렇죠?"

"맞아요. 코드가 변형되어 있었어요. 재봉틀 코드가요." 레이철을 침울하게 빤히 쳐다보며 말했다. "이런 걸 여자가 안다는 게 좀 이상하긴 해요."

"앤 스티클먼에겐 이상하지 않아요. 그 여자는 오빠와 함께 전자제품 수리점을 함께 소유했고 운영했으니까요. 난 그 여자가 많은 면에서 남자 같다고 생각했었죠."

"그 여자가 스티클먼의 동생이란 사실을 안 지는 얼마나 됐습니까?"

"마지막까지…… 거기 동굴에 가기 전까지도 확신이 없었어요. 그러다 마침내 그 여자를 알아본 거죠. 게다가 앤 S. 터너 앞으로 온 편지도 발견했었고요. 그게 도움이 됐어요." 그녀는 꿈을 꾸는 듯한 표정으로 여행 가방 위로 몸을 구부렸다. "그 여자가 결혼했다던 터너라는 남자는 어떻게 됐나요?"

"2년 전에 자동차 사고로 죽었습니다."

"그래서 그렇게 돈에 쪼들렸군요. 릴리를 보자마자 다시 돈을 뜯어낼 궁리를 했던 게 틀림없어요. 그 여자에게 멀로이는 기도에 대한 응답과 같았을 거예요."

"릴리는 터너 부인이 앤 스티클먼이라는 걸 알았겠군요."

"그랬던 것 같아요. 릴리가 보였던 초조한 두려움은 그 여자의 협박 때문이었을 거예요. 릴리는 스컬록 부부도 두려워했지만, 그들에게는 반항하는 태도를 보이기도 했죠. 멀로이와 관련된 훨씬 크고 더 미묘한 무엇인가가 있었어요. 그 아이가 멀로이에 관해 말할 때마다 전 그 두려움을 느꼈죠. 틀림없이 앤을 향한 두려움이었을 거예요."

"조카분은 멀로이의 이혼 절차가 아직 끝나지 않았음을 알면서도 그와 결혼할 만큼 어리석었을까요?"

"그건 아니었을 거예요. 전에 똑같은 방식으로 등골까지 빨린 적이 있으니까요. 멀로이는 릴리가 자기를 받아들일 수 있도록 이야기를 잘 지어냈을 거예요. 특히 멀로이 뒤에는 앤 스티클먼이 있었으니까요. 하지만 이야기를 지어내는 게 멀로이의 전공이라는 데에는 의심의 여지가 없지요. 무대에서 쌓은 훈련으로 설득력 있게 포장해서 릴리를 구슬렸을 거예요."

메이휴는 창가에 서서 어두워지는 창밖을 빤히 보고 있었다. "이 모든 게 조카분의 돈을 뜯어내려는 계략이었군요. 멀로이도 터너 부인을 버리면서 나름대로 돈을 좇기로 한 거고요. 우리 경찰이 멀로이가 작성한 유언장을 발견했어요. 정말 이상한 글씨체로 쓰였더군요. 거의 펜을 쥘 힘도 없어 보였어요. 터너 부인의 물건 중에서 찾았답니다. 그 유언장이 살인의 증거가 될 것 같습니다." 그는 멍하니 창가의 더러운 레이스 커튼을 만지작거렸다. "샌디에이고 경찰이 오늘 밤 멀로이의 시신을 발굴하고 있습니다. 저도 거기 내려가 봐야겠어요."

"잘 지내요." 레이철이 쾌활하게 인사를 건넸다.

"여사님도요." 메이휴가 문에 잠시 멈춰 섰다. "여기 사람들을 다시는 못 볼 것 같군요."

레이철은 그 말에 특별히 관심을 기울이지는 않아 보였다.

"제가 세라에게 반했다는 걸 아실 겁니다." 메이휴가 문고리를 만지작거리면서 말했다. 황갈색 얼굴이 분홍빛으로 물들었다.

"형사님은 그런 내색을 한 적도 없어요." 레이철이 단호하게 대꾸했다. 그를 보는 레이철의 눈빛에는 그만 물러나라는 의미가 담겨 있었다.

레이철은 마블 부인의 방문 밑에 쪽지를 찔러 넣었다.

> 마블 부인께,
>
> 우리 여동생과 제게 당분간 가사도우미가 필요하다는 사실이 막 생각났어요. 아시다시피 우리 자매는 정말로 나이가 들어서 일주일에 두 번 오는 청소부 아주머니로는 별 도움이 되지 않아서요. 우리를 위해 일해주실 생각이 없으신가요? 월급은 만족스럽게 드릴게요. 게다가 언제든 클라라와 함께 오셔도 돼요. 로스앤젤레스에 있는 우리 집 주소로 답장 주세요.

레이철은 쪽지에 꼼꼼하고 가느다란 글씨체로 이름과 주소를 써넣었다.

제니퍼는 작은 식탁에 앉아 토스트 너머로 맞은편의 언니를 보았다. 제니퍼의 목소리에는 희미하게 언짢음이 묻어났지만, 레이철은 여유롭게 하품했다. "사생활을 위해 은퇴하신 이후로 사는 게 약간 지루해지신 모양이네. 살인이나 뭐 그런 사건도 없어서 말이야."

고양이들이 악다구니 쓰는 소리가 부엌에서 들려왔다.

"아니, 지루하지 않아." 레이철이 대답하면서 고개를 들어 고양이 소리에 귀 기울였다. 즐거운 표정이었다. "제니퍼, 죽기 전에 서맨사에게 가족이 생기다니 정말 신기하지 않니?"

제니퍼는 더는 참지 못하고 괴로운 감정을 폭발시켰다. "언니, 어떻게 그렇게 말할 수 있어? 무슨 일이 벌어졌는지 뻔하잖아. 어떤 끔찍한 수고양이가 저지른 짓이라고! 언니가 서맨사를 제대로 지켜봤어야지."

레이철은 몸을 기울여 제니퍼의 떨리는 손목을 토닥였다. "화내지 마라, 제니퍼. 그게 뭐가 중요하니? 게다가 클라라가 새끼 고양이들을 끔찍하게도 좋아하잖아."

제니퍼는 레이철이 클라라를 언급하자 약간 부드러워져 투덜거림을 멈추었다. "언니, 거기서 정말 많은 일이 벌어졌나 봐. 나는 절대 해결하지 못했을 거야. 맙소사! 어떻게 거기 머물 수가 있었어?"

"그 정도로는 만족스럽지 않았어." 레이철이 놀라워하면서 대답했다.

그 말에 제니퍼는 식사를 멈추고 "만족스럽지 않았다고?"라며 소리를 질렀다. 부엌에서 일하고 있던 마블 부인도 큰 소리에 하던 일을 멈췄는지 잠시 정적이 흘렀다.

"그래, 만족스럽지 않았어. 내 말은 이런 뜻이야. 세라와 메이휴 경위는 말다툼했던 걸 화해했어야 해. 둘은 서로를 정말로 좋아한다고. 며칠 전에 메이휴 경위가 잠시 들렀었어. 네가 위층에 있었을 때라 나중에 말한다는 걸 깜빡했구나. 그런데 메이휴의 몰골이 보기 안쓰럽더라. 살이 쏙 빠졌더라고."

"음……." 제니퍼는 머릿속에서 해결책을 궁리했다. "언니가 어떻게 좀 해봐."

"이미 했지. 다음 주 목요일에 점심 먹으러 오라고 했어."

제니퍼가 몹시 화를 내며 말했다. "그 남자는 음식이 필요한 게 아니야! 그래서 살이 빠진 게 아니잖아! 여자랑 사랑에 빠졌다고."

레이철이 침착함을 유지했다. "나도 알아. 메이휴는 그 사랑을 얻게 될 거야."

"어떻게?" 제니퍼가 입을 동그랗게 모으고 물었다.

"내가 세라에게 전화했지. 세라도 올 거야. 당연히 세라는 메이휴가 오는 걸 모르고 있어. 그만하면 서로 화를 가라앉힐 시간은 충분했을 거야." 레이철이 기분 좋은 표정으로 깔끔하게 토스트에 버터를 발랐다.

꼬리만 어두운 마멀레이드색 새끼 고양이 한 마리가 수염을 씰룩대더니 야옹거리면서 어슬렁어슬렁 들어왔다. 제니퍼는 어리둥절한 표정으로 고양이를 보면서 단호하게 말했다. "언니, 언니는 훌륭한 탐정이니까 이 새끼 고양이들의 아빠가 누군지 알아낼 수도 있을 거야. 들도 보도 못한 색깔이라니……."

하지만 레이철은 이 질문에 대답하지 않았다.

소개말

　마술에는 미스터리가 가득하고, 미스터리는 마술처럼 신비롭다. 우리는 모르는 것에 매혹되고, 진실을 알고 싶은, 즉 미스터리를 '해결하려는' 본능에 가까운 충동에 사로잡히곤 한다.

　알려는 욕구는 자연스러운 본능이다. 문제는 해결하기 위해 존재하지만, 미스터리는 언제나 쉽게 해결하기 어렵다. 누가 범죄를 저질렀는지를 이미 알아냈더라도, **어떻게, 왜** 저질렀는지 밝히는 일 역시 중요하다. 그 외에도 우리는 **의미**를 알고 싶어 한다. 독창적인 마술사는 공연을 수행할 방법만이 아니라 관객들의 열렬한 관심을 마술에서 다른 쪽으로 돌릴 줄 아는 사람이다. 물론 이것은 착각illusion에 불과하고, 따라서 마술사를 '일루셔니스트illusionist'라고도 부른다. 사람들은 흔히 '마술'이 전적으로 현혹된 관객의 눈에 달려 있다고들 한다. 마술 뒤에 놓인 기계장치들을 다 알고 나면, 마술은 그저 사기라고 간단히 정리되어버리고 환상은 깨지기 마련이다.

'현실' 세계를 살아가는 인간의 특성을 탐구하면서, 고상한 문체를 추구하는 주류 문학에 비한다면, 황금기(1920~1939) 미스터리·탐정 소설들은 마술과 더 가깝다고 할 수 있다. 특히 애거사 크리스티, 존 딕슨 카, 엘러리 퀸 등이 쓴 고전 미스터리·탐정 소설에서는 재기 넘치면서도 손쉽게 처리된 눈속임 때문에 저자가 영리하게 심어놓은 '단서'를 독자들이 알아차리기는 쉽지 않다. 처음에 얼핏 보면 이해하지 못하다가, 자세히 읽으면서 도약하듯 어느 순간 이야기의 전조를 눈치챈다. 그래서 우리는 이러한 과정을 경이롭다고 생각한다. 에드거 앨런 포의 〈도둑맞은 편지〉에서처럼, 가장 탁월한 단서는 보통 우리 눈에 보이지 않지만 실제론 눈앞에 있을 때가 많다.

모든 미스터리·탐정 소설은 범죄와 함께 시작된다. 흔히 살인으로 시작되어 그 후에 사건이 촉발된다. 작가가 상당한 길이로 단서를 찾아나가는 모험을 구성하려면, 숙련된 마술사처럼, 미스터리를 너무 빨리 끝내버릴 몇몇 단서로부터 독자들의 관심을 다른 곳으로 돌려야 한다. 독자들의 관심은 결국 '범인'으로 밝혀질 사람을 향하면서도, 한편으로는 그 사람으로부터 멀어져야 하기 때문이다. 이상적인 소설에서는 독자가 범인의 정체에 놀라면서도 그가 범인이라는 사실을 타당하고 필연적이라고 인식해야 한다. 만약 작가가 부적절한 단서를 미리 심어놓았다면, 독자는 속은 기분이 들 것이다. 또한 단서가 너무 뻔해도 속았다고 느낄 것이다. (추리소설의 게임과 같은 속성은 엘러리 퀸이 혁신적으로 내민 '독자에게 던지는 도전장'에서도 잘 강조되어 있다. 그는 드러나 있는 단서를 어느 시점에 모았을 때, 주의 깊은 독자라면 스스로 미스터리를 해결할 수 있어야 한다고 선언하며 이야기의 흐름을 끊은 바 있다.) 마술처럼 미스터리소설은 공식에 변형이 있고, 그 장르의 관습에 익숙한 마니아들이 즐겨 읽으므로 중독성을 불러올 수 있다. 미스터리가 완벽히 해결되는 일은 없고 단지 새로운 환경에 맞게 변화할 뿐이므로, 미스터리소설이라는 장르는 영원히 탐구의 대상이 될 수 있다.

범죄문학에서 범죄보다 선행하는 것은 하나도 없다. 따라서 중요하게 고려해야 할 배경이나 복잡한 사회 환경 따위는 없다. 사체가 발견되면서 이전과 다음으로 인과관계를 찾을 수 있는 일련의 행동들이 시작된다. 현실에서는 황금기 추리소설과는 정반대로 사건들이 무작위로 일어난다. 꼭두각시 인형을 능숙하게 부리듯 작가가 숙련된 솜씨로 구성한 미스터리가 결말과 함께 시작해 거꾸로 거슬러 올라가도록 상상력을 펼쳐 보인다. 모든 동작이 앞으로 나아가도록 구성된 '줄거리'는 범죄의 '해결'이나 범죄라는 결말을 향해 냉혹하게 움직인다. 그 과정에서 타당한 단서와 오해를 일으키는 '단서'가 다양하게 드러나고, '동기'를 지닌 '용의자들'이 등장할 것이다. 이상적인 황금기 추리소설은 '밀실' 미스터리이다. 밀실 미스터리에서는 (미상의) 살인자의 활약, 사건을 추적해서 결국 그 살인자를 지목하는 탐정의 활약에서 드러나는 독창성이 핵심이다. 따라서 어느 시점에는 동화와 같은 특징을 보이며 끝나기 마련이다. '범죄자'를 지목한 뒤에 범인이 어떻게 되는지에 관한 설명이 없고, 살인이라는 범죄가 남긴 지속적인 결과도, 영원히 트라우마에 시달리는 희생자도, 사법제도가 공정하게 시행될지 혹은 애초에 시행될 수 있을지에 관한 우려도 없다. 이 책에서도 과학수사를 활용하거나 전문적으로 법을 집행하는 능력은 없고 자신의 추리에 의지해야 하는 아마추어가 이상적인 탐정으로 등장한다. "대수학 문제를 풀며 수학적 사고에 빠져들었던 때처럼, 범죄라는 퍼즐에 흠뻑 빠졌다."(8쪽)

독자와 마찬가지로 탐정에게도 보통 점점 악랄해지는 범죄 행위가 펼쳐지지만, 독자와 달리 탐정은 덤불 아래를 헤쳐나가는 일관성 있는 길을 만들어낼 수 있다. 소설이 끝날 무렵 우리는 미스터리를 '해결하는' 결정적이면서도 필연적인 줄거리를 깨닫고는 감탄한다. 추리소설의 이상적인 표본에서는 두 번째 읽을 때에야 작가가 산만하게 나열한 많은 장치 사이에 단서들을 얼마나 영리하게 숨겨두었는지를 비로소 깨닫게 된다.

《고양이가 보았어》는 동시에 발생하는 두 가지 '미스터리'가 있다는 점에서 특히 별나다. 몹시 서툰 데다가 절반의 성공에 그친 살인을 가장 공교로운 시간에 저지른 사람이 **누구인지**에 관한 미스터리가 하나이고, 그 이야기를 서술하는 사람이 **누구인지**에 관한 미스터리가 두 번째이다. 이야기의 서술은 사건이 (분명히) 해결된 미래 시점에 한두 명, 또는 세 명의 사람이 참여해 전해주고 있다. 주요 미스터리는 비좁은 장소에서 발생한 전통 미스터리이다. 따라서 정형화된 밀실 추리소설과 마찬가지로 제한된 등장인물과 용의자가 등장한다. 두 번째 미스터리는 소설의 시간대를 벗어나 사건이 해결된 후의 미래 시제로 쓰여 있어 더 흥미롭다. 그 미래는 전혀 탐정 같지 않은 70세의 독신녀 레이철 머독이 만들어낸 미래이다.

베스트셀러 작가인 돌로레스 히친스가 가명 중 하나인 D. B. 올슨으로 발표한 추리소설 시리즈의 첫 번째 작품인《고양이가 보았어》는 기이한 출판 현상의 포문을 열었다. 현재 1년에 수백만 달러를 벌어들이는 '고양이 미스터리'가 바로 그것이다. (고양이가 신으로 숭배되었다고 추정되는 고대 이집트의 신화를 고려해보면, 모든 동물 중에서 고양이가 아마추어 탐정, 보통 여성 탐정의 도플갱어로 여겨지는 상황은 놀랄 일도 아니다. 강아지가 외향적이고 사람들을 즐겁게 해주는 데 열심인 반면, 고양이는 음울하면서 내성적인 경향이 있고 사람을 '기쁘게 하는' 데는 현저하게 관심이 없다. 따라서 감정에 좌우되지 않은 채로 단서를 탐지하고 속임수를 밝히는 데 딱 들어맞는 성격이라 하겠다.) 1939년부터 1956년까지 발표한 열두 편의 추리소설 중《고양이, 올가미를 쓰다**The**

Cat Wears a Noose》《고양이, 큰 그림자를 달고 다니다Cats Have Tall
Shadows》《고양이는 미소 짓지 않는다Cats Don't Smile》《고양이 발
위로 내린 죽음Death Walks on Cat Feet》과 같은 장난기 많은 제목의
작품들에서는, 몸은 연약하나 관찰력이 예리한 고령의 독신녀
레이철 머독이 놀라울 정도로 침착하게 살인 사건에 맞선다.
《고양이가 보았어》에서 레이철은 두려움이 없고, 가끔은 미스
터리를 해결하려다가 무모한 모습까지 보인다. 레이철은 (자기
가 모르핀이 든 약을 먹고 사경을 헤매는 사이) 조카딸을 잔인하게
죽인 범인이 누구인지, 또다시 사람을 죽이려 하고 더 나아가
섬뜩하게 사체를 훼손하기까지 한 범인이 누구인지를 쫓는다.
나이 든 독신녀 자매 중 하나인 레이철은 활기 넘치고 호기심
강한 성격으로, 작가가 애정을 보이는 캐릭터이다.

일흔의 나이에도 레이철에게는 한때 눈부시게 아름다웠던 흔적
이 여전히 남아 있었다. 흰머리에 숱이 적긴 했지만, 헤어라인은 완
벽한 V자를 이루어 작은 얼굴이 하트 모양에 딱 들어맞았다. 그녀
의 검은 눈은 웅덩이에 고인 물이 흘러들어오는 시냇물의 잔물결
에 찰랑거리듯 활기를 띤 채 제니퍼를 바라보았다. 그녀는 우아함
이 묻어나는 손짓으로 토스트를 쪼갰다. (10쪽)

레이철은 전문적인 형사보다 한 수 위인 매혹적인 아마추
어 탐정으로서의 역량을 입증할 것이다. 눈치가 없고 다소 갈

팡질팡하는 형사 스티븐 메이휴 경위는 캘리포니아주 브레이커스비치라는 해안가 마을에 범죄 현장을 조사하러 소환된다. 그가 겸손하게 '여사님'이라 부르는 레이철과 메이휴의 허물 없는 협동 수사는 《고양이가 보았어》에 밝은 분위기를 불어넣는다. 예상 밖의 인물들이 연대하여 뛰어난 영웅적 활약을 선보이는 연애소설이나 청소년소설에서처럼 말이다.

　사실 메이휴는 아마추어 탐정보다도 형사 같지 않은 면모를 보인다. 살인 사건을 수사한답시고 순진한 젊은 여자를 구슬려 살인자를 유인하는 미끼로 쓰는 바람에 젊은 여자가 목숨을 잃을 뻔한 결과를 초래하는 게 대표적이다. 영화에나 나올 법한 '등장인물'로 변덕스럽고 화를 잘 내며 "빨간 매니큐어를 바른 뚱뚱한 여자가 마음에 들지 않"는(297쪽) 성차별주의자이기까지 하다. 게다가 짜증 나게 하는 용의자를 복도로 '내던져'버리고, 정신적 충격을 받은 젊은 여자의 뺨을 후려치는 모습은 깡패와 다름없다. 너무 옹졸해서 (무죄가 분명해 보이는) 나이 든 여자가 자살을 시도하자, 이를 "자백이나 다름없다"(268쪽)고 말하기까지 한다. 생김새는 다음과 같이 묘사되어 있다. "머리카락은 짙은 남색이었고, 검은 눈썹은 숱이 많았다. 잘 깎아놓은 나뭇조각 같은 네모난 갈색 얼굴은 감정에 따라 풍부한 표정을 지었다. (…) 렌스터는 검은 곰 그림을 완성하려면 메이휴 경위가 험악하게 으르렁거리기만 하면 된다면서 그의 인상을 무례하게 표현하기도 했다"(73쪽). 결국 메이휴는 히친스 추리소설 시리즈의 두 권에서 주연으로 등장하지만, 레이철만큼 흥미롭거나 독창적인 인물은 아니다.

《고양이가 보았어》의 참신한 면 중 하나는 미스터리의 서술 중에 밝혀지지 않은 미래 시점의 레이철과 메이휴가 해설하는 대목이 섞여 있다는 것이다. 살인 사건은 과거 시제로, 해설은 현재 시제로 서술해 잦은 시간 이동 때문에 일부 독자들은 산만해지기 쉽다. 게다가 메이휴가 레이철과 사적인 유대감을 쌓은 듯한 해설은 선뜻 이해하기 힘들다. [당혹스러운 독자를 위해 다음의 사실을 알려준다고 해서 폭로되는 건 거의 없을 것이다. 레이철과 메이휴, 메이휴의 젊은 아내 세라는 《고양이가 보았어》에 등장하는 살인 사건을 조사하다가 친해졌고, 나중에 평화로운 어느 시기에 셋이 그 사건에 관한 각자의 기억을 종합하여 말하는데, 메이휴는 그 사건을 "자기가 만난 사건들 중 가장 고약"했다고(7쪽) 칭한다. 이런 점을 염두에 두면, 올슨의 잦은 시간 이동 서술법이 그리 거슬리지는 않을 것이다.]

살인을 목격한 고양이는 레이철의 '비단처럼 윤이 나는 검은 고양이' 서맨사로, '황금빛 눈'과 '높은음의 야옹' 소리를 내는 우아한 동물이다. 서맨사는 레이철의 언니에게서 상당한 돈을 물려받은 상속자가 되었기 때문에 목숨이 위태로워진다. (이건 부차적인 줄거리로 더 큰 미스터리에 포함되지는 않는다.) 탐정처럼 행동하거나, 탐정의 동반자로 행동하는 초자연적인 고양이가 활약할까 봐 우려했던 독자들은 고양이가 비범한 재능을 지니고 있지 않고, 레이철도 특별히 고양이에 푹 빠진 주인이 아니라는 점에 안심할 것이다. 어느 시점에 레이철은 자기 고양이가 서맨사가 아닐지도 모른다고 생각한다. (이 소설에서 이해하기 어려운 대목 중 하나는 서맨사가 낯선 고양이로 바뀌었을지도 모른다는 레이철의 기이한 생각이다. 또한 고양이를 죽이려는 시도가 두 번이나 발생한 후에도 서맨사를 곧장 데리고 그곳을 떠나지 않았다는 점도 이해가 되지 않는다.)

거침없는 레이철과 곰 같은 형사 메이휴, 검은 비단처럼 고운 털을 지닌 서맨사 이외에 《고양이가 보았어》의 등장인물들은 줄거리를 구성하는 기능만 할 뿐, 역겨운 부류에 속한 물리적 존재로 대충 묘사된다. 용의자 중 터너 부인의 묘사는 이러하다. "뼈만 앙상한 뺨이 분노로 붉어졌고, 큰 턱이 그를 향해 튀어나와 있었다. (…) 맹금류처럼 매서운 부리와 눈을 지녔고, 목은 독수리 목처럼 주름진 잿빛이었다"(96~98쪽). 다른 여성 용의자들에 대해선 "키가 크고 턱이 사각"졌고(57쪽), "풍만한 가슴"(92쪽)을 지녔다고 서술했다. 소설에서의 역할이 초반에 살해되는 것뿐인 조카 릴리는 깔끔한 레이철에 비해 지저분하고 포유류 같은 몸매로 분명히 역겹게 그려져 있다.

나이가 거의 마흔이 되어가는 릴리 스티클먼은 나이 들어 보이지 않으려고 필사적으로 애썼다. 방식이 그다지 영리하지는 못했지만 말이다. 큰 몸집에 피부가 매우 희고, 이가 돌출되었으며, 헤어스타일은 숱 많은 머리칼을 힘없이 늘어뜨린 긴 단발머리였다. (…) 게다가 몸매는 날씬하지 않았다. (…) 좀처럼 화를 내지 않는 레이철이 분개하는 사실이 있다면, 그건 릴리가 너무 분명하고 꾸준하게 어리석다는 점이었다. 릴리는 교활한 척하면서 하찮은 비밀을 간직하기 좋아하고, 자기 얘기를 잘 하지 않으면서 우둔하기까지 한 복잡한 어리석음을 보였다. (17~18쪽)

중요한 점은 꾀죄죄한 릴리가 레이철의 혈육이 아니라, 오빠의 결혼으로 맺어진 인연이라는 것이다. 그녀는 브리지 게임에서 속임수를 썼지만, 너무 서툴러서 돈을 많이 잃었고 엄청난 빚더미에 앉았다고 레이철에게 고백한다. 릴리는 레이철에게 가장 입맛 떨어지게 하는 간소시지를 대접하는데, "길고 노란 머리카락 한 올을 샌드위치에서 빼내 싱크대에 떨어뜨리자, 머리카락은 더러운 접시 위에 힘없이 내려앉았다"(35쪽), 라고 나와 있다. 마르지 않는 샘처럼 사람을 당황케 하는 매너를 보이던 릴리는 곧 매우 잔인하게 살해된다. 그것도 현실에서는 일어날 것 같지 않지만 '밀실' 추리소설의 특징인 일종의 어색한 환경에서 말이다. 밀실 추리소설에서는 가까이에 수많은 용의자가 있고, 그들 각자가 탐정에게 심문받는다.

가장 긴장감이 넘치는 장면 중 하나는 레이철을 지적인 탐정만이 아니라 선뜻 신체적 모험을 강행하는 인물로 설정한 부분이다. 범인을 찾기 위해 레이철은 용의자들이 부재중일 때를 노려 천장의 다락방을 통해 그들의 방으로 내려가는 곡예를 선보이고, 그 현실성 있는 노력은 자세히 묘사되어 있다.

> 레이철의 벽장 천장에도 그런 구멍이 있었고 그걸 보자마자 그녀의 심장은 탐정이 된 듯 흥분돼 주체할 수 없이 쿵쾅거렸다. (…) 많은 의자를 동원하거나 위로 올라가는 걸 도와줄 비슷한 도구를 눈에 띄지 않게 배치하면서 다락방으로 들어갈 방법이 처음에는 꽤 고민이었으나, 곧 매우 쉽게 해결되었다. 레이철은 붙박이 서랍 가장자리를 단단히 밟고 올라설 수 있도록 서랍장을 일일이 살짝 바깥으로 끌어당겼고, 이 준비가 끝나자 대담하게 밟고 올라섰다. (…) 다락방 안은 하데스에서도 가장 깊은 곳이 그러하리라 여겨질 만큼 어두웠다. (228~229쪽)

노쇠한 신체적 조건에도 레이철은 분명히 성별에 구애받지 않았고, 고상한 계급과 합리적인 기질에도 구애받지 않았다.

순수 오락물로서 허황한 비현실성을 간과하면 《고양이가 보았어》는 솜씨 좋게 쓰인 작품이다. 레이철은 매력적이고 사랑스럽기까지 한 아마추어 탐정이며, '검은 비단' 같은 서맨사는 한층 더 깊은 모험을 하기에 매우 매력적인 동료이다. 히친스는 특히 여성 범죄소설과 현대의 '고양이 미스터리'라는 붐을 일으켰다는 면에서 재발견되어야 할 노련한 작가임이 분명하다. 빠르게 흘러가는 물살과 같은 표면적 이야기 아래에는 비극에 관한 심오한 지혜가 담겨 있다. 우리 시대와 마찬가지로 암울한 1939년에 걸맞은 지혜일 것이다.

인정하고 싶지는 않지만 메이휴는 잘린 손이라는 증거가 나오자 심란했다. 이전에도 폭력적인 죽음을 여러 번 접해봤고, 계획적 살인이든 우발적 살인이든 대부분 끔찍하게 끝난 죽음을 종종 봐왔다. 하지만 노골적이고 냉혈한 같은 고문은 그에게도 접하기 힘든 사건이었다. 그 손과 손의 주인이었던 사람이 궁금했다. 극도의 고통 속에서 어떻게 초인적인 통제력을 발휘했으며, 얼마나 끓어오르는 분노에 사로잡혔을까? 그보다 고문의 목적은 무엇이었을까? (192쪽)

목적이 무엇인지는 대부분의 미스터리·탐정 소설에서 다루는 주제가 아니다. 추리소설에는 그저 지휘자인 탐정이 해결할 미스터리를 만들겠다는 실용적이고 편리한 목적밖에는 없다.《고양이가 보았어》에서는 33세의 사복형사인 메이휴가 70세의 레이철과 팀을 이루어 도움을 받는다는 점이 특히 만족스럽다. 겉보기에는 정반대의 성격인 두 인물이 힘을 합해야만 거칠고 수치심을 모르는 살인범이 저지르는 잔혹한 연쇄 살인을 끝낼 수 있기 때문이다.

조이스 캐럴 오츠

옮긴이 허선영

전남대학교를 졸업하고 학원에서 20년간 영어를 가르쳤다. 글밥 아카데미를 수료한 후 현재는 바른번역 소속 번역가로 활동 중이다. 저자의 진심을 오롯이 담아내는 번역가가 되겠다는 포부로 글을 옮기며 배우고 있다. 옮긴 책으로는 《시리, 나는 누구지?》《수선화 살인사건》《남편이 떠나면 고맙다고 말하세요》《난센스 노벨》《오톨린과 보랏빛 여우》《카인드》《알파의 시대》《내 삶을 구한 일곱 번의 만남》《겟 스마트》《나는 시크릿으로 인생을 바꿨다》 등과 전자책 《미들 템플 살인사건》이 있다.

고양이가 보았어

초판 1쇄 인쇄 2024년 2월 7일
초판 1쇄 발행 2024년 2월 28일

지은이 돌로레스 히친스
옮긴이 허선영
펴낸이 이승현

출판2 본부장 박태근
스토리 독자 팀장 김소연
편집 조은혜
디자인 김준영

펴낸곳 ㈜위즈덤하우스   **출판등록** 2000년 5월 23일 제13-1071호
주소 서울특별시 마포구 양화로 19 합정오피스빌딩 17층
전화 02) 2179-5600   **홈페이지** www.wisdomhouse.co.kr

ISBN 979-11-7171-125-3 03840